L'ANNÉE CRIMINELLE 3

Pierre Bellemare mène une carrière d'homme de radio, de télé vision et d'écrivain. En diversifiant ses activités et ses sources d'inspiration, il a prouvé qu'il n'était pas à cours d'imagination. Tous ses livres sont de grands succès de librairie.

Paru dans Le Livre de Poche :

L'Année criminelle (3 vol.)
C'est arrivé un jour
Le Carrefour des angoisses
L'Empreinte de la bête
Les Génies de l'arnaque
Ils ont osé !
Ils ont vu l'au-delà
Instant crucial
Instinct mortel (2 vol.)
Issue fatale
Journées d'enfer
Possession
Sans laisser d'adresse
Suspens (2 vol.)

En collaboration avec Jacques Antoine :

Les assassins sont parmi nous
Les Dossiers incroyables
Dossiers secrets
Histoires vraies (3 vol.)
Les Nouveaux Dossiers incroyables

En collaboration avec
Marie-Thérèse Cuny et Jean-Marie Épinoux :

Les Amants diaboliques

En collaboration avec Jean-François Nahmias :

Crimes dans la soie
Destins sur ordonnance
L'Enfant criminel
Je me vengerai
Quand la justice perd la tête
Survivront-ils ?
Les Tueurs diaboliques

En collaboration avec Jérôme Equer :

Complots

PIERRE BELLEMARE
MARIE-THÉRÈSE CUNY
JEAN-MARC ÉPINOUX
JEAN-FRANÇOIS NAHMIAS

L'Année criminelle

Tome 3

Documentation : Gaëtane Barben

TF1 ÉDITIONS

Les faits et les situations dont il est question dans ce livre sont vrais. Cependant, pour des questions de protection et de respect de la vie privée, certains noms de lieux et de personnes ont été changés.

ISBN : 978-2-253-13684- 2 - 1re publication - LGF

Le cauchemar de l'incertitude

La justice des hommes a été inventée pour condamner ou acquitter avec certitude... en principe.

La vie n'est supportable qu'avec un minimum de certitudes : la certitude d'un amour, d'un métier, de la vie, de la mort, du soleil à midi ou de la lune au milieu des étoiles...

Il y a malheureusement des hommes, des femmes condamnés à l'incertitude...

À l'aube du XXIe siècle, notre monde fabrique le doute... En France, 3 millions de chômeurs vivent dans un univers précaire, en ne sachant pas quand ils retrouveront la dignité du travail ; des centaines de milliers d'êtres tentent de lutter contre des maladies dont ni la science ni la médecine ne parviennent à déterminer les origines, et dont les traitements sont, pour l'instant, incertains ou inexistants. Ailleurs, pour des questions ethniques ou religieuses remontant à l'aube des temps, des peuples s'entre-tuent et jettent au fond des caves ou sur les routes des milliers de familles qui ignorent si, demain, elles pourront nourrir leurs enfants...

L'incertitude est une mort lente... L'incertitude détruit les repères qui permettent de vivre.

Avant la parution de ce livre, nous avons, d'un commun accord, décidé de ne pas relater deux grands procès de l'année 1992 qui, pour les victimes, symbolisent parfaitement le cauchemar de l'incertitude. Nous ne parlerons pas de l'affaire du sang contaminé ni de l'assassinat de la petite Céline.

Dans les deux cas, et pour des raisons différentes, les victimes n'ont pas eu droit au faible réconfort que peut donner une certitude. Pour les unes, certitude dans la justice indépendante de la politique. Pour les autres, certitude de la culpabilité et de la punition...

PIERRE BELLEMARE

Le troisième cercle
Italie
1992

Samedi 23 mai 1992, 17 h 58. Un cortège de trois voitures roule à plus de 160 kilomètres à l'heure sur l'autoroute reliant Palerme à son aéroport. Et brusquement, c'est l'enfer. L'autoroute explose, la chaussée est pulvérisée dans un bruit de fin du monde. La première voiture du convoi est propulsée dans les airs, tandis que la seconde tombe au centre d'un énorme cratère de vingt mètres de diamètre et de trois mètres de profondeur.

L'attentat qui vient d'avoir lieu n'a d'équivalent que ceux qui se sont produits naguère au Liban. Des moyens jamais employés en Italie ont été utilisés : une tonne d'explosifs a été placée sous la chaussée, avec mise à feu à distance. Les glissières et le bitume de l'autoroute ont été arrachés sur cinquante mètres. Il y a des débris sur plusieurs centaines de mètres et il y a six morts : le juge Giovanni Falcone, cinquante-trois ans, sa femme Francesca, trente-six ans, ses trois gardes du corps et son chauffeur. Le juge décède lors de son transport à l'hôpital, et sa femme, deux heures plus tard.

Quant à l'auteur de ce carnage, il n'y a aucun doute à son sujet : c'est la plus puissante et la plus impitoyable organisation criminelle du monde, la Mafia...

Giovanni Falcone a payé de sa vie sa ténacité et son courage. Giovanni Falcone, directeur depuis onze ans des affaires pénales au ministère de la Justice, était le responsable de la lutte anti-Mafia et il était sans illusion sur le sort qui l'attendait. N'avait-il pas coutume de dire :

— Mon compte reste ouvert avec la Mafia. Je sais qu'il ne se réglera qu'avec la mort, naturelle ou non.

On ne verra plus à la télévision ou dans les magazines sa silhouette élégante, son visage avenant, avec son fin sourire et sa petite moustache distinguée. Et sa jeune épouse Francesca, elle-même juge d'instruction, une beauté italienne très typée, aux allures graves dont on comprenait trop bien les raisons, aura partagé son sort jusqu'au bout...

Giovanni Falcone était un authentique Sicilien. Il était né en 1939 dans un quartier populaire de Palerme et cette circonstance s'est sans doute révélée déterminante. Quand on lui demandait le secret de sa réussite contre la Mafia, il répondait volontiers :

— Je suis du pays. Dès l'enfance, j'ai respiré l'air de la Mafia. Je sais d'instinct raisonner comme eux, prévoir leurs décisions avec un coup d'avance...

C'est dans les années soixante-dix que Giovanni Falcone commence sa carrière de magistrat. Il est d'abord procureur dans une petite ville de Sicile, puis juge de faillite. En 1980, a lieu le tournant de son existence. Il s'occupe pour la première fois d'une affaire dans laquelle la Mafia est impliquée et il décide de se spécialiser dans la lutte contre l'organisation. Aidé par plusieurs magistrats, il forme le « pool anti-Mafia ».

Dès ce moment, il est condamné par l'organisation criminelle et il devient un véritable mort en sursis. Il mène ce que les Italiens appellent une « vie de plomb ». Il se déplace dans une voiture blindée, précédée et suivie d'une voiture de police. Il a, en permanence, trente gardes du corps autour de lui et fait l'objet de mesures de protection inimaginables. À la mort de sa mère, par exemple, la police fait évacuer tout le cimetière pour qu'il puisse se recueillir sur sa tombe. Mais le juge Falcone sait bien, malgré tout, qu'il n'est pas à l'abri.

Pour preuve, il échappe par miracle à un premier attentat. Vingt kilos d'explosifs ont été placés sous l'escalier de sa villa de vacances, avec un détonateur de mise à feu à distance. Mais exceptionnellement, il ne se rend pas dans sa villa ce jour-là et la charge est découverte par les policiers.

C'est à la même époque qu'il remporte un succès retentissant. Il obtient les aveux d'un mafioso repenti, ce qui aboutit au maxi-procès de Palerme, en 1987. C'est le coup le plus dur jamais porté à l'organisation : trois cent quarante-deux condamnations, dont dix-neuf à perpétuité, en tout deux mille six cent soixante-cinq années de prison !

De plus, grâce à ce repenti, on connaît désormais l'organisation de la Mafia. Elle a à sa tête une sorte de gouvernement occulte, baptisé « la coupole ». Rien d'important ne peut être décidé sans elle. Et les noms des membres de « la coupole » sont en partie connus, même s'il est pour l'instant impossible d'opérer des arrestations.

Pourtant, ces succès ne sont pas sans mélange. Giovanni Falcone constate que la Mafia est loin d'être abattue. Dès le lendemain du maxi-procès, elle multiplie les assassinats pour bien le montrer. Et le pire est que le juge est contesté au sein même de la justice. Son « pool anti-Mafia » est critiqué, les autres magistrats préférant les enquêtes traditionnelles. On l'accuse de rechercher le vedettariat, de passer trop souvent aux journaux télévisés et même de déranger les Palermitains avec le bruit des sirènes de police.

En 1988, le président de la Cour de cassation italienne, surnommé « monsieur casse-jugement », prend la tête de l'opposition au juge Falcone. Il rend un arrêt précisant : « La Mafia ne correspond pas à une structure centralisée. Elle est composée de familles différentes, opérant pour leur propre compte sur des territoires différents, et sans lien hiérarchique entre elles. » C'est exactement l'inverse de tout ce qu'on vient de découvrir, et cela décourage toute action d'envergure.

Alors, pour la première fois de sa vie, Giovanni Falcone connaît le découragement : il donne sa démission. Il la reprend à la demande des autorités, mais le climat est mauvais. En 1990, la cour d'appel de Rome déclare même dans un jugement que la Mafia n'a jamais existé ! Et les condamnés du maxi-procès bénéficient de généreuses remises de peine.

Le juge Falcone progresse pourtant dans ses recherches et n'hésite pas à en faire la révélation aux journalistes. Il confirme, ainsi qu'il a déjà été dit, que la Mafia est organisée en trois cercles. Le premier cercle est constitué par les hommes de main, le deuxième cercle par les milieux d'affaires mafieux, et le troisième cercle par les hommes de la Mafia infiltrés dans le pouvoir politique. Or, il est sur le point de percer le secret du troisième cercle...

En faisant ces déclarations, le juge Falcone ne peut ignorer le risque mortel qu'il prend. Le général Dalla Chiesa, la plus illustre des victimes de la Mafia, en était exactement au même point quand il a été assassiné. Quand on veut s'attaquer au troisième cercle, la Mafia est prête à prendre tous les risques. Dès lors, les menaces de mort redoublent. La dernière est une simple photo qui le montre entre deux juges de Palerme, tous les deux assassinés depuis.

Il continue pourtant à s'exprimer devant les journalistes. Sa dernière interview à un quotidien italien date de quatre jours avant sa mort. Il y parle encore une fois de sa vieille et implacable ennemie :

— Je n'ai jamais vu la Mafia comme une pieuvre. C'est plutôt une panthère, agile et féroce. L'ennemi est toujours là, en attente, prêt à frapper...

Peu avant, il avait déclaré à un journaliste français :

— Ils savent que, pour me tuer, ils devront payer le prix fort. Pour y arriver, ils devront faire un massacre, mais ils n'hésiteront pas.

Ce samedi 23 mai 1992, c'est fait. Celui qui était en tête de la liste noire de la Mafia n'est plus. Les trois juges de la photo qui lui avait été envoyée comme dernière menace sont morts tous les trois. L'organisation criminelle vient de prouver que tous ceux qui la défient publiquement ne peuvent que mourir. Elle a montré que, dix ans après le général Dalla Chiesa, assassiné en septembre 1982, elle pouvait frapper qui elle voulait et où elle voulait.

Mais il y a pire encore. La mort du juge Falcone intervient à un moment particulièrement sensible. L'Italie est en pleine crise politique. Les parlementaires n'arrivent pas à se mettre d'accord pour élire le président de la République. On en est au seizième tour de scrutin sans résultat. Dans un pays affaibli, la Mafia démontre qu'elle reste la seule organisation qui fonctionne. Plus encore qu'un sauvage attentat, c'est une entreprise de déstabilisation de l'État qui a été voulue. Jamais l'organisation n'est allée aussi loin !...

Les premières constatations sur l'attentat renforcent cette conviction. C'est une véritable opération militaire, qui a exigé des moyens considérables, aussi bien dans le domaine du renseignement que dans celui de l'exécution. Il fallait connaître le trajet que le juge Falcone utiliserait ce jour-là, ce qui suppose des complicités dans son entourage immédiat. Il fallait ensuite choisir l'emplacement où mettre l'explosif : une conduite souterraine sous la chaussée de l'autoroute Palerme-Trapani. Ensuite, il fallait apporter cet explosif, une tonne de tritole, un produit particulièrement redoutable, puis le faire placer dans la canalisation par des hommes déguisés en ouvriers.

À partir de ce moment, se met en marche une organisation criminelle dont la perfection fait froid dans le dos.

Quelques heures avant l'attentat, Giovanni Falcone se trouve à Rome. À 16 h 40, il monte dans un avion privé appartenant aux services secrets, à l'aéroport de Rome-Ciampino, à destination de Palerme. Il faut obligatoirement qu'un complice sur place ait signalé son départ.

Le juge arrive à l'aéroport de Punta-Raisi à 17 h 43. Là encore, son arrivée doit être signalée, car pour brouiller les pistes, il atterrit systématiquement sur des aérodromes siciliens différents. À 17 h 48, il monte dans sa Fiat Chroma blindée, encadrée de deux voitures de police. Il est toujours obligatoirement surveillé par la Mafia. Enfin, lorsque les trois voitures arrivent sur les lieux, le tueur doit être assez près pour déclencher le mécanisme au bon moment, mais assez loin pour ne pas être touché par l'explosion, ce qui est, là encore, très délicat.

L'émotion causée par l'attentat en Italie est indescriptible, avec, en Sicile, un élément supplémentaire : le juge Falcone n'était pas un Italien du Nord, que les Siciliens ont un peu tendance à considérer comme des étrangers, c'était un enfant du pays. C'est pour tous un véritable deuil. Et c'est en cela, plus que par le défi à l'État, que la Mafia a pris son plus gros risque. Pour la première fois, les Siciliens peuvent se révolter contre elle et briser l'*omerta*, la « loi du silence ».

Les obsèques du juge, à Palerme, donnent lieu à des scènes proches de l'émeute. Les autorités venues rendre hommage à la victime sont huées sur le trajet de la cathédrale :

— Hors d'ici ! C'est une honte !

Giovanni Spadolini, président de la République par intérim, doit être protégé par un imposant service d'ordre. Durant la messe, il se produit un incroyable incident. Une voix de femme s'élève, coupant la parole à l'officiant. Il s'agit de la veuve d'un des gardes du corps, vingt-deux ans, mère d'un bébé de quatre mois :

— À vous, les hommes de la Mafia, qui êtes présents dans cette église...

La femme marque un temps. Le silence est total. Personne ne songe à la faire taire. Elle poursuit :

— Le pardon existe aussi pour vous, mais vous devrez le demander à genoux. Ayez le courage de changer !

Sa voix se brise soudain.

— Ils ne changeront pas...

Et elle se tait. Une voix anonyme prend le relais. Elle crie :

— À mort !

Et, en pleine église, en plein milieu de la messe, l'assistance se met à acclamer cet appel à la vengeance...

Le sermon prononcé par le cardinal de Palerme est presque sur le même ton. C'est un véritable discours politique, interrompu, encore une fois, par les applaudissements frénétiques des fidèles.

— Le voyage du magistrat à Palerme était couvert par le secret. Qui le connaissait ? Qui l'a révélé à ceux qui ont commis l'attentat ? Cet attentat n'est pas aux dimensions de Palerme, mais bien une attaque lancée contre l'État lui-même. Il faut remonter aux sources empoisonnées d'un pouvoir occulte décidé à éliminer quiconque tente de s'opposer à sa domination.

Et le religieux conclut :

— Nous ne pouvons nous résigner. L'opinion publique bouleversée exige que soient retrouvés les responsables, où que ce soit, qui que ce soit !...

L'enquête qui commence est, évidemment, très difficile. Pourtant, dès le début, il semble, ainsi qu'on le pressentait, que l'*omerta* soit en passe d'être rompue. L'émotion a été trop vive et de très nombreuses lettres anonymes arrivent à la police. Il y a même des gens qui se présentent spontanément.

Mille policiers sont sur l'affaire et on peut rapidement dresser un portrait-robot des cinq hommes qui ont placé l'explosif.

Mais si on garde un espoir d'arrêter les exécutants, cela semble beaucoup plus difficile pour les chefs. Ceux qui sont soupçonnés d'être à la tête des principales familles mafieuses avaient tous, comme par hasard, un alibi inattaquable : l'un s'était rendu à Naples pour voir son avocat, un autre présidait une fête de charité, et un autre s'est même marié à l'heure précise de l'assassinat du juge !

Les policiers proposent des sommes fabuleuses pour susciter des témoignages : 50 millions de francs pour une simple « indication », 100 millions pour un « début de piste », 150 millions pour un nom. En temps normal, même de pareilles fortunes n'auraient servi à rien. La terreur qu'inspire la Mafia a toujours été bien plus forte encore que l'appât du gain. Mais le fait que le juge Falcone était Sicilien peut tout changer.

— Ici, dit un des responsables de l'enquête, l'attentat est un peu ressenti comme un infanticide.

Des centaines de personnes sont entendues : à l'aéroport de Rome, à celui de Palerme, parmi les amis et l'entourage du juge. Sur les lieux de l'attentat, il n'y a pas moins de vingt-neuf experts qui ratissent le terrain. Leur première conclusion dit bien l'importance des moyens employés par l'organisation : pour déterminer la puissance exacte de l'explosion, il fallait connaître la nature du sol sur lequel était construite l'autoroute. Les assassins ont forcément eu recours à un géologue professionnel.

C'est peu après que le successeur du juge Falcone est désigné. Il s'agit du juge Paolo Borsellino, sicilien comme lui, qui était son adjoint en même temps que son ami de toujours. Il a partagé tous les dangers et les espoirs de sa carrière. Il a désormais la responsabilité de l'enquête. Pour lui, c'est son amour pour son pays natal qui a été fatal à Giovanni Falcone. Au lieu de rester à Rome, Giovanni Falcone a voulu goûter l'air de son île... Or, précise Paolo Borsellino :

— Tous les grands crimes de la Mafia ont eu lieu ici parce qu'elle connaît parfaitement le territoire et que les exécutants peuvent s'échapper. À la différence des terroristes, les tueurs de la Mafia veulent la certitude de l'impunité.

Malheureusement, pour les nécessités de l'enquête, le juge Paolo Borsellino est obligé de rester en Sicile, et c'est sans doute à présent lui qui est en tête sur la liste noire de la Mafia...

Les investigations se poursuivent. Le 14 juin 1992, les policiers déclarent qu'ils ont pu retrouver l'empreinte génétique d'un des assassins grâce à la salive laissée sur des cigarettes découvertes près des lieux de l'attentat. Il s'agit d'une colline surplombant l'autoroute où celui qui a déclenché la mise à feu était, selon toute vraisemblance, caché. Les tueurs ne savaient sans doute pas que la salive permet d'identifier une personne aussi sûrement que les empreintes digitales. Les policiers espèrent retrouver cet homme et, par lui, arriver au moins à s'emparer des exécutants...

Les jours passent et l'émotion ne retombe pas. Les lieux de l'attentat sont couverts de fleurs, depuis les bouquets anonymes jusqu'à la gerbe du nouveau président de la République, qu'on vient enfin d'élire, et à celle de la reine d'Angleterre, qui se rendait à bord de son yacht en visite officielle à Malte et qui a fait un détour par Palerme.

Les Siciliens continuent, dans leur immense majorité, de manifester leur refus de la Mafia. Le 26 juin, un mois après l'assassinat de Giovanni Falcone, une chaîne humaine se forme de son domicile au palais de justice et, à 17 h 58, heure précise de sa mort, toutes les cloches de l'île sonnent, tandis que les habitants accrochent à leurs fenêtres des draps blancs, signe de refus de la Mafia. Pour la première fois depuis des dizaines d'années, voire des siècles, on se prend à espérer.

Et brusquement, tous ces espoirs à peine naissants sont volatilisés, au sens propre du terme. Le dimanche 19 juillet 1992 éclate une nouvelle terrible : le juge Paolo Borsellino, successeur de Giovanni Falcone, a été assassiné.

Et pas de n'importe quelle manière ! Les circonstances de son meurtre sont tout aussi terrifiantes que celles de son collègue et ami. Juste avant 17 heures, alors que Paolo Borsellino arrivait au domicile de sa mère dans son automobile blindée, une voiture piégée a explosé sur son passage. La déflagration a été terrible. Il a été tué sur le coup, ainsi que cinq autres personnes, ses gardes du corps — dont une femme — tandis qu'il y avait quinze blessés.

L'explosion s'est entendue à une dizaine de kilomètres. Certains témoins l'ont prise pour un tremblement de terre et la rue a été éventrée sur plus de deux cents mètres. Des carcasses de voitures sont restées empilées les unes sur les autres. Les immeubles ont été endommagés jusqu'au onzième étage. Le corps du juge Borsellino a été retrouvé juste devant l'immeuble de sa mère, complètement carbonisé, le bras droit sectionné. La jeune femme qui faisait partie de son escorte a été projetée dans un arbre.

De nouveau, c'est bien une véritable opération de guerre qui a été menée par la Mafia, prouvant à la fois sa puissance et son implacable détermination. Mais une dernière considération renforce encore la gravité de l'attentat.

Bien qu'il se sache en danger de mort, le juge Paolo Borsellino était courageux, voire téméraire, et prenait volontiers des risques. Quelques jours auparavant, il était allé dîner au restaurant sans escorte. La Mafia aurait pu l'abattre sans difficulté à ce moment-là, elle ne l'a pas voulu. Elle a choisi délibérément ce meurtre sauvage, faisant un grand nombre de victimes et rappelant presque exactement celui du juge Falcone.

De plus, le carnage a eu lieu en pleine ville de Palerme.

Comment ne pas y voir un acte de représailles envers les Siciliens, et particulièrement envers les Palermitains ? Le message envers tous ceux qui avaient été scandalisés par l'assassinat du juge Falcone et avaient songé à prêter main-forte à la police est clair. Maintenant, si certains sont tentés par les 100 ou 150 millions, ils y réfléchiront à deux fois !...

Les réactions sont horrifiées. À Palerme et dans toute l'Italie, on est effondré. Une rage impuissante saisit tout le monde. Le chef de l'État, le gouvernement, les partis, les syndicats font connaître leur émotion dans des communiqués. Mais tout cela a déjà été tant de fois entendu ! Les mots sont exactement les mêmes que pour le juge Falcone, ce qui fait dire à l'un des juges anti-Mafia :

— Ce sont les mêmes condoléances depuis dix ans. On les dirait photocopiées. C'est tout un système politique qu'il faut changer.

Pour la première fois, d'ailleurs, la révolte gronde parmi les juges anti-Mafia. Un autre déclare :

— Les hommes politiques de Rome ne viennent ici que pour embrasser les cercueils, puis ils s'en vont et nous laissent seuls !

Lorsque le ministre de l'Intérieur arrive sur les lieux, il est accueilli par une violente manifestation des policiers chargés de la protection rapprochée des personnalités. Parmi les huées et les crachats, c'est la même phrase qui revient :

— Nous ne sommes pas du bétail à l'abattoir !...

L'enquête s'engage sur fond de polémique avec les juges et les policiers, et dans un climat de guerre. L'armée a été envoyée dans les rues de Palerme pour prévenir tout incident.

L'attentat a été commis selon un procédé classique à Beyrouth : quatre-vingts kilos de plastic placés dans une voiture en stationnement et la mise à feu a été déclenchée à distance. Là encore, il a fallu à la Mafia un excellent service de renseignements.

Pour des raisons de sécurité, le juge Borsellino rendait visite à sa mère de manière très irrégulière. Et c'était la première fois qu'il venait un dimanche. Il a fallu que quelqu'un, dans l'entourage même du juge, prévienne l'organisation, car la voiture piégée n'avait pas été garée sur place depuis longtemps...

Mardi 21 juillet 1992, c'est le jour des obsèques de Paolo Borsellino à Palerme. Tandis que toute l'Italie arrête le travail pour dix minutes, des cortèges se forment dans toutes les villes et tous les villages de Sicile, même les plus petits, même les plus reculés.

Dans la cathédrale, l'assistance a été triée sur le volet, dans l'espoir d'éviter les manifestations qui ont marqué les funérailles du juge Falcone, mais l'indignation est telle que cela ne change rien. À l'arrivée de Luigi Scalfaro, président de la République, et de Giuliano Amato, Premier ministre, les cris fusent :

— Assassins ! Salauds !

Dehors, c'est carrément l'émeute. L'atmosphère est rendue plus violente encore par la chaleur intense. Les policiers doivent charger pour empêcher la foule de prendre d'assaut la cathédrale. Palerme est en ébullition. Le maire a donné sa démission.

La première décision du gouvernement, attaqué de toutes parts, est d'envoyer l'armée en Sicile. Ce sont sept mille soldats qui débarquent à Palerme les jours suivants. Puis, les condamnés du maxi-procès de 1987 sont extraits des prisons de l'île où ils purgeaient leurs peines et transférés dans les pénitenciers les plus surveillés d'Italie, où ils seront éparpillés et loin de leur base. Il est créé, en outre, une procédure d'exception contre la Mafia, analogue à celle qui avait existé contre les Brigades rouges. Ce sont exactement les mesures que réclamaient Giovanni Falcone et Paolo Borsellino. Même si c'est avec beaucoup de retard, on semble, cette fois, s'être engagé résolument dans la bonne voie.

Mais le combat sera difficile. Deux jours après l'enterrement du juge, le responsable de la cellule antiracket de Catane est assassiné par la Mafia. C'est la première fois qu'un policier est assassiné par l'organisation à Catane. Il est évident que la Mafia a décidé d'engager une lutte à mort contre l'État.

Dans le cadre de l'enquête elle-même, un employé de gardiennage qui aurait fait le guet sur le lieu de l'attentat est arrêté. D'autre part, la police est sûre que la Mafia a intercepté une communication du juge Borsellino avec sa sœur, dans la journée de sa mort, où il lui annonçait sa visite à sa mère. Le téléphone de la sœur était sûrement sur table d'écoute, ce qui suppose des complicités. Enfin, trois cents kilos d'explosifs dérobés le mois précédent sont retrouvés, à la suite d'un coup de téléphone anonyme, dans une camionnette, à Palerme.

Début août est rendu public le nom du chef de la Mafia, qui s'est imposé après une guerre des clans qui a fait un millier de morts. C'est lui qui dirige « la coupole » et qui a décidé de l'assassinat des juges Falcone et Borsellino, car rien ne peut se faire sans lui. Il s'agit du chef du clan du village de Corleone, Salvatore Riina, surnommé « Toto ».

Il y a vingt-cinq ans que la police le recherche. Il a été condamné à la réclusion à perpétuité au maxi-procès pour cent cinquante meurtres, et pourtant chacun sait qu'il vit à Palerme, qu'il s'y promène en voiture blindée, avec des gardes du corps, et qu'il se rend en Calabre et à Naples pour superviser les mafias locales. Ses lieutenants et les autres chefs de clan savent où il est et viennent à Palerme prendre ses ordres. Il est marié avec une jeune femme de Corleone, qui lui a donné quatre enfants et qui a accouché dans une clinique de Palerme, dont on sait parfaitement le nom. Tout le problème vient de cette impunité et de cette impuissance des autorités.

Le 28 août 1992 est connue une nouvelle qui fait grand bruit : le nouveau responsable de la lutte anti-Mafia, au poste du juge Falcone que le juge Borsellino n'avait pas eu le temps d'occuper, est nommé, et il s'agit d'une femme, Liliana Ferraro, quarante-huit ans ! Elle est dans la magistrature depuis 1970. Elle a été la collaboratrice du général Dalla Chiesa et était, de janvier 1992 jusqu'à son assassinat, à la tête du secrétariat du juge Falcone.

Liliana Ferraro est douée d'une forte personnalité, ce qui n'empêche pas, selon ses collaborateurs, une certaine douceur de caractère. Elle déclare lors de sa prise de fonction :

— Je poursuivrai la stratégie élaborée par Giovanni Falcone parce que c'est la plus correcte pour affronter la Mafia. J'ai la chance d'avoir à ma disposition son programme d'intervention, un programme que j'approuvais totalement et auquel je collaborais déjà.

C'est évidemment la première fois en Italie qu'une femme occupe ce poste...

Et Liliana Ferraro ne perd pas de temps. Le 6 septembre, un coup très dur est porté contre la Mafia, avec l'arrestation, près de Venise, de celui qu'on suppose être le numéro deux de l'organisation en Sicile, l'un des membres de « la coupole » et l'organisateur des attentats contre les deux juges. L'arrestation, qui s'opère en douceur dans sa villa, a été rendue possible grâce aux déclarations d'un repenti, dont le nom est tenu secret.

Le 12 septembre, c'est le chef de la Camorra, la branche napolitaine de la Mafia, qui est arrêté, en compagnie de ses gardes du corps, dans un bunker sous une luxueuse villa de Naples. Les policiers restent discrets sur les circonstances de cette spectaculaire arrestation, mais si celle-ci a pu avoir lieu, c'est certainement, encore une fois, grâce aux informations d'un repenti.

Ceux-ci, visiblement, parlent de plus en plus; ce qui semblerait vouloir dire que beaucoup, dans la Mafia, sentent le vent tourner. On se prend brusquement à espérer. Et si les terribles attentats qui ont coûté la vie aux juges Falcone et Borsellino n'étaient pas une preuve de la force de l'organisation, mais au contraire un témoignage de son désarroi ? Pour recourir à ces moyens extrêmes, n'a-t-il pas fallu qu'elle se sente dans une situation dramatique ? Et s'il s'agissait des sursauts d'une bête blessée ? Pour la première fois, on évoque la mort de la Mafia.

Les événements se précipitent. Le 16 septembre, c'est le chef de la *N'drangheta*, la mafia calabraise, qui est arrêté à Marseille. La collaboration des polices européennes joue à plein. L'Allemagne, où beaucoup de chefs ont tendance à trouver refuge, se mobilise contre la Mafia. Peu avant leur mort, les juges Falcone et Borsellino avaient d'ailleurs fait un voyage en Allemagne.

Le 29 septembre, une nouvelle arrestation, plus sensationnelle encore que les précédentes, a lieu : celle d'un personnage qui, en lui-même, n'a rien d'exceptionnel, un petit voyou faisant du trafic de drogue et de cigarettes. Compromis dans une affaire de viol, il se révèle avoir volé une voiture, une Fiat 126, qui n'est autre que le véhicule piégé qui a tué le juge Borsellino. Et il craque, il avoue : celui qui a perpétré l'attentat, c'est lui !

La Mafia a commis une faute incroyable en ne faisant pas accomplir son meurtre par l'un de ses tueurs attitrés, qu'elle appelle dans son jargon « les hommes d'honneur », mais par un délinquant de bas étage. C'est une nouvelle preuve de la panique qui s'est emparée d'elle, et c'est un événement véritablement historique. C'est la première fois que l'exécutant du meurtre d'une personnalité est arrêté. Décidément, quelque chose est en train de changer. L'un des responsables de l'arrestation déclare :

— La Mafia est sur la pente savonneuse. Jamais elle n'a été aussi près de disparaître. Si elle accumule les erreurs, c'est parce que c'est la débandade et qu'elle n'est plus commandée.

Ce n'est pas tout ! Le même 29 septembre, deux cents personnes faisant le trafic de la drogue sont arrêtées lors d'une gigantesque opération policière concertée aux États-Unis, au Costa Rica, en Espagne et en Grande-Bretagne. Parmi elles, il y a de nombreux mafiosi, dont un certain « Tony », un des chefs du trafic de drogue pour toute l'Amérique du Sud.

Et, début octobre, c'est le coup de tonnerre. Par les révélations d'un des chefs arrêtés, on pénètre enfin dans le « troisième cercle », celui des politiques, qu'allait atteindre le juge Falcone et qui lui a été fatal. Dans sa confession, le chef arrêté cite le nom d'un homme politique décédé qui a été ministre de l'Agriculture et même de l'Intérieur. Il ne cite encore aucun nom d'individu vivant, mais il est possible que cela ne tarde pas.

Désormais, l'initiative est bien du côté des autorités, qui ne cessent de marquer des points. Le mardi 17 novembre a lieu une opération d'une envergure jamais atteinte, baptisée « Léopard ». Menée à la suite des déclarations de deux repentis, elle s'étend sur toute l'Italie et est menée conjointement en France, en Allemagne et en Hollande.

Elle permet l'arrestation de deux cent quatre personnes, dont le lieutenant de Salvatore Riina, mais aussi de trois députés, de chefs d'entreprise, d'avocats, de fonctionnaires. Elle permet aussi de porter un coup peut-être fatal aux *Stidde*. Les *Stidde*, d'un nom qui signifie « étoiles » en patois sicilien, sont une organisation concurrente de la Mafia, apparue récemment. Opérant de manière anarchique et violente, les *Stidde* ont eu paradoxalement un rôle bénéfique en ébranlant la Mafia.

On en est là actuellement. Dans une interview du 30 novembre à France 2, Liliana Ferraro s'est montrée extrêmement prudente, se gardant de tout triomphalisme, mais la tragique année 1992 a sans doute marqué un tournant décisif. Pour la première fois, la mort de la Mafia est en vue. Cette organisation anachronique, qui semble sortie tout droit du Moyen Âge, ne verra sans doute pas la fin du siècle. Pour cela, les magistrats devront continuer dans la voie qu'ont ouverte les juges Falcone et Borsellino, et continuer à porter leurs coups avec acharnement. C'est d'ailleurs le premier des repentis qui leur indique la marche à suivre :

— La Mafia est au bord de la faillite, elle agonise. Profitez-en !

Le survivant

République du Ghana-France

1992

Un homme noir qui court, court sur un quai du port du Havre. Et ils sont longs, les quais du Havre. Et elle est noire, la nuit de ce 6 novembre 1992.

Cudjoe, vingt-deux ans, Ghanéen, mort de soif et de faim, mort de terreur, est l'unique survivant d'un massacre abominable. Et il court avec la mort à ses trousses.

Les quais du Havre sont déserts. Il faut courir longtemps pour échapper à ce bateau de mort, à ce navire de pirates monstrueux, à l'équipage d'assassins qui le traquent depuis treize jours.

Il crie « Police, police », comme un fou, jusqu'à ce qu'il rencontre enfin quelqu'un et qu'on le dirige vers le commissariat du port.

Il ne sait même pas qu'il est en France, il se croyait quelque part en Allemagne. Il parle en anglais, la langue coloniale de son pays. On trouve un traducteur et on écoute Cudjoe.

Cudjoe, c'est l'émigrant de la pauvreté, celui qui rêvait, en portant des sacs de cacao sur son dos pour une maigre paie de 20 francs par jour, d'aller « là-bas », au-delà du golfe de Guinée, dans les pays riches, gagner de quoi envoyer des mandats à sa femme qui attend leur premier bébé.

Il rêvait encore, le 24 octobre, devant le grand bateau qui chargeait le cacao. Ce bateau n'a d'anglais que le nom. Il porte le drapeau d'une compagnie maritime camerounaise, ça donne confiance ; il bat pavillon des

Bahamas, ça fait riche. L'équipage est russe, le commandant aussi ; Cudjoe n'a aucune raison d'avoir peur des Russes...

Dans la cale du bateau, il se trouve nez à nez avec un autre rêveur comme lui, noir et pauvre comme lui, mais camerounais. Un passager clandestin. Leur dialogue est court :

— Hé, qu'est-ce que tu fais là ?

— Rien... Rien...

Et l'autre s'enfuit, terrorisé de s'être laissé surprendre à l'escale. Cudjoe le rattrape au fond de la cale.

— D'où tu viens ?

— De Douala.

— T'es parti quand ?

— Le 16 octobre.

— Il va où, le bateau ?

— À Hambourg.

— Et toi, où tu vas ?

— À Paris, mon frère y est.

— Comment t'as fait ?

Anduse, c'est le nom du jeune Camerounais, explique qu'il a emporté son trésor, 300 marks, du pain, des biscuits et de l'eau, et qu'il s'est faufilé, à la nuit, sur un container. Il a fait cette première partie du voyage en mer planqué dans le noir de l'immense cale. Six jours de silence et d'immobilité, à grignoter ses réserves, à faire ses besoins dans une boîte de conserve. Pas plus de bruit qu'une souris.

Ça a l'air facile. Il suffit de se décider, de prendre ses économies, sa carte d'identité, et d'attendre la fin du voyage pour sauter ensuite sur le quai de l'arrivée et se dissoudre dans la foule des immigrés clandestins qui ont réussi. Anduse en connaît qui travaillent en Europe et envoient des mandats à leur famille.

Cudjoe se sent moins seul à rêver. C'est plus facile aussi de sauter le pas, puisque Anduse l'a déjà fait... Complot familial avec son frère Albert, dix-neuf ans. Ne rien dire à la mère, rassembler les économies et filer. Quitter cette Côte de l'Or, qui n'est d'or que pour les autres.

D'autres copains dockers sont prêts à faire le grand

voyage. En groupe, c'est moins difficile. Il y a Emmanuel, vingt-cinq ans, John, vingt-trois ans, Charles, vingt-cinq ans, Ebenezer, vingt-cinq ans, Bob, vingt-cinq ans, Ebow, dix-sept ans. Tous jeunes, pleins de force, qui ne demandent qu'à travailler là où le salaire d'un homme peut faire vivre toute une famille chez eux.

En tout, ils sont donc neuf : Cudjoe et son frère Albert, six copains et Anduse, le premier clandestin, qui a embarqué à Douala.

C'est dans l'après-midi du 24, une fois le bateau chargé, que le petit groupe embarque clandestinement.

Cudjoe a sur lui 1 600 dollars, environ 3 000 francs, toutes ses économies de docker. Il a dit à sa femme qu'il enverrait de l'argent, qu'il resterait en Europe un an ou deux, et reviendrait plus riche, en tout cas moins pauvre, au pays. Albert, son frère, a 1 000 dollars. Un autre copain, qu'on appelle Quaicoa, 100 dollars seulement.

Dans ce genre de voyage, le plus important, c'est l'eau. On peut rester plusieurs jours sans manger, mais pas sans boire. Huit litres d'eau pour les huit nouveaux clandestins, qui rejoignent Anduse le Camerounais au sommet d'un container sur le pont, planqués sous une bâche. Ils ignorent la durée exacte de la traversée jusqu'en Europe ; et, en fait, leur provision d'eau est bien maigre. Elle se monte à un litre d'eau par personne pour treize jours. Le sixième jour, ils n'ont plus rien à boire. Il leur faut, à la faveur de la nuit, descendre de leur cachette pour aller remplir les gourdes.

La grande erreur vient de là. L'eau, ils en ont trouvée, mais au lieu de remonter aussitôt sur le toit de leur container et de disparaître à l'abri de la bâche, les clandestins respirent l'air du large et font quelques pas pour se dégourdir.

Soudain, Cudjoe voit six hommes d'équipage, qui avancent tranquillement vers eux. Ils ont dû les repérer depuis un moment, alors qu'ils remplissaient leurs gourdes. Il est trop tard pour fuir.

L'interrogatoire se passe à peu près bien. L'équipage est ukrainien, le chef d'équipe pose les questions en anglais. Première question, d'où viennent-ils ? Deuxième question, ont-ils de l'argent ?...

Cudjoe et ses camarades comprennent alors qu'on va leur prendre leur pauvre argent pour les punir, et les débarquer au prochain port. Leur équipée a échoué.

Si elle n'était que ratée, le mal ne serait pas bien grand. L'équipage leur demande, en effet, de rassembler leur argent, qu'ils devront donner au chef demain matin.

Et on les laisse là jusqu'au lendemain matin. Jusqu'au lendemain soir. Jusqu'à la nuit. Comme s'ils n'avaient pas d'importance. D'ailleurs, où pourraient-ils se sauver ? Le bateau est en pleine mer, bien loin des côtes. Il remonte l'Atlantique vers le nord, lourdement chargé de ses trois mille tonnes de cacao, quelque part entre les îles du Cap-Vert et les Açores, ou au large de la côte espagnole.

À 2 heures du matin, les six Ukrainiens, membres de l'équipage, viennent faire la quête. C'est le chef, le seul qui parle anglais, qui mène l'affaire. Les 2 700 dollars de Cudjoe, de son frère et de leur copain, plus les 300 marks d'Anduse, disparaissent dans sa poche. Puis il fait signe aux neuf clandestins de le suivre. Armé, il promène sous leur nez un gros revolver persuasif, et les mène à une énorme citerne vide. On oblige les passagers clandestins à s'entasser au fond, on remet le couvercle par-dessus. Sans eau, sans vivres.

Et trois jours passent. Neuf hommes enfermés dans une cuve métallique, les uns contre les autres, contraints d'y faire leurs besoins, d'y dormir s'ils le peuvent, sans un croûton de pain, ni une goutte d'eau.

La torture est déjà ignoble. Le pire n'est pas encore arrivé. On se demande d'ailleurs pourquoi, au bout de ces trois jours, le 3 novembre, un homme vient leur jeter trois bouteilles d'eau. Que se passe-t-il là-haut, dans la cabine du capitaine ? Dans la tête des marins ? Qui décide de leur sort ?

Un jour et une nuit passent encore.

Les malheureux, assoiffés, épuisés, ont repris un peu d'espoir. Si on leur donne de l'eau, même peu, c'est qu'on ne veut pas leur mort, dans cette cuve...

Erreur. On veut leur mort. À tous.

Il semble que la décision ait été prise dans la cabine du commandant. Peut-être a-t-on attendu qu'ils soient totalement anéantis physiquement pour les assassiner plus facilement.

Six hommes d'équipage, ukrainiens, blancs, nourris, abreuvés, costauds, devant neuf créatures amoindries, terrorisées, affamées, noires.

Le chef demande qu'ils sortent de cette cuve deux par deux, en grimpant par la petite échelle. Avides d'air libre, trois hommes se succèdent avec obéissance, et atteignent le pont.

Dix minutes passent. On vient en chercher deux autres, puis deux autres encore. Au fond de la cuve, il ne reste plus maintenant que Cudjoe et son frère Albert.

Cudjoe lève la tête en montant l'échelle à son tour. Le marin qui l'attend porte une chemise tachée de sang. Vite, Cudjoe murmure à Albert, dans leur langue maternelle :

— Attention, ils ont peut-être tué les autres !

Sur le pont, Cudjoe et Albert ne voient pas leurs copains. On les pousse vers l'avant du bateau. Et tout à coup, Cudjoe reçoit un grand coup sur la tête, par-derrière. Il s'effondre, le crâne en sang, se relève, se met à courir au hasard sur le pont. Il entend la voix de son frère l'appeler :

— Cudjoe, Cudjoe !... Ils me tuent ! Cudjoe !

Cudjoe se retourne, pour être le témoin d'une vision de cauchemar. Deux Blancs soulèvent son frère, le tiennent par-dessus le bastingage, et le jettent à la mer.

Il se remet à courir, il entend des coups de feu derrière lui, deux coups, mais il continue à courir comme un fou. Le bateau est grand, la cale immense, et, dans le noir, il grimpe le long d'un container, rampe sous la bâche et s'immobilise. Homme traqué, ensanglanté, le regard plein de la vision d'Albert, son frère de dix-neuf ans, passant par-dessus bord. Jeté dans l'Océan tel un sac-poubelle. Comme les autres.

Cudjoe est seul sur ce bateau d'enfer, seul avec sa peur, seul dans le froid de la cale et les courants d'air glacés, à écouter les bruits autour de lui. On le cherche, les six hommes ne l'ont pas vu grimper, ils crient des mots que Cudjoe ne comprend pas. Par moments, des torches balaient les containers, il s'agrippe de toutes ses forces à la bâche, s'immobilise davantage. Ne plus bouger, ne plus respirer. Ne plus exister.

Les hommes s'activent à sa recherche toute la nuit et encore le lendemain. Deux fois par jour, ils patrouillent sur le bateau, sans succès. Cudjoe ne bouge pas. Pas un muscle de son corps. Il est collé à son container comme une patelle à un rocher. Ni eau, ni nourriture durant trois jours encore, presque quatre. Il ne fait qu'une chose : prier. Cudjoe est croyant. Dieu l'a préservé, Dieu va l'aider. Prier est la seule chose qu'il puisse faire. Pour s'occuper l'esprit, avoir le courage de ne pas tousser, de ne pas éternuer, de faire ses besoins sur lui. L'horreur.

Huit hommes sont morts, jetés à la mer. Cudjoe sait bien que si on le trouve... sa mort sera encore plus terrible que celle des autres, si c'est possible. Car il est le témoin, le survivant.

Et lui qui avait confiance dans le pavillon du bateau, dans l'équipage blanc, dans sa destination !

Le quatrième jour, depuis sa cachette, Cudjoe entend les moteurs du bateau ralentir. Puis s'arrêter. Il est à peu près minuit, le voyage touche peut-être à sa fin. Deux hypothèses sont possibles : ou ils ont stoppé le navire au large d'un port, pour le ratisser et mettre la main sur le survivant, ou le navire est déjà à quai, et l'équipage a cru que Cudjoe, blessé ou non, avait eu l'idée de se jeter à l'eau pour échapper à leur enfer.

Cudjoe attend encore. Le silence sur le grand bateau est encore plus dangereux pour lui. Trois heures plus tard, il risque une tête : personne. Il descend de son container, dans la cale. Le navire est à quai, sûrement, puisqu'il ne tangue plus. Mais où ? Il ne sait pas. À Hambourg peut-être, puisque son compagnon disparu, Anduse, avait parlé de Hambourg.

Comment sortir ? Il ne sait pas. Il n'y a pas d'issue

dans la cale, la seule porte de sortie est en l'air. Alors Cudjoe se décide. Il grimpe à l'intérieur d'une grue et se retrouve au-dessus du pont, à une distance d'environ deux étages. Il faut sauter, pas d'autre solution. Se tordre les jambes à l'arrivée. Ramper, pour aller se cacher dans un coin.

Une fois la douleur de la chute atténuée, Cudjoe, à quatre pattes, gagne la rambarde. Le quai est encore en dessous, il faut à nouveau sauter. Et courir... Courir...

Il court, Cudjoe, sur un quai du port, sans même savoir qu'il est au Havre, en France. Presque cinq kilomètres sans s'arrêter, dans la nuit, le long des bateaux menaçants comme des fantômes. Il court et aperçoit enfin quelqu'un, demande la police, à bout de souffle. C'est fini.

L'équipage n'a pas rattrapé le survivant d'un massacre en mer.

Pour une fois, la police peut enfin quelque chose, elle tient son témoin. Car il en court, des histoires, sur les « pirates » qui rançonnent les clandestins et les jettent à la mer ensuite. Mais il n'y a jamais de preuve, et pour cause...

Cudjoe ne raconte pas une histoire invraisemblable, malheureusement. Sa blessure au crâne, son état physique, son récit précis le prouvent. Et il est capable de reconnaître les six hommes qui ont exécuté ses compagnons. Il les a bien vus, en face de lui, prendre l'argent, ricaner à propos de ce « tas » de clandestins terrorisés, à leur merci. Il les a tant entendus fouiner autour de son container, comme des requins. Il n'oubliera jamais celui qui se penchait au-dessus d'eux, la chemise pleine de sang, un sale sourire aux lèvres, pour les faire sortir et les attirer vers la mort, deux par deux.

La police maritime vérifie ses dires. Le cargo compte vingt-quatre membres d'équipage, plus le capitaine, Vladimir, âgé de cinquante-sept ans. Son commandant en second, trente et un ans, Valery, est le « chef » de la bande des cinq assassins.

Pour perquisitionner à bord de ce navire, battant pavillon des Bahamas, armé par un Chypriote, mené par un commandant et un équipage ukrainiens, chargé d'un fret camerounais et ghanéen, dans un port français, il faut un mandat international. Il faut aussi ressortir la dernière loi française sur la piraterie dont on dispose, et qui n'a pas été revue depuis le 10 avril 1825.

L'équipage commence par mentir, alors que la perquisition permet de retrouver les 2 700 dollars et les 300 marks des clandestins. Des vêtements aussi et, sur les indications de Cudjoe, ce qu'il a pris pour une citerne métallique, en fait une petite cale vide et profonde, où se trouvent encore des détritus révélateurs du martyre de ses compagnons et de lui-même.

Il y a aussi, tendus sur le pont, des fils destinés à piéger le survivant s'il tentait de sortir de sa cachette.

Donc ils mentent, ces cinq hommes d'équipage et leur chef, le commandant en second. Ils prétendent que les huit passagers clandestins ont sauté à la mer tout seuls — comme c'est logique ! —, et même qu'ils leur ont tendu des madriers pour les secourir... Enfin, ils reconnaissent, au bout de vingt-quatre heures, et séparément, avoir assommé et tué à coups de barre de fer, ou à la carabine, les huit clandestins capturés. Puis les avoir jetés à la mer. Morts, on l'espère pour eux. Car Albert, le frère de Cudjoe, était vivant en basculant dans l'Atlantique.

Enfin, ils expliquent pourquoi ils ne respectent pas la plus évidente des lois de la mer, qui est l'accueil et la sécurité à bord, même vis-à-vis des clandestins. Ils disent : « C'est l'habitude. »

Voilà. C'est l'habitude chez ces marins-là, lorsqu'ils trouvent des passagers clandestins, de les jeter tout simplement à la mer. Non sans avoir récupéré leur pécule de pauvre vagabond. S'ils n'agissaient pas ainsi, ces marins, on leur ferait payer des amendes. Car l'armateur serait condamné pour recel de clandestins et, prétendent-ils, il ferait retomber ce désagrément sur l'équipage. C'est déjà arrivé, disent les marins, que l'on retienne sur la maigre paie d'un matelot une partie des frais de rapatriement des clandestins. Ce serait l'explication. Le mobile du massacre.

Curieux système, qui fait froid dans le dos. Combien de malheureux ont été ainsi tués et précipités dans l'Océan, avec autant de facilité qu'un automobiliste déchire une contravention pour la jeter dans le caniveau ?

Le second du bateau aurait également déclaré que son capitaine lui avait dit : « Réglez le problème. »

L'instruction sera compliquée, l'Ukraine n'ayant pas signé d'accord avec la France en ce qui concerne la piraterie et le crime en mer.

Pour l'heure, les cinq matelots et le second ont été inculpés d'homicides volontaires. Ils sont en prison au Havre. Le commandant a été également écroué, pour complicité d'assassinat. S'il n'a pas prêté la main aux crimes, s'il n'en a pas donné l'ordre, il était au moins au courant de la présence à bord des clandestins.

L'équipage a été consigné à bord en attendant la reconstitution des faits.

Huit morts. Huit fantômes dans la tête de Cudjoe. Cudjoe, témoin unique, survivant, est immergé de force dans la justice internationale pour un bon moment, sans papiers, sans argent, sans travail.

Huit morts, entre vingt-cinq et dix-sept ans.

Portrait-robot

France

1979-1992

« Le viol peut être commis par un sujet normal, mais assez souvent la personnalité du violeur est caractérisée par une immaturité affective et culturelle. Le violeur est souvent un déséquilibré, un psychopathe, un épileptique, un alcoolique, ou un psychotique. Dans ce dernier cas, il peut y avoir homicide.

Le viol est une réponse de type agressif à une frustration réelle ou imaginaire, sur un fond de vie affective et sexuelle particulièrement pauvre.

Il peut être isolé, ou répétitif, accompagné d'un rituel. »

Cette définition est extraite d'une *Encyclopédie Larousse*.

Février 1992. Cour d'assises, dans le Midi de la France. Réapparition d'un visage connu, celui d'un violeur. Yves U. se déclare innocent, il l'a toujours clamé, au point d'alerter l'opinion publique, des gens célèbres, des magistrats, des politiques au plus haut niveau.

En 1983, il a été condamné à quinze années de réclusion pour une série de seize viols et attentats à la pudeur, commis entre décembre 1979 et avril 1981. Grâce à l'appui d'un comité de soutien influent, il a déposé une requête en révision auprès de la chancellerie. Yves aurait été victime d'une extraordinaire ressemblance avec le portrait-robot établi grâce aux témoignages des victimes. La Cour de cassation a repoussé un pourvoi en 1983. Le comité de soutien espère la révision du procès. La chancellerie refuse pour une raison technique : il manque un fait nouveau, ignoré du premier tribunal, qui remette l'affaire en cause — par exemple : un autre suspect, l'arrestation du véritable violeur, un témoignage douteux...

Or, en octobre 1986, la chancellerie considère qu'aucun fait nouveau n'est intervenu. Elle ne prend en compte qu'une irrégularité : les jurés n'auraient pas été interrogés sur le second chef d'inculpation — attentat à la pudeur —, mais uniquement sur les viols. Ce qui ne change rien, légalement, à la peine infligée.

Yves reste donc en prison, mais ne cesse pas le combat. Un essai a paru sur son cas. Des pétitions ont convaincu non seulement d'éminents journalistes mais aussi le ministère lui-même, et la pression est telle qu'en 1987 il bénéficie de la grâce présidentielle. Elle est importante : sur les quinze ans de peine, il n'en aura fait que cinq.

L'innocent présumé a la faveur des médias, son visage apparaît à la télévision, aux informations de 20 heures. Tous ceux qui se sont battus pour lui et n'avaient pas hésité à parler de crime judiciaire sont heureux. Il y a de quoi ! Selon la formule consacrée, mieux vaut un coupable en liberté qu'un innocent en prison.

Le violeur n'est plus un violeur. Ses parents l'avaient toujours dit, c'est un bon garçon, et lorsqu'il a été arrêté en pleine nuit, sur la foi de ce fameux portrait-robot, ses camarades n'y croyaient pas non plus. Tout le monde l'aimait, c'était un boute-en-train, toujours prêt à rendre service. Il avait des fiancées, comme tous les garçons de vingt ans, il préparait un diplôme d'éducation physique ; l'accuser de seize viols était une stupidité monumentale.

Comment se fait-il, alors, que ce visage connu réapparaisse aux assises, en 1992, sous la même accusation de viols ? Serait-il à nouveau victime d'un portrait-robot ? D'une ressemblance étonnante avec un violeur patenté, assez habile pour se servir en toute impunité de son malheureux sosie ?

Voyons donc le premier portrait-robot du violeur, établi en 1983 d'après la description des victimes : l'homme a environ vingt ans. Il mesure un mètre soixante-dix, est de type méditerranéen, a des yeux sombres et une moustache. Il porte des baskets blanches, conduit une 2CV, et menace ses victimes d'un couteau et d'un pistolet de plastique noir.

Un soir d'avril 1981, le quartier sud de Marseille est sous haute surveillance. Un jeune homme est interpellé pour un contrôle d'identité. Il est à peu près 23 h 30.

Physiquement, il correspond au portrait-robot. Il a garé sa 2CV dans le parking voisin et porte, dans sa poche, un couteau enveloppé de papier journal.

— C'est pour gratter la balustrade de mon balcon, je vais refaire la peinture...

Ce qu'il y a de bizarre, c'est le pistolet en plastique noir qu'on retrouve chez sa fiancée. Le bout du canon est rouge, les femmes agressées n'ont pas précisé ce détail...

Présenté aux victimes, le jeune homme est reconnu par la plupart d'entre elles. Avant lui, un autre suspect a été lui aussi reconnu, mais a bénéficié d'un non-lieu.

Yves est donc inculpé de viols en série, et condamné. Il hurle à l'erreur judiciaire. Ses parents, sa famille, ses camarades sont également persuadés de son innocence. Qu'il n'ait pas d'alibi n'est pas un crime. Combien d'individus dans une grande ville seraient bien incapables de donner des alibis ?

Comité de soutien, campagne dans les journaux, livre circonstancié sur l'erreur judiciaire dont il est victime, et grâce présidentielle. L'innocent est dehors.

Ses parents lui offrent un bar-tabac pour faciliter sa réinsertion. Il continue de militer pour son honneur ; la liberté ne suffit pas, il veut être blanchi par la justice.

Second portrait-robot du violeur.

Lundi de Pentecôte 1988, dans la soirée.

Deux jeunes Américaines font de l'auto-stop. Elles

sont étudiantes, habitent à Paris, et sont descendues dans le Midi pour profiter un peu du week-end. Sur le chemin du retour, elles sont d'abord prises en charge par un car de marins américains rentrant à leur base. Le chauffeur les dépose à la sortie de Marseille, et les deux jeunes filles trouvent presque aussitôt un autre chauffeur.

Elles ne se méfient pas du tout de ce garçon à l'allure sympathique. Elles parlent assez mal le français, ne comprennent pas tout à fait ce qu'il dit, des banalités. Il s'arrête pour prendre de l'essence puis, passé Avignon, quitte la nationale 7 pour prendre un chemin et longer un champ. L'une des jeunes filles demande :

— Où va-t-on ?

— Cueillir des cerises...

Il y a là un verger de pommiers, une rangée d'arbres. Le conducteur gare la voiture le long des arbres, très près, de manière à empêcher l'ouverture des portières, et se retourne aussitôt vers les deux jeunes filles installées sur la banquette arrière. L'une comprend, l'autre pas.

La seconde prend peur. Le violeur la frappe au visage à trois reprises. La première dit qu'elle va être malade.

— Ne fais pas ça ou je te tue !

La portière arrière gauche est coincée, la poignée ne marche pas. Aucune possibilité de fuite. Le violeur saisit une des jeunes filles à la gorge, la regarde dans les yeux, puis vient à l'arrière pour accomplir le viol.

Les deux jeunes filles se tiennent par la main, paralysées de peur. Le violeur accomplit son rituel, tout en menaçant de les tuer si elles bougent.

Le rituel consiste à utiliser de l'huile de moteur pour sodomiser les victimes. L'homme les contraint à des attitudes ignobles. Puis, ses deux viols accomplis, il les met tout simplement dehors, leur tend un billet de 100 francs en leur conseillant de prendre un taxi, ou le train...

Les deux jeunes Américaines se retrouvent à l'hôpital. Les gendarmes commencent l'enquête, munis de la description suivante : l'homme mesure environ un mètre soixante-dix, il est âgé de trente ans, est de type méditerranéen. Il a les yeux sombres, un regard qui fait peur. Il porte une chemise Lacoste jaune, un jean blanc, des baskets, une chevalière à l'annulaire. Il conduit une 4 L vert pomme avec, collées sur le pare-brise, trois vignettes, dont une carrée. Le siège arrière est en Skaï marron. Dans le coffre, les jeunes filles ont remarqué une énorme pile du même livre, dont le titre contient au moins un mot qu'elles ont retenu, pour sa ressemblance avec l'anglais : *Culpability*.

Culpabilité, ou coupable.

Dommage ! Elles n'ont pas relevé l'immatriculation de la 4 L vert pomme. Mais deux jeunes filles violées préfèrent courir, et échapper à l'agresseur, plutôt que de prendre des notes... Les repères visuels, la description de l'homme, ses vêtements devraient suffire.

L'enquête commence, et sera longue. Le juge d'instruction tente de retrouver le livre en question, à partir d'un mot du titre. Cela prend du temps, mais tout arrive. Un libraire de Marseille possède un livre dont le titre, qui contient le mot « coupable », attire l'œil d'un enquêteur. C'est le livre paru sur Yves, le violeur médiatique !

Le 24 octobre, on présente des photographies d'Yves aux deux jeunes Américaines ; elles reconnaissent leur violeur.

Il est arrêté, mais clame toujours son innocence. Dans la nuit incriminée, celle du 23 mai, il était chez ses parents. Il raconte qu'il a passé la journée en famille, pour un baptême. On a pris des photos, qu'il montre, et le soir, alors qu'il avait prévu d'aller chez son amie, il y a renoncé, fatigué. Ses parents précisent que leur garçon a dîné avec eux vers 19 heures, heure approximative du double viol, qu'ils ont mangé les restes de la fête et que leur fils est allé se coucher de bonne heure. Il n'aurait pas pu ressortir sans qu'ils l'entendent. Il est innocent, innocent, ils le répéteront des milliers de fois, mais personne ne peut corroborer leurs dires.

Le lendemain, les deux jeunes Américaines reconnaissent les vêtements que portait le violeur.

Le 4 novembre, elles l'identifient au cours d'une confrontation houleuse. Le violeur les insulte, il est dans un état d'exaspération terrible. L'une des jeunes filles a un malaise en le voyant, mais elles sont formelles : c'est lui. On n'oublie pas le physique d'un homme qui vous a fait subir de tels sévices.

Yves a vingt-neuf ans. Il possède une 4 L vert pomme dont la banquette arrière est en Skaï marron. Les trois vignettes sont bien collées sur le pare-brise. La poignée de la portière arrière gauche ne fonctionne pas. Il transportait des livres, les siens, car il ne cesse d'en faire la distribution à tous ceux qui le défendent encore. Et encore.

Lorsqu'il est inculpé, on assiste à une nouvelle volée de protestations dans la presse. L'instruction dure trois ans. En février 1992, Yves comparaît à nouveau aux assises, et là...

C'est le cirque. Cirque parce qu'il ne cesse d'interrompre le président, que le président paraît partial aux avocats de la défense, que l'inculpé traîne une pile de dossiers personnels, et veut lui-même assurer sa défense. Que les parents s'enferrent dans une logique aberrante : pour eux, leur fils est victime d'une machination, ou d'un sosie ; en tout cas, il ne peut être coupable. Les audiences, qui durent six jours, sont une succession d'incidents, dont le moins que l'on puisse dire est qu'ils n'aident pas les juges à garder leur sérénité.

D'abord, Yves ne veut pas reconnaître que ces deux jeunes filles ont été violées, malgré les preuves, les constats hospitaliers, les interrogatoires poussés. Et dieu sait que ce genre d'enquête est difficile à supporter pour les victimes !

— Elles mentent ! Elles ont inventé cette histoire pour ne pas passer leurs examens ! crie Yves.

On passe aux détails, aux descriptions.

— Elles en donnent trop, c'est suspect ! Elles n'ont pas remarqué le détail le plus important : la banquette arrière de ma voiture est mal fixée, elle remue tout le temps !

On passe aux expertises. Les prélèvements effectués sur les deux jeunes filles ont bien révélé la présence de spermatozoïdes. Mais la technique utilisée pour les prélèvements a endommagé les cellules et annihilé l'espoir de faire réaliser une empreinte génétique qui donnerait la preuve formelle de l'identité du violeur.

L'empreinte génétique est très peu pratiquée en France, alors qu'elle est utilisée dans d'autres pays, comme l'Angleterre et les États-Unis. C'est une technique ultra-sophistiquée qui demande d'abord que les prélèvements soient réalisés dans d'excellentes conditions, de manière à ce que les biologistes puissent extraire suffisamment d'ADN des cellules de spermatozoïdes pour les comparer au sang du suspect.

Hélas ! Si les prélèvements ont bien été faits dans les heures qui suivaient l'agression, si l'on a bien identifié la présence de spermatozoïdes, ils ont été fixés sur des plaques de verre et colorés, procédé qui ne permet plus d'isoler l'ADN...

Autre gâchis : les sous-vêtements des jeunes filles et le billet de 100 francs donné par le violeur ont disparu dans le service hospitalier où on les a examinées. Ils auraient permis d'autres examens, des prélèvements supplémentaires, des recherches d'empreintes, taches de sperme, cellules de peau... et huile de moteur utilisée par le violeur. À noter : les victimes des viols précédents ont également signalé l'utilisation d'un lubrifiant.

L'analyse des cheveux retrouvés sur la banquette arrière de la 4 L montre, avec une fiabilité de 75 pour cent à 80 pour cent, qu'ils appartiennent aux jeunes Américaines.

Les témoignages précis des victimes, le récit détaillé des événements, la description de la voiture vert pomme et du livre, les expertises et les soupçons... C'est beaucoup pour un présumé innocent incapable de présenter des témoins, autres que ses parents, susceptibles de confirmer son alibi. Il a bien téléphoné à son amie, ce jour-là, entre 20 h 30 et 21 h 30... Mais il a pu le faire d'une cabine publique non loin du lieu du viol.

Au fait, connaît-il ce lieu ? Il prétend d'abord que non. Mais des camarades d'enfance l'identifient comme un endroit de jeu où ils allaient souvent ensemble, près d'un petit bois. Et le violeur de s'écrier :

— Le bois... C'est l'endroit mythique, le lieu des viols !

Sa voiture, une 4 L vert pomme, est d'un modèle assez rare, mais il y en a une autre dans le quartier où il habite. Évidemment, elle ne possède pas de banquette de Skaï marron... Un témoin certifie qu'Yves avait garé la sienne devant chez lui. Hélas ! Ce témoin connaît la famille, boit un peu trop, et n'a pas fait attention au numéro minéralogique. Alors il est impossible de déterminer de quelle 4 L il s'agissait...

Yves nie toujours. Lorsque les deux jeunes Américaines se présentent à la barre et font une fois de plus le récit des horreurs subies, curieusement, il ne dit rien. Lui si bavard, si agressif, toujours prêt à couper la parole au président, à l'avocat général, et même à ses avocats, se tait.

Il écoute la jeune fille.

— Il a dit qu'il violait les femmes, que ce n'était pas la première fois, qu'il était malade, mais qu'il ne voulait pas aller voir de psychiatre parce qu'on l'enfermerait.

Le président demande si elle reconnaît formellement l'accusé. Elle le regarde droit dans les yeux.

— C'est lui.

Le président demande à l'interprète de bien spécifier au témoin la gravité de son accusation, de lui rappeler qu'elle parle sous serment. Elle maintient son accusation.

— C'est lui.

Soudain, à la fin de son témoignage, la jeune Américaine s'étonne :

— Pourquoi l'accusé ne me pose-t-il pas de questions ?

Yves se lève, visage impassible, fermé :

— J'ai été ému par ce témoignage, j'ignore si elle a été violée ou non, pour l'instant je ne me sens pas la responsabilité morale de lui poser des questions.

À la fin de cette audience, il est bien obligé de reconnaître la réalité des viols : le témoignage du médecin gynécologue est édifiant. Mais il nie toujours en être l'auteur. Son père et sa mère sont là pour le certifier.

La défense a fort à faire. La défense aimerait bien qu'une nouvelle expertise psychiatrique soit menée. Leur client est peut-être un grand malade qui a besoin d'aide. Un sosie de lui-même. D'un côté le bon garçon, incapable de mentir, et de l'autre le vilain, qui ment pour préserver l'autre.

— Je veux bien être examiné par un expert de renommée internationale !

L'accusé est devenu, ou était déjà, mégalomane. Son affaire médiatisée, sa grâce présidentielle, tous les soutiens qu'il a obtenus précédemment lui sont montés à la tête...

Mais devant l'accumulation des évidences, les soutiens font marche arrière. Avec dignité. Ils avaient fait une erreur. Certains en conviennent, d'autres ne veulent plus en entendre parler, se sentant pour le moins responsables des deux dernières victimes. Quant à l'auteur du livre, qui avait très honnêtement défendu, point par point, les éléments d'une première enquête un peu rapide, d'un procès sans preuves formelles, cet auteur n'est plus de ce monde.

Yves a fait beaucoup de dégâts. Et lorsque la sentence tombe — dix-huit années de réclusion criminelle —, il fait une véritable crise d'hystérie. Il faut toute la force de six policiers pour maintenir son corps tendu ; il se débat comme un fauve. Yves hurle :

— Non ! Pas deux fois ! Pas deux fois !

Puis il fait un lapsus étonnant :

— La vérité vient de gagner une bataille, elle n'a pas gagné la guerre !

La vérité ?

Le portrait-robot de ce violeur prend quelques couleurs. On peut admettre, comme l'a fait, semble-t-il, l'expert en psychologie qui l'a interrogé dans sa prison, qu'Yves est en perpétuel combat avec un double de lui-même, dont il refuse les actes. On remarque aussi, avec ses défenseurs, le nombre de signes qu'il a laissés derrière lui, comme s'il cherchait à se faire reconnaître, à ce que l'on suive sa piste, qu'on l'arrête enfin : le couteau dans la poche, la première fois ; les livres sur la banquette de la voiture, la seconde fois ; les photos prises le jour des viols, sur lesquelles il porte les vêtements reconnus par les victimes ; le billet de 100 francs qu'il donne ; certains mots à double sens.

Par exemple, lorsque l'avocate de la partie civile dit que si une preuve formelle lui faisait prendre conscience qu'il est réellement l'auteur des viols, Yves basculerait dans une « quatrième dimension », il dit assez fort pour qu'elle l'entende :

— Oh oui !

Et, durant une seconde, on a l'impression qu'il va continuer, les demander, cette preuve et ce soulagement.

Lorsqu'on lui demande qui il est, il répond : « Ce n'est pas moi. » Alors, il est l'autre ? Son double ?

Yves présenterait-il un dédoublement de la personnalité, ou n'est-il qu'un voyou dissimulateur, comme le pensait et l'a dit le président des assises, accusé pour cela d'être partisan ? On aimerait une potion magique, un révélateur sans faille, une sorte d'étalon-or de la vérité.

Mais, dans cette histoire de violeur-robot qui a tant défrayé la chronique, restent d'autres motifs d'irritation. Tout d'abord, on a le sentiment que, durant ces deux enquêtes successives, les partisans de l'innocence se sont moqués tranquillement des témoignages des victimes. Toutes ces femmes qui ont dit « C'est lui » se seraient trompées ? Peut-on oublier le visage d'un violeur, le regard de l'homme qui frappe, qui abuse, ses traits, ses mains, sa bouche ? On n'oublie pas un cauchemar.

On a le sentiment, aussi, que certains ont pris la place de l'avocat de la défense. Ils prennent une lourde responsabilité, ces comités de soutien qui, de bonne foi, se relaient pour morigéner un jury populaire en affirmant détenir une vérité qui aurait échappé à d'autres. L'innocence en prison existe. Il devrait être possible que des hommes et des femmes dont c'est le métier se penchent sur elle, en toute sérénité, sans turbulence médiatique.

On aimerait, enfin, que dans un pays évolué, disposant de matériel performant, on permette aux enquêteurs chargés de déterminer un viol, aux médecins qui examinent les victimes, de faire leur métier de récupérateurs d'indices, de préserver et d'examiner ces indices dans les délais nécessaires, de les conserver avec autant de soins que l'on conserve les armes, les empreintes digitales, les traces de boue, les particules de tissus, de poudre, les empreintes de pneus ou de chaussures... tout ce qui sert à l'instruction des crimes de sang.

Et malheureusement, c'est encore à la victime d'un viol, gravement choquée, de donner les preuves de son agression, de subir les examens et les interrogatoires humiliants, parfois nécessairement soupçonneux, affreusement minutieux, d'affronter un procès, même à huis clos.

Yves s'est pourvu en cassation, sa demande a été rejetée. Le verdict — dix-huit années de réclusion criminelle — est donc définitif.

La folie argentine

Argentine

1976-1992

À l'entrée d'un vaste ensemble de bâtiments, dans la pampa argentine, il est un panneau de bois blanc, aux lettres gothiques peintes en noir :

MINISTERIO DE SALUD Y ACCION SOCIAL
COLONIA NACIONAL

Cette « Colonie nationale » dépend du ministère de la Santé, situé à soixante-dix kilomètres de là, à Buenos Aires. Elle a pour fonction de soigner les handicapés mentaux.

Établie sur deux cent soixante hectares de pampa, la Colonie accueille mille deux cents pensionnaires permanents, qui vivent dans des pavillons. Derrière le bâtiment principal se trouvent un bois et un étang. C'est un lieu de repos.

Créé en 1976, avec des fonds publics, pour recevoir aux frais de l'État des malades mentaux, femmes, hommes et enfants, ce territoire a été confié au docteur Emilio T., éminent spécialiste, diplômé d'anthropologie, d'administration des hôpitaux publics, de chirurgie, et de médecine légale. Emilio a participé à des congrès de médecine internationaux. Partisan de l'action artistique en milieu psychiatrique, il a organisé lui-même, en 1989, le premier festival latino-américain des « Artistes enfermés ». Il est père de quatre enfants, dont trois ont choisi la carrière médicale.

En quinze ans d'activité, la colonie d'Emilio a reçu régulièrement les visites d'une kyrielle de ministres qui, tous, lui ont délivré un satisfecit.

À soixante-sept ans, heure de la retraite, Emilio doit céder la place à son successeur, le docteur Manuel M. C'est un poste à responsabilité très envié, bien rémunéré, qui permet de travailler à la campagne, en toute liberté.

Mais d'étranges rumeurs circulent autour de cette Colonie.

L'un des médecins, une femme, Cecilia H., a mystérieusement disparu en juin 1985. Sa voiture était garée devant la barrière de la Colonie, où elle aurait dû normalement prendre son poste au service d'hématologie. Un journaliste d'un quotidien de Buenos Aires s'est attaché à sa piste, sans jamais la retrouver. L'entourage de la disparue sait seulement qu'elle aurait eu des problèmes avec Emilio pour avoir refusé de signer un permis d'inhumer. Le malade mental qu'on lui présentait ne semblait pas être mort d'une crise cardiaque, comme le prétendait le rapport médical...

Rumeurs, rumeurs... En 1988, le corps d'une autre femme, madame G., mère de famille, a été déterré dans un champ de la Colonie par un tracteur qui débroussaillait. Madame G. avait été vue pour la dernière fois dans la petite ville voisine, un soir de Noël, alors qu'elle était partie acheter des cigarettes. Elle n'est jamais réapparue. Que faisait donc son cadavre enterré sur le territoire de la Colonie ?

Le journaliste, toujours le même, apprend d'un chauffeur de taxi des environs que l'on parle de la Colonie de bien curieuse façon. Lorsqu'on en demande la route, la réponse tombe : « Cinquième cadavre à gauche... »

Humour macabre et désinvolte, comme si la mort était une habitude du pays...

Ce journaliste écrit un livre concernant les rumeurs, les plaintes classées sans suite, les disparitions inexpliquées, les mauvais traitements. Il y explique longuement la disparition du docteur Cecilia H., et le mutisme des autorités ministérielles sur toutes les accusations qu'il lance. Il signe courageusement de son nom.

Histoires de fous, pense-t-on d'abord dans les milieux autorisés, où il n'est guère autorisé, justement, de spéculer sur des rumeurs. Les quinze ans de service d'Emilio sont immaculés. Il a régulièrement été félicité, par les ministres successifs, pour son dévouement, son travail et son organisation. D'ailleurs, à chacune de leurs visites, les officiels ont pu constater que les malades étaient particulièrement calmes, proprement vêtus, bien nourris, pas du tout agressifs.

Annoncé par la rumeur, colporté par le journaliste de Buenos Aires, le nom de la Colonie parvient aux enquêteurs du fisc. Car, en prenant son poste, le nouveau directeur découvre des bizarreries : des amas de couvertures à deux places alors que les lits des malades n'en ont qu'une, du matériel de stérilisation sophistiqué, un stock de pneus de tracteurs... et, surtout, des registres de décès qui montrent qu'en quinze ans, les malades mentaux ou les handicapés de cette Colonie ont une furieuse tendance à mourir, et ce très vite après leur internement, d'un arrêt cardiaque, parfois de déshydratation...

Le chiffre des décès est d'ailleurs conséquent : entre 1976 et 1991, mille trois cent vingt et un malades ont été enterrés dans le cimetière de la ville voisine.

Plus étrange : il en manque. Le calcul du nombre de tombes, de décès et d'internements indique la disparition de mille trois cent quatre-vingt-quinze pensionnaires. Où sont-ils ? Guéris ? Rentrés dans leurs familles ? Non.

Pourtant, tous ces pauvres gens, la plupart sans famille, ou abandonnés à cause de leur grave handicap à la bienveillance de l'action sociale et d'Emilio, sont bien quelque part...

Mais il règne dans cette Colonie, parmi les six cents employés, un silence terrible. Aucune des enquêtes ouvertes n'a eu de suite, aucun soupçon, pourtant grave, n'a franchi les portes du ministère de la Santé. C'est donc par le biais d'une enquête fiscale, et grâce à la nomination d'un nouveau ministre de la Santé, que des inspecteurs se rendent un jour de janvier 1992 à la Colonie pour une inspection surprise. La première en quinze ans. Ils ne s'attendaient pas à un tel spectacle...

C'est un bagne. Un camp de concentration sans barbelés. Les malades y circulent à quatre pattes comme des bêtes, certains sans vêtements, les hommes et les femmes ne sont séparés que symboliquement, les rapports sexuels ont lieu dans la nature, dans les pavillons, n'importe où. Certains sont si maigres et décharnés que l'on se croirait revenu à l'affreuse époque des camps nazis.

Pourtant, six cents employés pour mille deux cents malades, c'est largement suffisant pour assurer l'hygiène, la distribution régulière de nourriture, et les soins médicaux. Mais quel genre de soins sont-ils chargés d'appliquer ?

Au pavillon des enfants, derrière les barreaux, des regards et des corps d'affamés. Au pavillon des femmes, on piétine dans les excréments et l'urine. Les agités et les dangereux sont enchaînés dans des cellules individuelles. Quant aux handicapés et aux infirmes, ils se traînent comme ils peuvent, et où ils peuvent, au milieu des autres.

À la suite de l'inspection sanitaire surprise, une enquête est ouverte. Le juge d'instruction appartient à la nouvelle brigade anticorruption, à ces justiciers du détournement de fonds publics dont l'Argentine a bien besoin. Il est armé de quatre inspecteurs, et d'une volonté de fer.

Il embarque d'abord tous les registres, tous les documents administratifs, recense les entrées et les sorties, comptabilise les décès par crise cardiaque et les disparitions, et convoque les responsables du personnel.

Les interrogatoires commencent, serrés, dossier après dossier. Celui-ci par exemple : Angel, interné le 21 décembre 1991, décédé le 19 janvier 1992 ; à peine un mois de présence dans l'établissement. Le registre indique : « Mort par arrêt cardiaque suite à dénutrition grave. » Il est enterré dans le cimetière de la Colonie.

On exhume le corps en présence des parents... Le jeune homme a deux balles dans la tête...

Qui peut répondre de cette étrangeté ? Personne. Chez les employés, c'est le mutisme total, la loi du silence.

Enfin, un homme parle. Ancien employé des chemins de fer, il était gardien à la Colonie, mais Emilio l'a fait monter en grade. Il a été promu... comment appeler cela ? extracteur d'organes... Il n'était pourtant ni médecin ni chirurgien.

Il raconte l'horreur. Une horreur qui éclaire Emilio d'une lumière d'épouvante et fait aussitôt de lui, dans la presse, le docteur Mengele argentin.

Il se pratiquait ici un monstrueux trafic d'organes sur cadavre, peut-être sur corps vivant. Le prétendu chirurgien déclare qu'il œuvrait toujours la nuit, dès qu'un arrêt cardiaque était déclaré. Il extrayait les cornées, par paires, et deux ou trois heures plus tard, des hommes inconnus venaient en prendre livraison.

De quoi « faire se dresser les cheveux sur la tête », a déclaré à la presse le nouveau ministre de la Santé. « Une série de films d'horreur », ajoute le juge, qui n'a pas encore fini de recenser ces horreurs.

Le trafic de cornées était, semble-t-il, le plus pratiqué et le plus rentable. Emilio ne s'intéressait qu'aux yeux clairs appartenant à des malades mentaux sans famille, ou abandonnés, et sélectionnés selon leur race... Les cornées récupérées étaient immédiatement convoyées soit vers le Centre national de dons d'organes, soit vers les hôpitaux de Buenos Aires, selon une procédure apparemment normale. Mais pour une partie seulement des greffons...

Dans l'un de ces hôpitaux, le responsable des greffes d'organes reconnaît avoir reçu « gratuitement » d'Emilio environ cinquante paires de cornées par an. Ce trafic a duré jusqu'en 1985, date de la promulgation d'une nouvelle loi sur les dons d'organes nécessitant d'obtenir « l'accord de la famille et l'identité du donneur ». Jusqu'alors, on signalait, à la Colonie, une livraison imminente, et un responsable allait retirer le flacon que lui remettait un collaborateur d'Emilio... Les greffes allaient bon train puisque durant cette période la Colonie a fourni 30 pour 100 des besoins nationaux de greffes de cornées !

Et personne ne s'inquiétait de ce rythme endiablé ? De tous ces gens morts de crises cardiaques ? Personne.

L'étude des registres, soigneusement tenus par Emilio, jusqu'en 1985 en tout cas, fait ainsi défiler des noms de malades, donneurs d'organes malgré eux, tous morts d'un arrêt du cœur. L'heure de la mort est notée, l'heure du prélèvement aussi, le nom et l'identité médicale du malade également. Un exemple : « Ramon, vingt-sept ans, hydrocéphale, mort le 26 février 1983, à 20 heures, d'un arrêt cardiaque. Cornées extraites à 23 heures... »

Lui, il a sa tombe quelque part, mais les autres, les mille trois cent quatre-vingt-quinze disparus ?

Le juge se demande s'ils ne sont pas dans l'étang, sorte de mare putride et boueuse, qu'il voudrait faire assécher..

Le plus simple serait, bien entendu, qu'Emilio s'explique. Mais il déclare, pour l'instant, ignorer ce dont on l'accuse et se contente de justifier les prélèvements d'organes distribués gratuitement aux hôpitaux de Buenos Aires, ou au centre officiel, jusqu'à la date de la loi.

Après 1985, il n'existe plus, à la Colonie, de registre sur les prélèvements d'organes.

Entre 1985 et 1992, seulement des disparus... Mille trois cent quatre-vingt-quinze disparus ? Des fugueurs, répond Emilio.

Car l'horreur ne s'arrête pas en 1985. Emilio contourne la loi à sa manière, et utilise un réseau parallèle. Le juge découvre en effet, dans l'étang de la Colonie, le corps d'un adolescent de dix-sept ans, aux orbites vides. Le médecin légiste constate qu'il a été énucléé vivant, puis probablement jeté dans cet étang, d'où il a vainement tenté de sortir en rampant. On l'a laissé mourir là, comme un chien, aveugle.

La greffe de cornées n'est pas le seul commerce découvert à la Colonie. L'« extracteur d'organes » avoue avoir aussi récupéré des foies, des reins, des cœurs, vendus notamment à une clinique appartenant à Emilio, mais également à d'autres réseaux clandestins.

Le trafic d'organes était rentable. Les reins : environ

150 000 francs ; une paire de cornées : minimum 50 000 francs ; du sang destiné aux transfusions : presque 500 francs le quart de litre...

La disparition du docteur Cecilia H. n'a donc réellement plus rien de mystérieux. Il est quasiment certain qu'elle a découvert l'épouvantable marché d'organes qui trouvait sa source chez les pensionnaires de la Colonie, et qu'elle a été éliminée.

Les premières révélations sur Emilio et sa clinique apparaissent dans la presse argentine dès la fin de janvier 1992. Et le feuilleton d'horreur n'est pas terminé...

Le juge commence à peine son enquête que, déjà, le pays entier s'émeut : il s'agit de l'honneur de l'Argentine, il s'agit d'une affaire qui porte atteinte au ministère de la Santé et à ses précédents dirigeants — plus d'une dizaine —, qui n'ont jamais trouvé quoi que ce soit d'étrange à la gestion d'Emilio.

Pourtant, voici venir la suite qui, plus encore, fait froid dans le dos... Les détails proviennent des interrogatoires de deux médecins qui ont démissionné de la clinique privée d'Emilio.

Dans un premier temps, Emilio encourage les rapports sexuels entre ses malades ; les grossesses augmentent en proportion, les naissances également. Mais les enfants ne naissent pas à la Colonie. Les mères reçoivent provisoirement des vêtements convenables, de la nourriture, sont installées pour un temps dans la clinique privée, y accouchent probablement droguées, inconscientes, et leurs enfants sont tout simplement vendus. À qui ? Combien ? Quel infâme réseau de traite de nouveau-nés s'est installé là ? Des enfants nés de malades et de handicapés mentaux... Des enfants à risque.

Pourquoi ces deux médecins se sont-ils contentés de démissionner au lieu de dénoncer en temps voulu cet « élevage » humain ?

On parle beaucoup de la Mafia argentine, à laquelle on attribue ce genre de trafic. Mais le juge a une autre idée de l'affaire. Il y voit la marque d'un maniaque dangereux qui a organisé la Colonie comme un véritable supermarché distributeur d'organes et de nouveau-nés. Un abattoir peuplé d'esclaves incapables de comprendre, non soignés pour leur handicap mental, sauf les jours de visite officielle, où le médecin fou les bourrait de tranquillisants afin qu'ils fassent bonne figure devant messieurs les ministres.

Organisation d'un homme seul, peut-être, mais accompagnée et soutenue par une complicité étonnante. Une complicité de fait de la part des employés, de la part de certains médecins, de la part aussi de services officiels, forcément...

Et où allait l'argent de ce trafic ? À qui ? La Colonie fonctionnait déjà grâce à un budget annuel considérable, voté par l'État, de 15 millions de dollars. Les bénéfices du réservoir humain de douze cents malades mentaux, en moyenne, par an, ont forcément profité à quelqu'un, à un organisme, à un groupe d'hommes... Où ? Qui ?

Accessoirement, si l'on peut dire, l'un des témoignages recueillis par le juge fait état de viols commis régulièrement dans le pavillon réservé aux enfants. Service réservé au personnel ou à certains visiteurs nocturnes venus de la ville voisine ?...

Front dégarni, barbu, moustachu, sourire bonasse, Emilio, soixante-sept ans maintenant, récuse toutes les accusations.

Lorsqu'on l'interroge, lui, si soucieux de sa respectabilité, tient un discours qu'il nous semble bien avoir déjà entendu quelque part :

— Le malade mental est un chaînon manquant dans l'étude de l'humanité. Les travaux que j'ai entrepris à la Colonie étaient destinés à comprendre le mystère du cerveau humain... Je n'ai travaillé que pour la science.

En février 1992, il est écroué à la prison fédérale de Mercedes, où il doit maintenant attendre la fin de l'enquête. Une enquête qui ne va pas sans problème, car elle met en cause le système hospitalier du pays. Peu de gens parlent. Au village voisin de la Colonie, on se tait. Emilio y était considéré comme un bienfaiteur de l'humanité. Il y régnait en maître, comme dans les pavillons des malades, comme sur le personnel, qui jure de son innocence, choisit de faire des pétitions pour le défendre, et paie ses avocats. Les malades l'appelaient « padre », les employés le vénéraient comme un maître. Selon le juge, il avait fondé son système de dictateur sur la peur et l'argent.

En fait, le seul qui ait parlé pour l'instant, c'est l'« extracteur ». Lui, il agissait sur ordre. Pas responsable...

Cela aussi rappelle quelques souvenirs... « On » torture sur ordre, « on » n'est pas responsable ; « on » n'a rien à se reprocher ; le bourreau, ce n'est jamais « on ».

Emilio et sept hauts responsables de l'administration de la Colonie sont inculpés. Ils se déclarent non responsables.

Il est long le chemin du juge. Il lui reste à trouver par quelle méthode les malades décédaient d'arrêt du cœur, ou de déshydratation. Les laissait-on tout simplement mourir de faim, de soif et de manque de soins, ou Emilio avait-il une technique à lui, plus rapide ? Prise de sang à répétition, absence de nourriture, torture lente et efficace sur des êtres déjà faibles ? Deux balles dans la tête ? On dit aussi qu'il les noyait dans la mare...

Le juge doit réouvrir chaque dossier de plaintes, classé sans suite durant des années.

Il lui faut entendre les parents des victimes, lorsqu'il y en a, exhumer les corps du cimetière, interroger toute la filière officielle des « dons » d'organes, les responsables des grands hôpitaux, les fonctionnaires du ministère de la Santé. Il lui faut découvrir qui couvrait cet homme, et comment il a pu exercer son sinistre commerce de mort durant quinze ans. Quinze ans pendant lesquels Emilio s'est arrogé droit de vie et de mort sur une population de malades, la plus faible qui soit, de déficients mentaux, de handicapés, qu'il était en principe chargé de soulager, de soigner, d'aider à vivre.

C'est long quinze ans ! Il en est passé des ministres ! Onze exactement ! Il en est passé des fonctionnaires, des médecins, des inspecteurs de la Santé publique !...

Toutes ces photographies d'enfants nus se traînant sur le sol, de handicapés sur des chaises roulantes, de femmes aux regards apeurés, de tombes plantées d'une croix de bois peinte en blanc où figurent parfois seulement des initiales et une date, cette mare fétide, où peut-être pourrissent plus d'un millier de corps... tout cela donne la nausée. La nausée au nouveau ministre, au juge, à toute la presse du pays.

Pourtant, le juge n'a pas tout dit. Il y a des détails si insupportables qu'il refuse de les révéler à la presse. Il est vrai qu'il y va de l'honneur de l'Argentine.

Un pays où l'avortement et la publicité sur les contraceptifs sont interdits. Un pays au fond du gouffre économique, secoué d'émeutes et de pillages, où la dictature militaire guette toujours dans l'ombre, prête à s'emparer du pouvoir. Un pays qui a bien du mal à vivre la démocratie et à se servir d'un bulletin de vote. Un pays affamé, habitué aux disparitions, à l'autoritarisme, si bien que dans la région où se situait la clinique privée d'Emilio, même monsieur le maire s'en lave les mains, en déclarant à la presse locale : « Cela n'est pas notre affaire. »

Si l'avenir le permet, le juge et son commando d'enquêteurs anticorruption poseront peut-être un jour, sur le bureau du nouveau ministre de la Santé publique, un dossier bouclé, complet, avec les noms, les filières et une date de procès.

Mais l'avenir est si incertain dans le métier de justicier...

La mare au diable de la Colonie des fous n'est toujours pas asséchée. Monsieur le juge a-t-il vraiment tous les pouvoirs pour traîner devant un tribunal le monstre responsable de deux mille sept cent seize victimes ?

L'assassin

France

1988-1992

Lundi 18 mai 1992. Le procès de Gilbert M., accusé d'avoir violé et tué une petite fille de dix ans, que nous appellerons Sylvaine C., dans la nuit du 27 au 28 août 1988, s'ouvre devant la cour d'assises. Une autre affaire a été jointe à ce cas terrible : viol et attentat à la pudeur contre une de ses nièces, Amandine, âgée de sept ans au début des faits.

Gilbert, trente et un ans, a un visage dont la rondeur est accentuée par la coupe au bol de ses cheveux marron. Il a le cou puissant, les épaules fortes et des mains énormes. En face de lui, les neuf jurés, qui l'observent en silence, sont tous des hommes : la défense a récusé les cinq femmes qui avaient été tirées au sort.

Les faits remontent à près de quatre ans, mais sont dans la mémoire de tous ceux qui sont présents. Dans la nuit du 27 au 28 août 1988, Sylvaine, en vacances au camp scout de V., quitte sa tente avec une lampe de poche pour aller aux toilettes. Au matin, elle est introuvable.

Des moyens considérables sont rapidement mis en action pour la retrouver. Trois cents pompiers et gendarmes accompagnés de chiens et aidés par des centaines de bénévoles fouillent les environs. Au début, on pense à une fugue. Sylvaine avait été réprimandée la veille pour la perte d'un fanion, et l'enfant, équilibrée mais volontaire, avait très mal pris la chose. Pour l'inciter à revenir, le père de Sylvaine parcourt la région en voiture et en hélicoptère, en lançant au mégaphone : « C'est papa, fais-moi signe. »

Hélas, le 6 septembre, les recherches s'arrêtent. Un ramasseur de champignons découvre le corps calciné d'un enfant dans un bois, à un peu plus d'une vingtaine de kilomètres du camp scout. C'est bien celui de Sylvaine : il est identifié à l'aide d'une dent de lait que ses parents avaient conservée. Mais il est impossible de dire la cause de la mort.

Commence alors une très longue enquête. Les gendarmes pensent d'abord à un accident que les responsables du camp auraient maquillé en meurtre. Ceux-ci sont entendus sans relâche, mais on doit les libérer. L'enquête s'oriente désormais vers un crime de sadique.

Des moyens considérables sont déployés : trois mille cinq cents personnes sont entendues, dix mille voitures sont contrôlées. Tous les pervers sexuels du département sont interminablement interrogés. Les parents de Sylvaine lancent un appel à témoin, diffusant dans toute la France une affiche avec sa photo.

En vain. Les mois, puis les années passent, sans apporter le moindre fait nouveau. Et c'est le hasard qui va tout faire découvrir. Le 12 septembre 1990, un restaurateur découvre, à l'occasion d'un déménagement, dans le placard d'un de ses employés, un épais dossier composé de tous les articles parus sur le meurtre de Sylvaine.

Il prévient la police, et l'homme, Gilbert M., trente et un ans, passe aussitôt aux aveux. Il est aujourd'hui dans le box.

La présidente l'interroge d'abord sur son enfance pour essayer de comprendre sa personnalité.

— Vous êtes bien né en 1961 à Honfleur ?

— Oui.

— Quels souvenirs avez-vous de votre enfance ?

— Bof ! Pas terribles. J'aurais pu connaître des jours meilleurs. J'étais toujours timide, un peu.

La présidente se met à poser des questions, parfois les

répétant, une fois, deux fois. Et, à travers les réponses de l'accusé, dites d'une voix neutre ou hésitante, on découvre une réalité effarante : la famille de Gilbert baignait dans l'inceste. Selon l'expression qu'aura plus tard un des experts psychiatriques : « L'inceste réel ou imaginé y était omniprésent, jusqu'à la nausée. » Le père, décédé depuis, couchait avec ses filles, la mère avec les camarades de ses fils, les frères avec leurs sœurs ou avec leurs propres filles, le tout sur fond de chômage et d'existence sordide...

La présidente :

— Votre père a eu des rapports sexuels avec deux de vos sœurs, Paulette et Anne, durant des années.

Gilbert fait une moue hésitante.

— Pour Paulette, je le savais. Mais pour Anne, je n'en suis pas sûr.

— Pourtant, précise la présidente, Anne s'est donné la mort en 1983, sans doute à cause de ce que votre père lui a fait subir...

Pas de réaction de l'accusé. Elle enchaîne :

— Peu après, votre mère s'est enfuie avec un amant de vingt-cinq ans plus jeune qu'elle. Où l'avait-elle rencontré ?

— C'était le copain d'une de mes sœurs.

Effectivement... Et la mère, dont Gilbert est le préféré, l'emmène avec elle. Il suit ce couple peu ordinaire de chambre d'hôtel en chambre d'hôtel, sans aller à l'école. À quatorze ans, on le place dans un foyer. Il y passe les meilleurs moments de sa vie. Mais il est renfermé, un peu demeuré, il ne parvient pas à s'adapter. On le rend à sa mère.

— Votre mère vous reprend. Vous avez donc revu vos frères et sœurs, et en particulier votre sœur Liliane.

— Oui. Elle venait chez nous souvent.

— Avec sa fille Amandine, qui était alors âgée de sept ans, n'est-ce pas ?

— Oui.

La présidente fait venir l'enfant à la barre. Elle est à présent âgée de quinze ans. Elle est craintive, presque terrorisée.

— Je ne peux pas dire devant tout le monde ce qu'il m'a fait...

La présidente le fait à sa place. Elle décrit les caresses et les attouchements auxquels s'est livré Gilbert, qui n'a pas pu la violer en raison d'une malformation génitale. L'accusé reconnaît les faits avec une facilité stupéfiante.

— Amandine n'a jamais protesté quand vous vous livriez sur elle à des attouchements ?

— Si. Une fois. Elle a crié et je lui ai mis les mains autour du cou pour l'étrangler. Mais finalement, je ne l'ai pas fait.

La mère de Gilbert et celle d'Amandine sont rapidement au courant de ces pratiques, mais elles ne parviennent pas à y mettre fin...

Pourtant, en 1984, la mère de Gilbert, chez laquelle il vit toujours à vingt-trois ans, finit par se lasser : « Tu n'es qu'un détraqué. Si tu continues, je préviens la police », menace-t-elle... Elle ne prévient pas la police, mais un médecin, qui le place aussitôt dans un hôpital psychiatrique.

Les médecins diagnostiquent parfaitement la gravité de son cas, mais comme ils ne peuvent pas le garder contre son gré, ils le laissent sortir au bout de deux mois en lui conseillant de ne pas rester seul avec des fillettes et en lui donnant un traitement à base de neuroleptiques. Quelques semaines après avoir quitté l'hôpital, Gilbert cesse de prendre ses médicaments. Comme tous les pervers, il ne se sent pas malade et n'a aucune envie de se soigner. Il préfère continuer à vivre avec sa perversion et à assouvir ses désirs.

En 1985, il tente de se suicider avec des cachets et de l'alcool. Pourquoi ? demande la présidente.

— À cause de ce qui s'était passé avec Amandine, et puis j'en avais marre. Je n'avais pas de boulot...

Toujours est-il que, quand on le découvre inanimé, il y a tout autour de lui, sur son lit, des photos de petites filles...

Rétabli, il continue d'abuser pendant des années de la petite Amandine. Quand celle-ci devient trop vieille pour ses goûts, il s'attaque à une autre petite fille, Jessica, cinq ans. Il consigne soigneusement la chose dans son journal intime.

L'armée l'a déjà réformé pour troubles psychologiques. Le centre de formation professionnelle l'écarte pour les mêmes raisons. Ce n'est qu'en 1987 qu'il trouve l'emploi qui restera le sien par la suite : plongeur dans un restaurant.

— Que faisiez-vous quand vous ne travailliez pas ? demande la présidente.

— Rien. Ça ne me disait rien de sortir, alors je lisais.

— Quoi ?

— Des articles où il était question du viol et de l'assassinat des petites filles.

— Pourquoi ?

— Parce que ça m'intéressait !

— Vous aviez des petites amies ?

— Non. J'avais trop de mal à parler avec les filles. Je n'osais pas.

La mère est amenée à la barre pour s'expliquer.

— Madame, lui demande la présidente, saviez-vous que votre fils était dangereux ?

— Non. C'était un bon petit.

— Mais tout de même, vous saviez qu'il avait abusé de votre petite-fille Amandine ?

— Sa mère n'avait pas voulu qu'on porte plainte. Si elle l'avait fait, il ne se serait rien passé.

C'est ensuite le moment, très attendu compte tenu de la personnalité de l'accusé et des faits qui lui sont reprochés, des experts psychiatriques. Les médecins ont presque les mêmes phrases pour le décrire :

— Gilbert M. a fait preuve, lors des entretiens, d'une grande froideur affective, ne témoignant jamais de regrets ou de remords.

Effectivement, et c'est une autre caractéristique qu'on retrouve chez tous les pervers, Gilbert est inaccessible au remords. Il vit dans un monde à part où les notions de bien et de mal n'ont pas de sens. D'ailleurs, en prison, il continue de collectionner les articles sur les assassinats de petites filles.

Il est pourtant responsable de ses actes au sens pénal du terme et doit en répondre devant le tribunal.

L'un des experts précise :

— Il présente un grand état de dangerosité et peut repasser à l'acte à tout moment... Il n'a aucune envie de résister à ses pulsions dans la mesure où c'est leur réalisation qui lui apporte du plaisir.

Et les deux experts ont la même conclusion :

— Nous sommes en présence d'un pédophile pervers à comportement sadique.

En réponse à une question des avocats de la partie civile qui évoquent une castration chimique ou une lobotomie, ils rejettent catégoriquement cette possibilité :

— Il n'y a pas de solution médicale...

Tandis qu'on tient ces propos terribles sur lui, Gilbert reste silencieux, les bras croisés, comme étranger à ces choses...

Ainsi se termine cette première journée d'audience, qui, pour tous, surtout les parents de Sylvaine, aura ressemblé à un voyage en enfer... C'est le lendemain, 19 mai, que la présidente en arrive enfin à l'objet du procès.

— Gilbert M., nous allons à présent aborder l'assassinat. Vous avez avoué aux gendarmes et au magistrat instructeur que, durant l'été 1988, vous aviez décidé d'enlever et de tuer une fillette. Vous saviez que des scouts campaient près de V. Vous avez imaginé de vous poster la nuit près de leurs tentes et d'attendre que l'une des petites sorte. Ce fut Sylvaine. Vous vous êtes jeté sur elle, vous l'avez bâillonnée et maîtrisée, puis vous l'avez jetée dans votre voiture. Vous l'avez emmenée à une vingtaine de kilomètres de là, dans un petit bois bien connu des amoureux...

À ce moment, Gilbert se dresse à sa place.

— Il faut que je vous dise quelque chose : Sylvaine, c'est pas moi qui l'ai tuée !

Malgré ce coup de théâtre, la présidente ne se démonte pas.

— Je vous rappelle que vous avez passé des aveux à huit reprises à la gendarmerie et à douze reprises devant le magistrat instructeur.

— J'en avais marre.

— Marre de quoi ?

— Marre d'avouer le crime que je n'ai pas commis...

La présidente ouvre son dossier.

— J'ai sous les yeux une lettre de votre main. Elle commence par : « Comment violer une fillette sans difficulté. » Ce n'est pas vous qui avez rédigé ces lignes ?

— Je ne sais plus...

La présidente lit :

— « Pour violer une petite fille, rien de plus simple : 1. Bien se concentrer ; 2. La regarder bien dans les yeux ; 3. S'assurer qu'il n'y a personne pour vous voir. Si elle se débat, ne pas hésiter à l'étrangler. »

Gilbert admet d'un signe de tête être l'auteur de la lettre. La présidente poursuit.

— Et celle-ci ? « Je suis l'assassin de Sylvaine. Je suis un sadique qui n'aime que les petites filles. J'ai déjà violé une nièce de sept ans et ce soir, je vais brûler une autre petite fille comme Sylvaine... »

Cette fois, l'accusé nie avec énergie :

— C'est pas moi. C'est peut-être mon frère Pierre ou quelqu'un de ma famille !

Son frère Pierre, précisons-le, est en train de purger une peine de prison pour viol et inceste... La présidente retourne aux faits et mène son interrogatoire avec à la fois beaucoup de patience, de douceur et de fermeté.

Elle revient à la journée du 27 août 1988. L'accusé a décrit son emploi du temps en détail devant le juge d'instruction. Se sentant déprimé, il avait décidé de ne pas aller travailler et de faire un tour. Il a aperçu le camp scout avec les fillettes dans leur tente. C'est en rentrant chez lui, c'est-à-dire chez sa mère et son jeune amant, que l'idée du viol lui est venue.

Gilbert secoue la tête, buté :

— Je ne me souviens de rien. Et d'abord, je suis innocent !

— Je voudrais que vous fassiez un effort, même si cela vous dérange. Cela vous gêne peut-être de raconter ces choses devant tant de monde ? C'était plus facile devant un juge, n'est-ce pas ?

— Oui...

La présidente a gagné. Gilbert capitule. Les yeux mi-clos, il évoque ses souvenirs.

— Oui, l'idée du viol m'est venue au retour. J'ai pensé à ce que j'avais fait à ma petite nièce. Mais je ne voulais pas être arrêté, alors j'ai pris du matériel : du coton, un mouchoir, un drap et de l'essence...

— Pour quoi faire ?

— Le drap, c'était pour l'allonger, le coton, pour lui mettre dans la bouche, le mouchoir pareil, et l'essence, pour en finir, pour qu'elle ne me dénonce pas et qu'elle disparaisse à jamais...

La présidente se contente de relancer l'accusé de temps en temps. Dans la salle figée, muette, il parle, il parle :

— Ce soir-là, j'ai attendu que ma mère et son ami s'endorment pour prendre les clés de leur voiture. Arrivé au camp des scouts, j'ai guetté. Dans la nuit, j'ai entendu comme un bruit de fermeture Éclair et j'ai repéré une gamine qui s'accroupissait près d'un buisson. Je l'ai attrapée sans qu'elle me voie arriver, je l'ai saucissonnée, je l'ai bâillonnée, puis je l'ai déposée à l'arrière de ma voiture et je suis parti vers le bois où, tout petit, je ramassais des champignons.

— Pourquoi un bois ?

— Ben, pour être tranquille... Je l'ai sortie de la voiture. J'ai voulu la violer et elle a crié. Elle s'est débattue, alors je lui ai cogné la tête contre une pierre. J'ai essayé de la violer, mais je n'y suis pas arrivé. Alors, je l'ai enroulée dans le drap, je l'ai arrosée d'essence et j'y ai mis le feu. Je me suis reculé et j'ai regardé le corps qui brûlait dans la nuit. Quand je suis parti, il brûlait encore...

— Et puis ?

Gilbert ne répond pas. Il semble avoir pris brusquement conscience de ce qu'il est en train de dire.

— Mais tout cela, c'est ce que j'ai dit. Bien sûr, je l'ai inventé...

— Pourquoi ?

— Parce que j'étais obligé !

— Par qui ?

— Par moi..

Gilbert n'a rien inventé... C'est ce que dit avec beaucoup de fermeté le colonel de gendarmerie qui a mené l'enquête pendant deux ans et qui vient déposer tout de suite après.

— Il nous a dit tous les détails que nous avions cachés à la presse et que seul l'assassin pouvait connaître...

Mais le moment le plus intense du procès est la déposition des parents de Sylvaine, en tout point admirable.

Depuis le début, leur attitude a toujours été empreinte de la plus grande dignité. À l'argument favori des partisans de la peine de mort : « Et si cela arrivait à votre fille, est-ce que vous ne changeriez pas d'avis ? », Anne-Marie et Claude C. ont répondu. Ils étaient contre la peine capitale avant le drame, ils le sont toujours. Ils l'ont dit tous deux aux journalistes... Anne-Marie : « L'exécution du coupable ne m'apporterait rien si ce n'est quelque chose de plus pénible encore. » Claude : « Ce serait trahir notre fille et son image. Nous ne croyons pas à l'effet dissuasif de la peine de mort... »

Ils ont assisté à ces terribles débats, silencieux au banc de la partie civile, en compagnie de leur fils, quinze ans, qui a tenu à venir lui aussi. Petite, habillée de bleu, Anne-Marie arrive à la barre pour déposer, ainsi que la loi le demande :

— Je suis la maman de Sylvaine et je voudrais évoquer sa mort. Perdre un enfant est toujours épouvantable. Quand c'est au cours d'une maladie ou d'un accident, on peut toujours l'aider. Pour nous, cela n'a pas été le cas... Une petite phrase du dossier me poursuit, celle où l'accusé dit : « Elle pleurait en me regardant. » Je sais ce qu'elle a pu éprouver et ce qu'elle a souffert...

Anne-Marie parle encore quelque temps, puis son mari vient la prendre dans ses bras et la raccompagne à sa place. Il s'avance à son tour à la barre. C'est un homme grand et distingué, portant lunettes.

— Sylvaine était une enfant gentille. Un peu pour la taquiner, je l'appelais « ma grande », et j'étais fier de me promener la main dans la main avec elle. Je pense à tout ce qu'elle aurait pu connaître en étant une jeune fille, puis une femme. Dix ans, c'est peu pour un être humain. Comme tous les pères, avec un peu de naïveté, je rêvais de la faire danser le jour de ses dix-huit ans...

Et Claude conclut :

— Je voudrais qu'on ne donne jamais à cet individu l'occasion de recommencer.

Dans la salle, l'émotion est à son comble, et on peut constater que les neuf hommes qui composent le jury ont tous les larmes aux yeux.

La présidente donne ensuite la parole aux représentants des parties civiles.

L'avocat des parents plaide le premier, suivi de l'avocat des Scouts de France et de celui d'Enfance et Partage. Ce dernier demande une minute de silence pour tous les enfants martyrs, et réclame l'élimination de la société de l'accusé.

Enfin, l'avocat général se lève pour son réquisitoire. Très ému, il s'adresse d'abord aux parents :

— Je veux leur dire que, depuis des semaines, je vis leur calvaire. Leur fille, j'ai l'impression de l'avoir connue.

Ensuite, il se tourne vers le jury, de composition exclusivement masculine :

— Je ne peux imaginer, leur dit-il, qu'on ait une attitude différente face au meurtre d'un enfant, selon qu'on est un homme ou une femme.

Enfin, il en vient à l'accusé :

— Gilbert est un pervers sexuel. Il n'y a pas de thérapie pour un cas comme le sien. Il n'éprouve ni remords ni regrets. Sa dangerosité est donc très grande. Ce n'est pas la vengeance qui m'anime ici. Il faut faire un choix : le sort d'autres enfants est en jeu. Pour que plus jamais cela n'arrive par lui, je vous demande de condamner Gilbert à la réclusion criminelle à perpétuité, assortie d'une peine de sûreté de trente ans.

Trente ans : le grand mot est lâché ! La peine de sûreté de trente ans, votée en 1986 pour remplacer la peine de mort, n'avait d'abord pas été appliquée, étant jugée trop sévère. Ce n'est qu'en 1989 que Pascal L. a été condamné à cette peine, mais son procès avait été cassé, et lorsqu'il a été rejugé, il n'a eu que vingt ans. Mais depuis, à trois reprises, des peines de sûreté de trente ans ont été prononcées.

Face au procureur, la tâche de l'avocat de la défense n'est pas aisée. Il le confesse en commençant :

— J'ai la plus lourde tâche qui puisse incomber à un avocat...

C'est si vrai que, à peine a-t-il commencé à plaider, il est victime d'un malaise. Ce n'est qu'après une suspension d'audience d'une demi-heure qu'il peut recommencer à parler. Il s'en prend à la peine de sûreté de trente ans, « peine de mort déguisée », et plaide l'erreur judiciaire, faisant référence à l'affaire Ranucci :

— Je ne veux pas qu'on agite plus tard le syndrome du pull-over rouge, s'écrie-t-il. Il ne suffit pas, pour être coupable, d'être Gilbert, avec ses fantasmes sexuels et sa pauvre personnalité. Il ne suffit même pas de ses aveux. Il a souvent dit n'importe quoi. Il est peu intelligent et très influençable.

Lorsque son avocat a terminé, la présidente donne la parole à l'accusé. Ce dernier bredouille :

— Ben... Je ne suis pas l'assassin.

L'audience est levée et le jury se retire pour délibérer. Il revient trois heures plus tard avec son verdict : c'est « oui » aux douze premières questions concernant la culpabilité et « non » à la treizième, sur les circonstances atténuantes. La présidente annonce le verdict : réclusion criminelle à perpétuité, assortie de trente ans incompressibles.

Gilbert M. n'a aucune réaction. Il est le quatrième en France à être ainsi condamné.

Papa nazi

France

1989-1992

Elle ressemble à une jolie petite souris. Une de ces petites souris blanches, au museau pointu, au regard sensible, fragile et soyeuse, que l'on voit parfois tourner désespérément dans une cage de verre, sous l'œil implacable d'un chef de laboratoire.

Et cette jolie souris est à la merci d'un homme. Il peut lui inoculer du poison dans le cerveau. Il peut l'utiliser comme objet d'expérience, faire naître dans sa tête l'agressivité que la nature ne lui a pas donnée en partage. Il veut faire d'elle un robot, à l'image d'autres robots. Il veut qu'elle adopte le comportement qu'il a choisi, qu'elle obéisse à sa loi, celle qui déclare qu'une race est supérieure aux autres.

Cet homme ressemble à ce qu'il est : un néo-nazi. Corps lourd, épais, regard de dictateur derrière des lunettes étroites, cerclées de fer, insigne au poitrail. Cet homme-là est le père de la petite souris.

Le conditionnement a commencé dès le plus jeune âge. Père de cinq filles, l'homme doit être déçu des hasards de la génétique qui ne lui a pas donné de fils. Il aurait certainement préféré entraîner au combat une armée de nazillons.

Car il fait subir à ses filles un entraînement digne de l'armée. Tenue de combat kaki, maniement des armes, marche forcée, et si les résultats sont médiocres, coups de pied pour faire avancer les idées.

Dans la chambre de la petite souris, siège toute la

panoplie dérisoire des nazillons en mal d'épopée : de l'aigle hitlérienne au buste d'Hitler. L'éducation littéraire est limitée à *Mein Kampf*.

La petite souris, comme ses sœurs, a appris à tirer, à crapahuter dans les bois, à faire des pompes, et, surtout, à prendre des coups de rangers dans le ventre.

Car la petite souris n'a pas la force d'un soldat. Elle est menue, fragile, cardiaque, et résiste plus que les autres à l'ambition paternelle. Judo, karaté et lavage de cerveau, armes, slogans racistes et politiques l'ennuient. Si elle pouvait échapper au dictateur, elle irait flâner au milieu des fleurs, rêver à d'autres musiques que les marches militaires, et grignoter la vie à son rythme, en douceur, de découvertes en petits bonheurs. Une vie d'adolescente normale. Juste cela. Être comme les autres, qui vont à l'école et y apprennent les vérités qu'il faut savoir, pas les contrevérités qu'on lui inculque. Faire partie de celles qui vont danser, rire, avec les copains et les copines du quartier.

À dix-sept ans, elle n'a appris de la vie que la violence, la haine, la force.

La race supérieure que veut encore représenter son manipulateur de père évolue pourtant très bas, au ras des réunions de groupuscules d'extrême droite.

En 1984, la petite souris a douze ans, et s'échine sur les dictées extraites de *Mein Kampf*, ânonnées par son père. Les préoccupations politiques de ce colosse à la vue courte viennent de trouver des encouragements : colleur d'affiches un peu trop voyant, même pour l'extrême droite, il a trouvé refuge à l'extrême de l'extrême, dans un tout petit parti, qui l'accepte comme militant de base. Quelque part dans une ville du Nord, ce nazi à la quarantaine infantile s'occupe de l'entraînement d'un groupe de jeunes, pour les former aux « techniques de provocation raciste ».

Si l'on peut parler de technique... Il s'agit, par exemple, très lâchement, d'aller peindre, en groupe, une croix gammée sur la maison d'une famille française d'origine maghrébine. Plus fort encore : de planter une croix de bois, style Ku Klux Klan, devant ladite maison, avec l'inscription « Mort aux bougnoules ». C'est le style — ô combien lamentable ! — de l'entraîneur, et sa signature. Ainsi qu'on le voit, la France de 1984, à une époque où un certain leader d'extrême droite fait ce que l'on appelle une « poussée » au Parlement européen, cette France abrite toujours, de-ci, de-là, des énergumènes dangereux.

Le père de la petite souris, Jean-Luc C., est inculpé « d'incitation à la haine raciale ». C'est peu de chose, car un jeune garçon d'origine tunisienne est mort quelques heures après l'exploit de la bande que Jean-Luc a entraînée. Mort dans des circonstances que la procédure judiciaire a bien du mal à éclaircir. Ce n'est que quatre ans plus tard que cette inculpation va mener Jean-Luc en prison pour huit mois fermes. C'est toujours peu. Mais il s'en vante comme d'une médaille.

Et il est content de voir ses filles suivre le sinistre fanion qu'il brandit. L'aînée se bagarre à coups de couteau avec une écolière algérienne. Elle fait l'objet de ce qu'on appelle une « mesure éducative », assortie d'une peine de principe. La deuxième suit les manifestations du groupuscule paternel.

La troisième, c'est la petite souris. Qui ne marche pas du même pas. Qui considère avec terreur les exploits suspects de son père. Qui le voit s'engager avec l'ardeur et la souplesse d'un tank dans l'activisme le plus bête.

Jean-Luc prend du galon au sein du groupuscule : il est nommé garde-bûcheron-régisseur d'un château en Sologne, qui abrite les réunions du « parti ». Car il a fait ses preuves. Il a agressé un voisin qui n'était pas de son avis, il a mené une expédition punitive pour venger un gamin porteur d'insignes néo-nazis tabassé par deux jeunes gitans exaspérés. Il a des chiens-loups, de ceux qui montrent les crocs. Lui-même est armé jusqu'aux dents.

Et le conditionnement de sa petite famille continue. Un, deux, en petites foulées, arme à l'épaule, on tire sur les boîtes de bière, on rampe face à l'ennemi, on est contre tout ce qui n'est pas blanc, blond, français, on accroche à son cou la croix gammée, pauvre croix détournée par l'histoire, et en guise de livres d'histoire, il n'existe sur les étagères familiales que les ouvrages révisionnistes, diffusés par un libraire parisien.

En 1989, la petite souris aura bientôt dix-sept ans. Elle est jolie comme un cœur, avec sa frange de cheveux lisses et noirs, ses yeux en amande, ses longs cheveux dans le dos, son sourire tendre, qui n'attendrit personne. Elle tourne toujours en rond, affolée dans sa cage, sous les hurlements de son père, ses injonctions à se dépasser, à être « de la race de ceux... ».

Elle n'en peut plus. Et il semble qu'il y ait également défection dans les rangs familiaux. La sœur aînée est amoureuse, ô scandale... d'un jeune Italien.

Le père ne pourra jamais supporter pareille atteinte à la race.

La petite souris et son aînée complotent en secret. Leur rêve est d'échapper un jour à ce camp nazi infernal qui leur sert de foyer. Elles ne veulent plus tirer au fusil à pompe, ou au Luger, elles ne veulent plus assister aux réunions d'intox, où on leur bourre le crâne avec des slogans, « holocauste bidon », où l'on répète « À bas les juifs, à bas les Noirs ».

L'aînée s'enfuit avec son amoureux, pendant que le père fait le garde-chiourme en Sologne. La petite souris est dans la confidence.

Lorsque le père rentre, après le week-end du 14 juillet 1989, où il a dû refaire le monde en compagnie des siens, il manque une fille à l'appel.

La mère ne veut rien dire. La petite souris non plus. Pas question de trahir le secret, c'est une affaire de vie ou de mort.

— Toi, la Mongole, si tu ne me dis pas où elle est, je t'esquinte !

C'est gentil, Mongole, comme surnom. De la part d'un père, c'est plein de tendresse. Mongole, c'est pour les yeux en amande. Quand la jeune fille chute, essoufflée, à l'entraînement, c'est carrément « mongolienne »...

— Alors ? J'écoute ou je frappe ? De toute façon, je

la coincerai ! Et vous savez ce que j'en ferai ? Je la descendrai à la cave !

Silence terrorisé dans les rangs. Car les menaces du père sont toujours sérieuses. La descente à la cave, c'est la possibilité d'accomplir le vieux rituel de torture, dont il doit rêver depuis longtemps : cogner sa fille à mort pour lui sortir ce « manouche » de la tête, pour avoir osé trahir le système, franchi les barbelés du camp ! On ne s'évade pas, ici !

— Toi, je te donne l'ordre de lui tirer d'abord dans les jambes, et de m'avertir après !

Il s'est adressé à la mère. Il est normal qu'une mère tire dans les jambes de sa fille, pour la punir d'être amoureuse...

Et le père arme et installe au-dessus de l'horloge familiale un pistolet Luger 22 long rifle.

Pour compléter sa mise en scène, il brandit même une grenade sous le nez de la petite souris.

La fugueuse est partie dans la nuit du 11 juillet. Nous sommes le 17 juillet au soir. La mère est sans pouvoir, la petite souris de même. Comment empêcher cette montagne de muscles bien enrobés de partir en guerre punitive ? Il retrouvera la piste de sa fille sans effort. Il la tuera peut-être, ou son amoureux. Qu'elle ait vingt ans, qu'elle soit majeure n'y change rien.

Quant à chercher refuge auprès des autorités policières, ce serait pire. D'ailleurs, que dire ? Des menaces restent des menaces. Il aurait beau jeu de nier, pour se venger ensuite. Et il a déjà eu tant de démêlés avec la justice qu'il faudrait chercher loin quelqu un qui s'intéresse au désarroi de cette famille classée néo-nazie, où l'on vit en cercle fermé, où l'on a appris à étouffer, à subir, à prendre des coups, à courber l'échine. Et, surtout, à ne pas appeler au secours.

La petite souris a bien des cicatrices — un coup de ranger dans le ventre, ça laisse des traces —, mais ce sont les seules traces visibles de l'enfer du cercle familial. C'est à l'intérieur, dans la tête de la petite souris, que le conditionnement a fait des dégâts.

Le tyran est allé se coucher. La nuit du 17 au 18 juillet 1989 passe. Et on ne sait pas comment, cette nuit-là, une mutation se produit. La petite souris devient jeune fille, et se révolte.

Au matin, elle se lève en silence, après sa mère qui est sortie s'occuper des poubelles.

Elle va chercher le revolver que son père a placé sur le haut de l'horloge. C'est une arme lourde, mais elle a l'habitude. Elle monte dans la chambre où son père dort encore, elle fait le tour du lit, à pas feutrés, elle braque l'arme, comme à l'exercice, tire. Deux fois.

Elle quitte la chambre, enveloppe le revolver dans un torchon, et va chercher sa mère.

— J'ai tué papa.

C'est calme, sans hystérie, d'une propreté terrible.

Sa mère ne la croit pas, sur le moment. Cette petite fille fragile, qui pèse moins de quarante kilos, dont le cœur a tant de mal à résister aux émotions, dont le regard est si triste, n'a rien de violent. Tout ce que lui inculquait son père allait contre sa nature, elle ne le subissait que par peur des coups, des insultes, des humiliations.

Lorsque la mère constate le crime, elle appelle les gendarmes, qui emmènent la parricide en prison.

Au fond, le tyran a réussi. A force d'inculquer la violence, elle s'est retournée contre lui. À force d'acculer sa fille, de la terroriser, d'en faire sa victime permanente, il a obtenu ce qu'il cherchait. Elle a tiré comme il le lui avait appris. La main ferme, deux balles dans la tête. C'est une exécution. Un soulagement. De l'autodéfense. De la survie. Non seulement pour elle, mais surtout pour sa sœur. Elle dit aux gendarmes :

— Il avait presque deviné sa piste. Il allait nous rouer de coups pour la retrouver, la tuer. Je ne pouvais pas le laisser faire.

La petite souris reste en prison un mois. Son avocate obtient un placement dans un foyer pour adolescents. Elle y grandit retrouve la vie presque normale d'une jeune fille de son âge. Rencontre un garçon au foyer, se marie, et meet au monde une petite fille qui lui ressemble. Même bouche en fleur, mêmes yeux en amande.

Mais rien n'est rose, le bonheure ne pousse pas si vite,

et la petite souris a encore peur de la vie. Elle forme avec son mari un couple d'écorchés vifs — lui aussi a connu les coups —, et elle ne s'entend plus très bien avec lui. Et puis, il y a l'avenir. Et l'avenir immédiat de cette année 1992, c'est le procès. Elle va devoir répondre, à vingt ans, du meurtre de son père.

Le tribunal va-t-il comprendre cet étrange parricide et admettre, en quelque sorte, la légitime défense ?

Elle a tué son père, qui n'était pas un père, mais un instructeur paramilitaire. Un nostalgique des SS. Un fou de *Mein Kampf*, un pousse-au-crime raciste.

Oui, mais c'était son père. Et c'est grave, un parricide.

Alors, un mois avant le procès, la petite souris faiblit. Elle a envie « de se foutre en l'air », un jour de printemps. Elle avale son tube de pilules pour le cœur pour ne pas avoir à affronter tout cela, ne plus entendre parler de ces horreurs. Ne pas disséquer ce qui s'est passé ce jour-là, pourquoi elle a agi, s'il y a eu préméditation ou pas. Ne pas expliquer le conditionnement, la peur et la haine déversées dans sa tête jour après jour.

La petite souris ne meurt pas. Son acte suicidaire était davantage une tentative de fuite qu'une envie de mort.

Le 18 mai 1992, la veille du procès, on l'emmène en prison, comme il est d'usage. Une nuit en cellule sans dormir, devant une gamelle froide. Lever à 6 heures, et la petite souris s'en va, entre deux gendarmes, comparaître devant un jury populaire, mais à huis clos, puisqu'elle était mineure au moment des faits.

Elle en ressort le soir. Acquittée. Le jury populaire a parfaitement compris ce que veut dire « crime contre l'enfance ».

L'avocat général avait demandé deux ans avec sursis. La défense a été solide, structurée, simple.

La petite souris est libre.

Elle raconte aux journalistes qu'elle a eu peur de retourner en prison. Si peur. Qu'elle a revu sa mère, ses sœurs, écouté tous les témoins raconter son histoire, rappeler comment elle a cru naïvement, lorsqu'elle était une petite fille, qu'Hitler était son tonton... puisque papa avait mis sa photo dans la chambre et ne parlait que de lui.

C'était dans une autre vie, une enfance fichue, avec violence et acharnement, un viol cérébral.

Et la jeune fille pose devant les quelques journalistes qui attendaient là, avec son joli sourire timide, et son air lisse et sage. On lui demande ce qu'elle a ressenti après l'acquittement.

— J'ai chanté dans le car des gendarmes. Les gendarmes aussi étaient contents.

On lui demande ce qu'elle va faire maintenant.

— Je vais m'occuper de mes fleurs. Au foyer, il y a un grand jardin, je fais pousser des fleurs, et le mois de mai, c'est la floraison.

Après les fleurs ? La vie.

Rencontre fatale

France-Juin 1992

C'est l'épilogue d'une rencontre fatale entre deux destins que rien ne semblait destiner à se croiser. La victime a regagné depuis longtemps le paradis de ses ancêtres, après trente-trois ans d'une pauvre vie terrestre. L'assassin s'entend condamner à la réclusion criminelle à perpétuité assortie d'une période de sûreté de dix-huit ans. Autre manière de terminer sordidement une existence mal commencée, mal vécue, condamnée d'avance par les tares d'une famille inexistante.

Dans les années 80, Lam, courageux fils d'une famille vietnamienne décimée par la guerre et désespérée par les horreurs vécues au quotidien, décide de s'échapper vers la France et sa liberté. Il parvient à Paris et trouve du travail comme chauffeur. Ce garçon, qui ne manque pas d'énergie, se met à épargner avec une patience de fourmi. Le fait d'être parvenu en France n'est pas son but. Il a un plan et un projet à accomplir : celui de faire venir auprès de lui sa sœur Lay, restée au pays avec leur mère. Les deux femmes attendent, en survivant tant bien que mal, l'exécution de la seconde partie du plan familial : dès qu'il aura économisé suffisamment d'argent, Lam accueillera sa sœur en France et elle aussi se mettra au travail, courageusement, avec la ténacité des Asiatiques. Elle aussi mettra de côté, sou après sou, la somme suffisante pour que leur mère puisse les rejoindre. Ils savent qu'il leur faudra des années pour parvenir à leurs fins, mais ils ont confiance et sont persuadés qu'un jour, réunis tous les trois en France, ils pourront oublier le Viêt-nam, où le père de famille est mort dans les camps de détention. Père dont le squelette anonyme repose quelque part dans une des sinistres fosses communes qu'on a découvertes...

1965 : Joseph D., dix ans, a des problèmes. Il n'est pas plus mauvais qu'un autre, mais sa maman n'est peut-être pas la mère idéale : qualifiée pudiquement par l'administration de « cantinière des armées en Algérie », elle a dû renoncer, et pour cause, à ce type d'activité. Le père de Joseph ? Bah ! Qui sait même qui il est, où il peut être ? « Quand on s'assied sur un fagot d'épines, disait autrefois une courtisane en mal d'enfant, on ne va pas chercher laquelle vous a piqué. » La mère de Joseph suit son destin de « cantinière ». Elle nourrit son petit et, affirme-t-elle avec sérénité, « lui inflige des corrections lorsqu'elle le voit ». Joseph en tirera une certaine difficulté relationnelle avec les représentantes du sexe « faible ».

Il traîne ses culottes courtes de nourrices en « maisons », de familles d'accueil en institutions religieuses et caritatives. Puis il aborde la vie professionnelle avec ses dix-huit ans et les faibles atouts qui sont les siens. Magasinier, livreur, employé dans une fabrique de chocolats...

Joseph rencontre une certaine Sylvie dans un café.

Elle n'a que quatorze ans, mais elle fait plus que son âge : la preuve, cette Sylvie, qui traîne dans les cafés interdits aux mineurs, se laisse embrasser par Joseph dès leur première rencontre. Baiser maladroit, mais qui enflamme le cœur de l'amoureux. « Et si on se revoyait demain à la patinoire ? — Bonne idée », dit Sylvie. Mais Joseph, le lendemain, l'attend en vain. Comme il connaît l'adresse de Sylvie, il écrit une lettre et il se rend chez elle pour lui en faire lire le contenu. En la déchiffrant, Sylvie croit à une plaisanterie. Elle lit : « J'ai tué Sylvie parce que c'est une garce. Mais je l'aimais. » À quatorze ans, Sylvie n'a pas assez d'expérience pour sentir que l'heure est grave. Par un réflexe féminin, elle se jette au cou du beau Joseph. Au lieu d'un baiser de réconciliation, elle sent la lame d'un couteau qui la pénètre jusqu'au cœur. Puis Joseph s'en va, en emportant le sac de la pauvre fille. Le 20 juin 1975, il est condamné à douze ans de réclusion criminelle. Au Viêt-nam, la famille de Lam ne sait pas que sa destinée se forge à la fois en France et sur l'échiquier asiatique. Elle vit encore des jours heureux...

En prison, Joseph partage la cellule d'un Chinois. Cela pourrait être une cohabitation sans problème, ou bien une antipathie incoercible. Ici, le destin de Joseph prend un tournant important. Fasciné par la personnalité de son compagnon, Joseph, qui sait à peine écrire son nom, se prend de passion pour la culture chinoise. Il en a le temps, et l'administration considère d'un œil favorable ses efforts intellectuels, sans bien en comprendre le pourquoi ni la finalité. Joseph non plus, d'ailleurs, ne sait pas ce qui le pousse à apprendre le mandarin. Au bout de quelques années, il le parle et l'écrit. Il s'intéresse aux arts martiaux, se sent de plus en plus « chinois », parle de « sa » civilisation, se fait tatouer un dragon sur le bras, fait la grève de la faim pour que les détenus asiatiques reçoivent des repas à base de riz, et obtient gain de cause.

En 1986, Joseph est libéré : un Joseph bien différent de celui qui est entré derrière les grilles onze ans plus tôt. Il est devenu électricien, il est surtout devenu « chinois ». Joseph, complètement métamorphosé, trouve du travail rapidement et, exemple rare de réinsertion réussie, gagne très bien sa vie. Son patron n'a qu'à se féliciter de lui, à l'exception d'un détail : Joseph remplit toutes les feuilles de travaux en idéogrammes chinois illisibles...

Pendant ce temps-là, Lam conduit des camions, économise, tandis que sa sœur et sa mère espèrent en un avenir meilleur...

Joseph, « le Chinois », qui gagne 10 000 francs par mois, se sent de plus en plus asiatique. Il refait son histoire à sa manière, transforme les vrais personnages de son enfance : son père, inconnu, devient un riche commerçant qui l'a expédié en Chine lorsqu'il était encore enfant ; sa nourrice, peu caressante, devient, dans la nouvelle version, asiatique. Joseph cherche par tous les moyens à changer de peau. En 1988, il rencontre et épouse une vraie Chinoise, qui désire plus que tout au monde obtenir la nationalité française. Elle se marie en ne connaissant rien de la véritable histoire de Joseph... Elle le quitte très vite, instinctivement effrayée par le tempérament de son mari, froid comme la lame d'un couteau à cran d'arrêt. Il voudrait transformer son nom et l'écrire à la chinoise, n'en garder que la version phonétique. Curieux délire, pense-t-elle. Elle ignore cependant qu'elle a épousé un assassin. Le divorce est prononcé.

Au Viêt-nam, Lay sait qu'elle va devoir quitter bientôt le pays et, pour ne pas se retrouver mêlée au cauchemar des *boat-people*, elle vend les quelques bijoux qu'elle a pu sauver du désastre ; ainsi pourra-t-elle arriver saine et sauve à Paris.

Le voyage vers le bonheur de la petite Lay se passe bien. Elle trouve du travail et obtient le papier précieux entre tous : la carte tricolore de réfugiée, qu'elle ne doit perdre en aucun cas sous peine de se voir réexpédiée au Viêt-nam. Le bonheur est une longue patience. Lay en a, et de la prudence aussi.

Joseph n'est pas du genre prudent, plutôt du genre impulsif. Il donne sa démission de son emploi d'électricien car il vise une autre place plus conforme à son tempérament mais, manque de chance, au dernier moment, le nouvel emploi ne se libère pas. Voilà notre « Chinois » chômeur. Avec le divorce, cela représente deux graves échecs pour sa propre image. Ayant démissionné, il ne touche pas de prestations sociales. L'argent vient à manquer. Joseph songe à un cambriolage. Il songe aussi à refaire sa vie...

C'est à ce moment-là qu'il rencontre Lay. Il ne la rencontre pas exactement, il l'aperçoit. Dans une rue d'Aubervilliers, Joseph le Chinois qui, instinctivement, jauge du regard toutes les Asiatiques qu'il croise, aperçoit la jolie Vietnamienne de trente-trois ans qui, au jour à peine levé, se hâte vers son nouveau travail. Elle serre contre sa poitrine son sac à main et Joseph en conclut qu'elle transporte sans doute une importante somme d'argent. Mi-alléché, mi-émoustillé, Joseph, qui n'a rien de mieux à faire, emboîte le pas à la petite Lay. Il la suit, de wagons de métro en correspondances, de couloirs en changements, et ils débouchent, toujours sans s'être adressé la parole, rue Saint-Antoine. Lay sort un trousseau de clefs de son précieux sac à main. Joseph bondit au moment où elle ouvre la porte de l'atelier de confection où elle travaille. Lay hurle. Joseph ne dit rien. Il n'a rien à dire aux femmes qui hurlent. La seule réponse qu'il connaît, c'est sortir son couteau à cran d'arrêt.

La pauvre Lay reçoit quarante-neuf coups de cran d'arrêt sans jamais lâcher son sac qui contenait son unique trésor : sa carte de séjour. Elle meurt quelques heures plus tard.

Joseph apprendra peut-être une ou deux nouvelles langues exotiques pendant les dix-huit prochaines années, avant de croiser le destin de quelqu'un d'autre...

Pour que les enfants aillent au paradis

Brésil-Avril 1992

Ce matin, sur la plage mondialement célèbre de Copacabana, on a trouvé le corps ensanglanté d'un enfant de six ans, violé, plusieurs fois, étranglé, abandonné. Personne n'a signalé sa disparition. Une de plus en ce Brésil du XXe siècle, où l'on tue un enfant toutes les quarante-huit heures. Quelle importance que la mort, atroce, d'un enfant qui n'a pas encore l'âge de raison, dans un pays où l'explosion démographique, corollaire inévitable de la pauvreté, submerge le pays de petits êtres au destin tragique ? Les redoutables et mystérieux Escadrons de la mort nettoient à leur manière et, au petit matin, on retrouve souvent des cadavres d'enfants, « voleurs » éliminés par ces « justiciers » qui résolvent le problème de la surpopulation galopante en abattant comme des bêtes malfaisantes, d'une balle dans la tête, des petits humains tombés du nid dans le ruisseau.

Pourtant, ce crime-ci n'est pas l'œuvre des Escadrons.

Il a bien un auteur. Il a même un témoin. Comme beaucoup d'autres crimes.

Ici, il est plus important de survivre, de trouver de la nourriture, n'importe laquelle, à n'importe quel prix, plutôt que de se pencher sur les raisons qui font qu'on a trouvé un corps innocent souillé, brisé, assassiné sur une des plus belles plages du monde, plage synonyme de luxe, de soleil, de bonheur de vivre.

Parmi ces innombrables futures victimes, âmes innocentes à qui la vie ne laisse aucune chance, Marcelo naît en 1967, dans une favela proche de Rio, village de carton et de tôle ondulée, dévasté périodiquement par les incendies, par les glissements de terrain, où n'existe ni eau courante, ni électricité, ni tout-à-l'égout, vaste amoncellement de cages pour humains... Son père et sa mère se disputent, et Marcelo suit son père, qui refait sa vie avec une autre femme. Cette autre femme aime l'homme mais considère l'enfant comme un parasite qui ne peut que diminuer les chances des enfants qu'elle ne manquera pas d'avoir, bon gré, mal gré, de son nouveau mari. Marcelo reçoit plus de gifles et de coups de casserole que de pains au chocolat ou de caresses. Il s'aigrit. D'autant plus qu'il ne semble pas très doué pour son âge. Un coup peut-être trop fort, une dégénérescence congénitale ont bloqué son âge mental au niveau des cinq, six ans.

La religion n'est jamais loin, au Brésil. Le pape Jean-Paul II se réjouit de ce foisonnement humain dans lequel il voit, essentiellement, un réservoir susceptible de fournir les prêtres dont le besoin se fait cruellement sentir sous les lambris dorés de Rome. Une institution religieuse accepte de se charger de Marcelo. Mais là aussi, son âge mental et la dureté des mœurs font qu'il reçoit plus de gifles que de douceur... Marcelo s'échappe... Vers la rue. Comment survivre dans ce vivier de criminels ? Le vol, l'assassinat, la prostitution. Le plus facile sans doute, si l'on peut dire : il suffit de dire « oui » au bon moment. On a parfois, la nausée surmontée, l'illusion de la tendresse. Marcelo, dans ces mirages, se met en ménage avec un homme plus âgé qui, indépendamment du plaisir qu'il prend sans le demander, songe à éduquer un peu son compagnon, l'oblige à certaines lectures, le conseille sur la manière de s'habiller.

Le destin va-t-il tourner pour Marcelo ? Il retrouve sa vraie mère et celle-ci accepte de l'accueillir. Il vit de petits métiers, rêve d'un avenir splendide, se voit dans la peau d'une vedette de cinéma, dans celle d'un chanteur à succès... Les femmes, malgré son âge, ne l'intéressent pas. Peur ? La nature pousse Marcelo dans le lit des hommes. Il empile des revues spécialisées sur le haut de son armoire. Quand sa mère les découvre, elle crie beaucoup, puis elle hausse les épaules...

Si le Bon Dieu voulait bien s'intéresser à son Marcelo... L'Église universelle du royaume de Dieu est juste à côté. On accueille Marcelo, sans le battre, sans se moquer de son vilain faciès d'enfant raté. Le pasteur Eliazan parle bien : Marcelo écoute, comprend ce qu'il peut, comme il peut. Une phrase le frappe parmi tant d'autres : « Les enfants innocents n'ont pas à chercher leur salut. Quand ils meurent, ils vont tout droit au paradis ». Marcelo rentre chez lui, songeur. C'est bien ça : aller tout droit au paradis, être délivré définitivement de cet enfer moite, de pourriture, d'excréments, de vices, de malaises, de vols, de crimes, de prostitution... Rien de mieux que ça : mourir et monter tout droit à la droite de Jésus.

En rentrant chez lui, après le prêche, ce soir-là, Marcelo a une idée de génie : il s'est trouvé un nouveau travail. Mieux encore, une mission : tuer un maximum d'enfants innocents. Tuer un maximum d'innocents pour les expédier directement au ciel. Et ainsi gagner le sien, de paradis, le moment venu.

En attendant, il va au cinéma pour se changer les idées : un film de vampires, voilà qui va beaucoup lui plaire. Mais le film lui procure des émotions malsaines. Il vient d'assister aux exploits d'un héros qui, en se faisant transfuser le sang de ses très belles victimes, prend miraculeusement l'apparence de celles-ci. Marcelo se dit qu'il devra, dans son nouveau travail, s'efforcer de choisir de très beaux enfants... Et qu'en buvant leur sang — il a bu bien des choses plus répugnantes pour survivre —, à défaut de se faire transfuser, il joindra l'utile à l'agréable, améliorant du même coup son affreux visage que presque tout le monde lui reproche depuis tant d'années... À vingt ans, dans les favelas, on est presque vieux...

Alors, systématiquement, entre deux emplois, en fin de journée, Marcelo, sa pauvre tête farcie de son dangereux cocktail d'idées religieuses et cinématographiques, se met en quête d'enfants innocents à expédier au paradis... À Rio, ça ne manque pas. Tous les prétextes sont bons : l'argent ou la nourriture. Il prend contact, il attire dans un coin discret, il viole, il égorge, il range son arme, il rentre chez sa mère. Celle-ci découvre un jour, en rangeant le coin de son fils, une chemise toute tachée de sang. On parle beaucoup dans la favela d'un vampire qui égorge les petits enfants... Elle pense vomir, s'évanouir, mourir tout à la fois : son intuition maternelle lui explique en un éclair tous les regards en dessous, tous les silences, toutes les humeurs inexplicables de son fils. Mais allez donc demander à une mère de dénoncer sans preuve formelle son monstre de fils, la chair de sa chair...

Ce soir-là, Marcelo rencontre deux beaux enfants, Altair, dix ans et Ivan, son frère, six ans. Un prétexte, l'offre d'un peu d'argent, et les deux petits garçons affamés le suivent sans trop savoir où.

— À l'église, dit Marcelo.

Dès qu'ils parviennent dans un coin sombre, Marcelo se jette sur Altair et presse ses lèvres fiévreuses contre celles du petit. Altair résiste. Une lourde pierre l'assomme. Ivan, six ans, résiste moins. Avant de l'expédier au paradis, Marcelo use et abuse de ce pauvre corps, puis il l'étrangle. Il emmène ensuite l'aîné, qui a tout vu dans un brouillard sanglant, et le menace des pires sévices s'il s'avise de parler à qui que ce soit. Altair a compris et vu de quoi Marcelo, ce grand de vingt-cinq ans, est capable. Il obéit.

Toute la journée, Marcelo l'oblige à distribuer des prospectus tout en le surveillant. Il hésite : cet enfant est-il assez innocent pour mériter le paradis ? Altair, lui, guette le moment de filer à travers la foule.

Ce moment arrive : les dix ans d'Altair déguerpissent et disparaissent au loin. Marcelo rentre chez lui, très inquiet sur son avenir. Mais, bizarrement, Altair, qui est rentré chez lui sans son petit frère, n'ose pas raconter les horreurs auxquelles il a assisté. Il lui faudra trois jours pour tout dire. Les parents vont voir la police. Marcelo est cueilli. Il s'étonne qu'on ait attendu plusieurs jours pour l'arrêter.

Quelque temps plus tard, il avoue le meurtre et le viol de treize beaux enfants innocents qu'il a expédiés au paradis après avoir essayé, en buvant leur sang, de s'approprier leur beauté... Aucune des treize familles n'avait jugé utile de porter plainte pour la disparition de son petit.

Poison « rouge » et idées noires

Belgique-Juin 1992

Georgi, dissident bulgare, attend tranquillement l'autobus à Londres, en cette journée pluvieuse de septembre 1978. Le Bulgare, qui lutte contre le régime de Sofia, est perdu dans ses pensées. Du coin de l'œil, il surveille l'apparition des gros véhicules rouges à deux étages. Soudain, il ressent une douleur aiguë, comme si une guêpe l'avait piqué. Il ne remarque pas un passant qui s'éloigne en tenant d'une main ferme son parapluie fermé. Cinq jours plus tard, Georgi décède dans d'atroces souffrances. L'enquête révèle qu'il a reçu une injection minuscule d'un poison rare et violent pour lequel on ne connaît aucun antidote : la ricine, extraite du ricin, deux fois plus redoutable que le venin de cobra.

Ce poison « rouge » est semblable à celui que les Pygmées utilisent pour chasser le singe. L'animal, dès qu'il est touché, essaie d'arracher la flèche qui vient de l'atteindre, puis il tombe de l'arbre sur lequel il a trouvé refuge. Les Pygmées découpent une zone autour de la blessure et ils mangent le reste. Georgi meurt comme un de ces singes, étouffé, tout son sang ayant coagulé. C'est le « coup du parapluie bulgare », dont un autre opposant au régime bulgare, Vladimir, sera, trois semaines plus tard, toujours à Londres, la victime. Une autre future victime, Marie, citoyenne belge, la quarantaine, lit l'information dans son quotidien flamand. Elle est loin de se douter qu'elle aussi mourra dans les mêmes atroces douleurs quatorze ans plus tard. Elle a encore de belles années devant elle avant cette triste fin, et elle va vivre une histoire d'amour qui tournera mal.

Marie, en effet, suivant son destin fatal, rencontre un garçon un peu plus jeune qu'elle, Walter. Il a, à ses yeux, le charme inquiétant des marginaux, comme un parfum d'aventures, la force de l'homme mûr : avec lui, elle ne s'ennuie jamais. Il est coléreux, violent parfois, mais pour cette femme, Walter représente le remède à la désespérante solitude. Elle lui pardonne tout. Elle le loge. Il se laisse aimer, emprisonner. Puis les années passent, les petites douleurs alternent avec les grandes scènes. Le couple connaît des crises de plus en plus fréquentes. Marie prend sa retraite, elle est toute la journée à la maison. Walter et Marie se portent sur les nerfs. D'une manière irréversible...

Walter dépend financièrement de Marie. Sa fierté ne le supporte pas. Entre deux disputes, il cherche une solution, une issue, une manière d'en sortir. Il rumine dans sa cage dorée. Il a des idées noires. Heureusement qu'il y a la lecture. Walter lit beaucoup, un peu de tout, mais il apprécie entre tous les ouvrages d'un écrivain flamand qui raconte avec talent et précision ses aventures de mercenaire en Afrique. L'auteur n'épargne aucun détail capable de soulever le cœur sur l'art et la manière d'éliminer aussi salement que possible ses contemporains, Noirs ou Blancs.

Walter dévore les œuvres de l'écrivain. Il en frissonne, mais il en rêve. La Belgique n'est pas l'Afrique, hélas ! on ne s'y débarrasse pas facilement d'une compagne encombrante. Walter en devient fou. Décidant, un jour, qu'il n'en peut plus, il éprouve, curieusement, le besoin d'informer le voisinage de ses intentions. Il brandit un fusil tout neuf avec lequel il proclame haut et fort qu'il va tuer Marie. Mais les voisins ne se contentent pas d'enregistrer ses déclarations d'intention. Ils avertissent la police, qui vient rendre visite à Walter et demande même à voir le fusil tout neuf, pour... le confisquer. Walter ne décolère plus et se réfugie de plus en plus dans ses lectures si bien documentées.

Justement, Walter tombe sur une scène très intéressante, directement inspirée par le meurtre si original de Georgi. L'auteur ne s'est pas contenté de dépouiller la presse, il est allé jusqu'à consulter un toxicologue du FBI, qui lui a expliqué toute l'alchimie fatale de la ricine, injectée par les parapluies bulgares et projetée dans des capsules minuscules d'iridium perforé. La mort se rapproche de Marie sans qu'elle s'en doute...

Dans un des livres, un Chinois de New York informe le personnage principal de la technique meurtrière réalisable à partir des graines de ricin. Walter prend des notes. Mais il ne veut pas accomplir un meurtre à la sauvette. Assoiffé de publicité, il décide d'alerter les médias et contacte un journaliste de VTM, chaîne privée flamande. Celui-ci, comprenant qu'il a un fou dangereux au bout du fil, alerte la police mais refuse de laisser Walter s'exprimer sur l'antenne. Deuxième tentative auprès d'un second journaliste, spécialiste des reportages et enquêtes. Nouvel appel à la police qui enclenche toute la procédure administrative de rigueur. Le dossier rebondit de commissariat en brigade et jusqu'au parquet concerné. Tout cela prend du temps, trop de temps. Quand le crime est commis, on a souvent tout son temps, quand il n'est pas commis, la police manque de motifs pour intervenir rapidement.

C'est pourquoi Marie se voit, quelques jours plus tard, le vendredi 12 juin, sans que personne n'intervienne, administrer une injection d'huile de ricin, médicament quand on l'absorbe par voie orale, poison violent si on l'utilise en intraveineuse.

Une fois son crime accompli, Walter, hors de lui, se précipite au poste de police pour annoncer la nouvelle :

— Je viens d'injecter de l'huile de ricin à ma compagne. Elle va succomber dans les huit heures, ajoute-t-il, ravi de sa précision qui élève son crime au rang de chef-d'œuvre technique.

La police, déjà au courant du dossier, ne s'attendait pas à une conclusion aussi rapide et dramatique. Le parquet demande à la presse de se montrer discrète. Walter ajoute qu'après avoir exécuté Marie, il s'est suicidé en s'injectant à lui-même une autre dose d'huile de ricin. En effet, une fois Marie éliminée, Walter sait qu'il va se retrouver sans toit ni moyens d'existence...

Walter, pourtant, qui n'est pas un spécialiste du meurtre scientifique, se trompe. Marie meurt après cinq jours d'atroces souffrances. On lui administre pourtant entre-temps tous les antidotes qu'on peut imaginer. Rien n'y fait, le sang empoisonné, les reins bloqués, les pupilles noires comme de l'encre, elle étouffe. Walter, lui, semble en sursis. À quel prix ! Son sang, comme celui de la pauvre Marie, se met à coaguler en partant du point d'injection. On l'ampute du bras, la gangrène s'installe plus haut, on s'acharne sur le meurtrier pour le sauver, on sacrifie son épaule. Du côté cerveau, on ne peut pas faire grand-chose et Walter se retrouve en asile psychiatrique. Le 24 juin, il rejoint Marie, celle qu'il ne pouvait plus supporter.

Haut vol

France-Février 1992

Laurent F., vingt-huit ans, est vraiment un sportif de haut niveau. L'escalade à mains nues, voilà sa passion. Mais dans le Midi, les montagnes à escalader sont rares. Les clubs qui lui permettraient de satisfaire sa passion aussi. Les seules hauteurs sont... les immeubles d'habitation. Les immeubles ne manquent pas sur la Côte d'Azur : Toulon, Ramatuelle, Cannes, Saint-Tropez, Monaco. Il y a de quoi s'amuser, même si, parfois, vêtu de noir, chaussé de baskets, mains nues, souple et puissant, Laurent s'attaque à des immeubles de hauteur modeste.

Après son travail, l'hiver, à l'heure incertaine, entre chien et loup, lorsque les lumières s'allument dans les appartements, Laurent se met en route pour se livrer à sa passion sportive. Il choisit son immeuble et commence son ascension rythmée, cadencée, respirant à fond, posant alternativement mains et pieds sur l'aspérité qui convient, se hissant, mètre après mètre, vers le niveau de son choix, silencieux, maître de son corps.

Laurent a une préférence très nette pour les immeubles des quartiers cossus, où les constructions, plus altières, ressemblent sans doute davantage aux sommets qu'il pourrait escalader dans les Alpes s'il en avait les moyens.

Mais Laurent, réflexion faite, ne manque pas de moyens et, après chaque escalade, il change de tenue pour aller, à certaines adresses connues de lui, échanger le produit de ses cueillettes contre des espèces sonnantes et trébuchantes.

Car, s'il est un escaladeur digne des plus hautes destinées sportives, Laurent est aussi, avant tout devrait-on dire, un cambrioleur de haut vol. Une sorte de champion, tant par le lieu de ses exploits que par leur fréquence. Laurent, que l'escalade et la grimpette enivrent, ne craint pas de se fixer comme but à atteindre le vingt-deuxième étage d'une résidence. Inutile de dire que si vous vivez au vingt-deuxième étage d'une tour, vous prenez soin de faire poser une porte blindée mais vous ne surveillez pas trop les fermetures de vos fenêtres, surtout la nuit. Pourtant, c'est par ces fenêtres imprudemment entrebâillées que Laurent, tout de noir vêtu, se glisse nuitamment. Oh ! Ne croyez pas qu'il vienne affoler ses victimes, ce n'est pas son genre. Il ne se donne même pas le mal d'ouvrir des coffres-forts. Non, une fois dans la place, il fait main basse sur sacs à main et portefeuilles, sur les bijoux qui sont déposés dans des vide-poches pour la nuit. Il fourre le tout dans un sac de voyage et descend souvent d'un étage pour continuer sa récolte. La nuit, car il opère aussi la nuit, surtout l'été, il écume ensuite, systématiquement, le vingt et unième, puis le vingtième, puis le dix-neuvième. Il prend son temps et, une fois, en quelques heures nocturnes, il dévalise quinze appartements, les uns après les autres. Il fait une petite pause-inventaire chez les habitants du cinquième, et c'est sur leur balcon qu'il abandonne tous les sacs à main et les portefeuilles, vidés, de l'immeuble.

Inutile de dire que les plaintes s'accumulent sur les bureaux de la police, qui commence à se faire une idée des méthodes acrobatiques de notre « rat d'immeuble ». On multiplie les surveillances, les rondes dans les quartiers les plus alléchants, et l'inévitable arrive. Laurent, entre deux souples tractions à des altitudes vertigineuses, se fait cueillir en pleine action. Flagrant délit. Il a sur lui tout ce qu'il faut pour démontrer que la passion de l'escalade n'est pas sa seule motivation. De plus, il s'est, une fois, trouvé nez à nez avec des propriétaires endormis qui l'ont dérangé dans sa récolte. Il a été contraint, pour les calmer, à utiliser une bombe lacrymogène d'autodéfense. Les victimes sont restées à crachoter et pleurer pendant le temps nécessaire à Laurent, pour finir, mais ils l'ont vu, de leurs yeux vu, et leur témoignage lui sera fatal.

La garde à vue permet aux policiers de mesurer l'étendue des dégâts. Laurent le Grimpeur, sans se faire prier, monte dans leur voiture et, en visitant la ville, leur désigne du doigt tous les appartements qu'il se souvient avoir visités au cours des derniers mois... Les autres, il les a sans doute oubliés, car Laurent a commencé ses activités de haut vol dix ans plus tôt, à dix-huit ans. Quelle expérience ! Les policiers, de leur côté, ont été amenés à analyser les trente cinq mille cambriolages commis dans la région au cours des trois dernières années, au-delà, ça ne sert plus à rien, la prescription joue pour le repos du cambrioleur.

Laurent l'Acrobate doit pouvoir entrer dans le *Livre Guinness des records*, puisque, pour les trois dernières années, il devrait être possible de lui attribuer six cent cinquante-sept cambriolages. Si, pour la beauté de la chose, on arrivait à comptabiliser tous ceux des sept années précédentes, compte tenu de sa période d'apprentissage, on devrait arriver facilement au double. Joli palmarès !

Quand Laurent sortira de prison, son principal problème sera sans doute le manque d'entraînement physique pour reprendre son sport favori ; l'escalade n'étant pas prévue au programme de gymnastique des détenus, Laurent sait que ses beaux muscles souples vont se rouiller. Il souffre en plus de claustrophobie, l'air frais et pur des « cimes » de la Côte d'Azur lui manque cruellement, la déprime le guette, on va être obligé de lui administrer des tranquillisants. Ses victimes sont, elles, sous calmant.

Un appétit féroce

France-Avril 1992

Marc T., quarante-sept ans, a des problèmes avec la justice. Pourtant, après avoir été incarcéré, Marc a été remis en liberté, et c'est en prévenu libre qu'il comparaît aujourd'hui. On l'accuse d'avoir, en 1980, violé trois jeunes femmes dans la banlieue ouest de Perpignan. Et comme il a commencé par avouer, ses avocats s'interrogent d'un air perplexe pour savoir comment ils vont s'y prendre devant les jurés.

C'est que Marc n'est pas un violeur banal. Lui, dans son genre, est original. D'abord, il grimpe nuitamment jusqu'au balcon d'une femme qui vit seule, à des heures où celle-ci doit être plongée dans un sommeil profond. C'est pourquoi la presse lui applique le surnom de « violeur au balcon ». Une fois entré dans la place, la plupart du temps par la porte-fenêtre entrouverte, Marc, le visage immanquablement recouvert d'une cagoule et les mains dissimulées par des gants, prend soin de réveiller sa victime au lieu de passer directement à l'action.

Dès que la malheureuse est sortie des bras de Morphée, alors qu'elle commence seulement à réaliser ce qu'on lui veut, Marc lui colle un pistolet impressionnant sur la tempe, la ligote solidement, puis se met à lui raconter sa vie, ses vies, car il en change souvent. Il ne lui raconte évidemment pas qu'il travaillait autrefois dans la réparation de téléviseurs et d'appareils électroménagers, ni qu'il s'est reconverti dans la restauration. Il ne dit pas que dans le civil il a tout du commerçant honnête et que ses voisins et amis lui donneraient « le

Bon Dieu sans confession ». Non, Marc, selon l'inspiration du moment, explique parfois qu'il est un terroriste sur le point d'accomplir quelque nouveau forfait au nom de grands principes assez nébuleux. Parfois, il endosse le personnage de l'anarchiste qui vient de s'évader de prison, image romantique destinée à attendrir le cœur de la pauvre femme ligotée sur son lit. Celle-ci, suffoquée d'angoisse, cherche un moyen d'appeler à l'aide... Mais, bâillonnée, immobilisée, elle en est réduite à écouter les discours volubiles et souvent délirants de Marc.

Cependant, et c'est là l'originalité de Marc, au lieu de passer directement à l'action, celui-ci a une manie, qu'on qualifierait presque d'innocente : il se précipite vers la cuisine de sa victime et commence à faire l'inventaire du réfrigérateur. Peu importe le contenu, il se fait un petit souper, tout en continuant à s'inventer des vies plus ou moins incohérentes d'agent secret muni d'un permis de tuer...

Une fois qu'il s'est restauré, Marc viole.

Quand son acte est accompli, Marc a une exigence, toujours la même : il délie les liens de sa victime et l'oblige à prendre une douche.

Pour terminer en beauté cette soirée, Marc change de rôle et se transforme en voleur. Il fait main basse sur l'argent qui se trouve dans l'appartement, obligeant la victime, terrifiée par le revolver qu'elle sent à nouveau sur sa tempe, à lui dire où elle cache ses économies. Non content de cela, Marc fait main basse sur différents objets, par exemple des produits de beauté et des bibelots. C'est là l'erreur qu'il n'aurait pas dû commettre. Puis il retourne vers le réfrigérateur et emporte quelques victuailles, sans doute afin de ne pas avoir trop faim en rentrant chez lui.

Mais la police a des archives et de la mémoire. Elle interpelle Marc chez lui pour lui demander des explications sur son emploi du temps des dernières soirées.

Marc n'est pas un inconnu pour la justice : en 1985, les inspecteurs, à la suite d'un cambriolage, ont relevé ses empreintes sur une bouteille de vodka. Chez lui, on retrouve des produits de beauté assez spécifiques dérobés à une malheureuse qui a dû subir les derniers outrages. Mais, à la suite des manques de l'enquête, Marc s'en sort avec plusieurs non-lieux. Aujourd'hui, pour trois viols, ses aveux, même suivis de rétractation, risquent de peser lourd dans la balance... La dernière fois, on l'accusait de vingt-deux viols commis entre 1977 et 1989, mais il s'en était bien sorti... Les trois viols d'aujourd'hui vengeront peut-être les vingt-deux d'hier...

Gare au gourou !

France-Janvier 1992

Paul W., trente et un ans, aurait tout pour être heureux, une femme charmante, des biens au soleil, l'avenir devant lui, une santé que beaucoup lui envieraient. Mais, comme beaucoup, Paul a le spleen. Les choses ne vont pas fort : des problèmes entre sa charmante épouse et lui-même, des angoisses dans son travail. Qui ne connaît des passes noires plus ou moins difficiles à vivre ? À trente et un ans, Paul manque un peu d'expérience, c'est sans doute sa première grande crise.

Mais Paul, qui est dans les affaires, vit avec son temps. Il s'informe, il soigne son corps et son mental, il essaie de communiquer avec ses semblables, il participe à des colloques où l'on peut établir des contacts intéressants sur le plan professionnel et, qui sait, nouer des amitiés durables. C'est au cours d'un de ces colloques que Paul rencontre Didier C., un brillant jeune homme qui, lui, est particulièrement doué pour la communication verbale. Paul, qui ne trouve pas dans son ménage la partenaire susceptible de lui remonter le moral, tombe littéralement en extase devant Didier, qui respire la joie de vivre, l'efficacité, la réussite mentale et financière. Didier sait, en quelques mots, faire comprendre à Paul qu'il détient un secret, sorte de nouvelle pierre philosophale qui lui permet à lui, Didier, fondateur de la « psychanalyse objectialiste », de réussir dans toutes ses entreprises, d'obtenir des forces cosmiques absolument tout ce qu'il désire, de faire venir à lui amour, argent, santé, et tous les plaisirs d'une existence réussie. Inutile de dire que Paul boit les paroles de Didier.

Rendez-vous est pris pour une nouvelle rencontre, plus personnelle, une première séance de travail. Séance collective sous la direction de Didier, bien évidemment. Dès le début, Paul se sent mieux. Respirations profondes, pensées positives, visualisation des objectifs visés, Didier n'est pas le seul ni le premier à prêcher ces techniques. Nous sommes en plein dans le « nouvel âge » de la pensée : celui où ceux qui sauront faire travailler leur subconscient parviendront, grâce à la pensée, aux buts qu'ils se sont fixés. Pensez et vous obtiendrez.

Après cette première séance, chacun rentre chez lui, gonflé à bloc. Didier a fixé un rendez-vous pour la semaine suivante. La machine est enclenchée... Paul regagne son foyer, persuadé qu'il a fait la rencontre qui va changer sa vie. Il ne se trompe pas, d'ailleurs.

De séance en séance, Didier, qui se fait fort d'avoir réussi à démonter le mécanisme de l'homme et de son inconscient, distille des idées miraculeuses. Il promet à ceux qui suivront aveuglément ses méthodes une réussite dans leurs affaires aussi bien amoureuses ou amicales que financières. Et l'assistance boit ses paroles qui sont, il faut bien le dire, extrêmement rassurantes, convaincantes, persuasives.

Didier propose bientôt à Paul d'accélérer sa propre reconstruction par des séances de psychanalyse personnelles. Paul, qui croit déjà déceler les premiers résultats des séances collectives, accepte sans hésitation... Il a, hélas ! pour lui, perdu son sens critique, et cela va en effet changer sa vie. Paul a mal à l'âme, et Didier, doué d'un pouvoir extraordinaire d'intuition et de persuasion, sait, à tout instant, trouver les mots qu'il faut, les mots que Paul attend. Et ce talent de persuasion est, semble-t-il, la démonstration même de l'efficacité des méthodes proposées par le gourou « objectialiste »... Paul est prisonnier d'un cercle vicieux mental.

Les méthodes proposées peuvent d'autant moins être critiquées qu'elles sont particulièrement révolutionnaires et que personne, étant donné leur originalité, n'est à même d'en faire, faute de recul, l'analyse. Didier dit : « Je vous promets que... » Personne ne peut répliquer : « Nous avons la preuve du contraire. » Avec Didier, Paul et quelques autres croient qu'ils vont revivre en changeant leurs manières de se comporter en famille, d'élever leurs enfants, en modifiant, par la pensée constructive, leur relation avec la société. Après les séances, chacun rentre chez lui. Cela évite qu'un mauvais esprit ne démolisse la bonne parole qui vient de leur être prodiguée.

Un beau jour, Didier, quand il sent que son public est mûr, que la première étape de lavage de cerveau est accomplie, lance une idée qui fait rêver l'assistance. Pour ces êtres en crise, stressés par le monde extérieur, par les factures à payer, les problèmes à résoudre, par la crainte du lendemain, la crainte de manquer, de descendre dans l'échelle sociale, pour tous ces angoissés, la proposition de Didier est une nouvelle radieuse : il a l'intention de fonder en Dordogne une école où, loin de toutes les peurs urbaines et sociales, toute l'assistance, formant une grande famille, pourra se retirer et consacrer le plus clair de son temps à « positiver son inconscient » parmi les fleurs et les petits oiseaux. Un rêve ! Aucun problème de financement, la pensée « objectialiste », qui fait des miracles, va démontrer sa puissance et résoudre tous les problèmes au fur et à mesure de leur venue. Ce sera « l'école du bonheur où chacun, parents et enfants, trouvera sa place ».

Paul, qui a quelques biens au soleil, serait peut-être un peu plus réticent que les autres, mais Didier, dont le quotient intellectuel doit largement dépasser la moyenne, le touche au cœur par le plus tentant des arguments : pourquoi Paul ne prendrait-il pas la direction de cette école du bonheur ? Directeur ! Paul est tenté : changer de vie — tout ce dont il rêve —, diriger — fonction gratifiante et sécurisante —, être payé — donc diminuer les risques financiers. En prime, le gourou Didier offre à Paul et à son épouse de bâtir leurs relations sur « une amitié profonde fondée sur la confiance et la vérité des sentiments ». Pourriez-vous résister à un aussi beau programme, à une telle fontaine de jouvence psychologique ? Paul ne résiste pas.

Pour l'instant, les séances collectives continuent. Les premiers élèves ont déjà plusieurs mois d'ancienneté. Ils réagissent au quart de tour aux directives de Didier. Ils ont la sensation de connaître les secrets de leur propre subconscient et leur vie prend d'ailleurs un tour plus positif, car ils envisagent les problèmes quotidiens avec une meilleure confiance en eux. Ces débuts encourageants préparent le terrain. Didier, le gourou, après avoir appâté, va ferrer d'une main très sûre.

Pour concrétiser le projet École du bonheur, Didier demande à Paul de s'impliquer dans le montage financier. Paul est prié de faire preuve de positivisme et de réaliser ses biens immobiliers pour les investir dans l'école. Le futur directeur est dans l'impossibilité psychologique de refuser. Refuser, ce serait nier la « psychanalyse objectialiste », ce serait reculer au moment de faire le saut dans le vide, objectif de tous ces mois de séances, ce serait remettre en question l'enseignement de Didier, et aussi ses propres capacités à avancer dans le bon sens. Paul est pris au piège. Il réalise son avoir immobilier. Didier lui signe une reconnaissance de dette : dette qui ne sera remboursée qu'en 1999. D'ici là, on verra bien où l'on en est...

Quelque temps plus tard, Didier se dit qu'un remboursement de dette d'ici dix ans manque de souffle cosmique ; un mage ne s'endette pas pour dix ans, infime laps de temps à l'échelle divine. Un gourou branché sur Dieu le Père doit s'endetter au minimum pour cinquante ans. 2049 : voilà une belle année pour rembourser ses dettes ! Ces dettes s'élèvent d'ailleurs à 4 millions de francs. Avec ce capital, Paul avait-il le droit de se ronger les sangs ? S'il l'avait placé, en bon père de famille, au lieu de le confier au « psychanalyste objectialiste »...

Quand Paul fait part à Didier de certains doutes, quand il lui demande certaines garanties pour un prêt de cette importance, Didier, le verbe rassurant, parle de confiance et d'amitié, de pensée nouvelle et de force du subconscient qui doit chasser les pensées négatives. Paul acquiesce avec la vague sensation d'être hypnotisé. Il accepte tout : Didier, par une démonstration extrêmement brillante, ne fonde-t-il pas tout son enseignement sur un postulat merveilleux ? Selon le gourou « objectialiste », l'homme nouveau donne le meilleur de lui-même quand, pour se défendre dans la vie, il parvient à faire appel à son instinct ancestral. Pour faire appel à cet instinct, il faut le replonger dans les conditions du combat primitif pour la vie. C'est là, et seulement là, qu'il peut retrouver toutes ses potentialités. Pour lui faire retrouver les conditions du combat primitif, il faut lui retirer toutes les sécurités qu'il a accumulées autour de lui. Si vous confiez 4 millions de francs à un ami, nul doute que vous ne perdiez toutes vos sécurités, vous êtes donc dans les conditions idéales pour affronter la vie. « CQFD — Ce qu'il fallait démontrer », comme on dit en mathématiques.

L'École du bonheur ouvre ses portes. Didier, le gourou, passe à la phase deux de son plan de régénération. Chacun des membres du groupe doit se faire prosélyte, recruter de son côté de nouveaux adhérents qui, eux aussi, pour retrouver leur instinct primitif, devront renoncer à leur sécurité financière en confiant leur avoir au mage. On commence à entendre des critiques, mais Didier, qui a tout prévu, contre-attaque :

— Vous êtes libres, si vous ne voulez pas me suivre, hommes et femmes de peu de foi, vous n'avez qu'à quitter la communauté.

Se soumettre ou se démettre, il n'y a pas d'autre choix. Il ne propose pas à ceux qui voudraient partir de rembourser les sommes qu'ils lui ont confiées. Le piège est refermé.

Il est si bien refermé que le mage Didier, maintenant certain de son pouvoir sur sa petite communauté, passe à la phase trois de son projet. Le sexe. Par des frôlements, des attouchements, des phrases susurrées d'un ton autoritaire, les épouses et les compagnes qui cohabitent à l'École du bonheur comprennent vite où se trouve leur devoir dans la collectivité : assurer le bonheur sexuel du mage, quand bon lui semble, où bon lui semble. Certaines ne s'en trouvent pas particulièrement heureuses et vont jusqu'à murmurer. Le bel enthousiasme des hommes se fendille.

Didier dévoile enfin sa vraie nature : pouvoir, sexe et argent. Ce sont ses idées obsessionnelles. Quelqu'un, Paul peut-être, trouve enfin les mots qu'il faut pour un réveil collectif. Sur les quarante membres de l'École du bonheur, trente trouvent la force de quitter les lieux. Direction : les services de police, où ils portent plainte en bonne et due forme.

Depuis le 12 décembre, Didier, dans sa cellule, refait mentalement son parcours et se demande à quel moment il a commis l'erreur fatale. L'erreur qu'il devra éviter quand il retrouvera la liberté. En attendant, il espère que quelqu'un prend soin de ses comptes en banque, que quelqu'un bichonne ses deux Jaguar et sa Porsche. Didier a la vie devant lui. Il n'a même pas vingt-cinq ans... Il en avait seulement vingt quand il a si parfaitement séduit Paul par sa « psychanalyse objectialiste » !

Nuit d'horreur

Espagne-Mars 1992

La malédiction du vendredi 13, vous y croyez peut-être. Dorénavant, quelques-uns des deux cent quarante et un passagers et des soixante-dix-huit hommes d'équipage du *Palma* vont y croire. Il s'agit d'un ferry assurant le service entre Las Palmas, aux Canaries, et Cadix. Le navire a quitté les Canaries la veille et, déjà, au cours de cette première journée de voyage, au cours de la première nuit aussi, un passager, José, petit homme frêle d'une cinquantaine d'années, s'est fait remarquer par sa conduite un peu extravagante. Il partage une cabine avec deux autres passagers qui commencent à s'émouvoir du comportement de leur compagnon de croisière. Il ne leur reste qu'une seule nuit à passer pour atteindre Cadix, mais les deux voyageurs n'envisagent pas de dormir une nouvelle fois en compagnie de l'inquiétant compagnon que le hasard leur a assigné.

Il s'agit d'un ancien légionnaire, qui les traite de « suppôts de Satan » et qui, entre deux visites au bar, annonce son intention de « mettre le feu au bateau ». En plein Atlantique ! Aussi, les deux hommes, après s'être concertés, décident-ils de fermer la porte de la cabine à clef. José, à qui ils ont laissé une couverture pour tout viatique, est prié de se trouver un autre gîte pour la nuit. Ils n'ont pas payé 1 300 francs pour dormir dans le voisinage d'un pyromane mystique et alcoolisé ! José se retrouve au cœur de la nuit en train de parcourir les coursives du bateau à la recherche d'une couche digne de lui : après tout, lui aussi a payé 1 300 francs...

José se présente au bar et commande une bière. Mais, au lieu de l'avaler, il s'en sert pour se laver les mains. Étrange ! Le barman en a vu d'autres et son opinion est faite : il s'agit d'un ivrogne qui vit son rêve. Pas spécialement dangereux. José continue son errance. Il descend jusqu'au pont inférieur, en principe interdit aux passagers pendant la traversée. Des véhicules y sont garés. Un marin, qui fait une ronde, le surprend en train de fourrager dans la serrure d'une voiture. José essaie sans doute de s'installer pour passer une nuit confortable. Le marin, un machiniste, l'interpelle. José, qui a glissé dans sa ceinture une machette — redoutable couteau de brousse si utile dans la jungle amazonienne —, le frappe trois fois, le tuant sur le coup. Quelques instants plus tard, un second marin est lui aussi frappé de trois coups qui le laissent baignant dans son sang. La nuit d'horreur commence...

Un officier, au cours d'une ronde, trébuche sur le corps du second marin victime de José. Le malheureux respire encore. Tandis que l'officier est penché sur lui pour juger de son état, José, dont les vêtements sont d'ailleurs inondés de sang, attaque. Mais, avant d'être atteint par un coup de machette mortel, l'officier a le temps de saisir un transat qui se trouve à sa portée et d'en assener un coup dissuasif au visage de l'assassin. Hors de lui, celui-ci disparaît dans les coursives du navire. L'officier donne l'alerte et, du même coup, en courant pour chercher de l'aide, il heurte le cadavre du premier marin.

Immédiatement prévenu, le commandant du *Palma* décide de se dérouter vers Casablanca, à une cinquantaine de kilomètres, afin d'y faire hospitaliser le second blessé dans l'espoir de lui sauver la vie. Mais celui-ci, trop gravement touché, décède avant qu'on puisse atteindre la côte marocaine. Le *Palma* remet le cap sur Cadix. Le meurtrier, tapi quelque part dans les entrailles du ferry, va-t-il encore frapper ? Il faut le retrouver avant que la liste des victimes ne s'allonge. Une seule solution : réunir au milieu de la nuit tous les passagers dans le grand salon. Les stewards se précipitent et frappent systématiquement à la porte de toutes les cabines.

Les passagers, surpris en plein sommeil, s'étonnent. Des scènes de panique ont lieu. Certains croient à un naufrage. Il faut absolument juguler les larmes et l'affolement général. Sans rien révéler, les hommes de l'équipage doivent rassurer tout en restant persuasifs : ils annoncent qu'un fou est en liberté sur le navire, mais s'abstiennent de révéler qu'il y a déjà deux victimes. Beaucoup comprennent de qui il s'agit car, dans les premières vingt-quatre heures du voyage, José s'est déjà fait une réputation d'excentrique. Ceux qui l'ont croisé le surnomment déjà le « fou du ferry ». Jusqu'à présent, ils ne le considéraient tout au plus que comme une attraction imprévue qui fait diversion à la monotonie du voyage. Désormais, beaucoup pressentent que les choses se gâtent.

Le commandant divise ses marins en deux équipes. Il leur conseille de se munir de barres de fer ou d'objets contondants. En renfort, quatre gardes, chargés d'un transfert de fonds entre Las Palmas et Cadix, se joignent à l'équipage. Le commandant leur donne l'autorisation d'utiliser leurs armes si besoin est. On fouille partout tandis que les passagers, transis d'inquiétude, attendent des nouvelles dans le salon plein à craquer.

On découvre des taches de sang sur la rambarde qui ferme la poupe du navire. Pas de doute : José s'est appuyé là. Mais de l'assassin, nulle trace. Cependant, sur un navire de cette taille, chargé de véhicules de tous styles, de camions, les endroits où un petit homme peut se cacher ne manquent pas. Ne va-t-il pas surgir à nouveau, la machette à la main, pour tuer un autre malheureux ?

À l'arrivée à Cadix, le ferry doit patienter jusqu'à la venue de madame le juge chargée d'instruire l'affaire. À la descente, tous les véhicules sont fouillés. Un camionneur constate que son chargement a été déplacé, comme si quelqu'un avait voulu s'y ménager une cachette. Mais pas de José. Est-il descendu discrètement ? L'a-t-on découvert et jeté à l'eau comme certains commencent à le penser ? On en vient à la conclusion que, se sentant pris au piège, il a dû choisir, dans son délire, de sauter par-dessus bord. Les traces sur la rambarde de la poupe favorisent cette théorie. Mais sans doute a-t-il choisi le pire endroit pour se jeter à la mer, bien trop froide d'ailleurs en cette saison. Sauter à la mer à la poupe du navire, c'est se trouver immédiatement pris dans les hélices du ferry, se jeter dans un monstrueux hachoir à viande de 17 800 chevaux. Aucune chance d'en échapper. On est immédiatement réduit en bouillie sanglante.

À Cadix, les commentaires vont bon train. À l'arrivée du navire, le fils adoptif d'un des deux marins tués, un jeune homme émotif, se précipite à bord du ferry pour embrasser le corps de son père. En pleine crise de nerfs, il force le barrage des hommes chargés de filtrer les allées et venues. Un policier lui loge une balle dans la cuisse et il faut le transporter à l'hôpital à l'aube de cette nuit d'horreur sanglante.

Un séducteur plein d'assurance

Suisse-Décembre 1992

Quelles jolies vacances pour Marie sur cette plage ensoleillée du Midi de la France ! Bien sûr, elle est avec papa et maman et, à vingt-huit ans, elle aimerait peut-être jouir d'un peu de liberté, connaître une amourette, passer quelques jours agréables, oublier tout, trouver un mari... Marie est une jolie brune aux yeux en amande. Il lui suffirait de rencontrer le candidat idéal. Pourquoi pas ?

Pour l'instant, il est l'heure de déjeuner et Marie, son père et sa mère sont installés sur la terrasse d'un restaurant de plein air. À la table toute proche, un touriste blond, barbu, jovial, est seul devant son assiette. Sourires de politesse auxquels Marie et ses parents répondent volontiers. Les vacances ne sont-elles pas faites pour agrandir le cercle des relations, pour découvrir des personnalités nouvelles ? Et ce voisin-là sort de l'ordinaire : il a un charme fou et Marie, dès le premier moment, le trouve bien sympathique. Il est considérablement plus âgé qu'elle, de toute évidence, mais les hommes mûrs sont souvent intéressants.

Ce voisin de table est suisse et se nomme Willie. Il n'a pas la langue dans sa poche : Marie et ses parents sont ravis d'avoir lié connaissance avec quelqu'un d'aussi avenant et d'aussi drôle. Il est de Suisse alémanique, et, par ailleurs, propriétaire d'un hôtel. Le déjeuner se déroule avec bonne humeur, parsemé de plaisanteries et de remarques amusantes sur la vie en général. Vient l'heure du dessert, du café. On finit les bouteilles de vin rosé et on règle les additions. Quel dommage de se séparer déjà !

Willie s'informe poliment des projets de Marie et de ses parents pour l'après-midi. Marie avoue que, pour toute la famille, la plage est le but unique. Il faut en profiter tant que faire se peut. Willie aussi est un fervent de la grande bleue. Verraient-ils un inconvénient à ce qu'il leur tienne compagnie sur le sable doré ? Au contraire, Marie et ses parents sont enchantés de pouvoir continuer la conversation si animée. Le temps de se changer, et on se retrouve.

L'après-midi passe encore plus vite que le déjeuner. Bien évidemment, Marie et Willie alternent les activités sportives, baignades et promenades, confidences et silences, pendant lesquels chacun se met à rêver, se demandant combien de temps cette heure exquise va durer. Les parents surveillent les choses du coin de l'œil, discrets mais ravis de voir la jolie Marie heureuse, d'entendre ses éclats de rire, séduits eux-mêmes par Willie, si extraverti, si détendu, si sympathique. Le soir tombe. Il est temps de rentrer. Marie et Willie, de toute évidence, ne sont pas rassasiés l'un de l'autre. Si on dînait ensemble ? Si on sortait ce soir pour aller danser ? Oui ! Oui ! Oui ! Marie est ravie. Willie est heureux. Les parents sont aux anges.

Le lendemain, après une soirée tout aussi réussie que la journée, Marie et Willie se réveillent pleins d'enthousiasme, et d'un commun accord, le charmant Suisse ne quitte plus la petite famille. Bien sûr, Willie a quarante-huit ans, vingt de plus que Marie, mais il est si gai, si drôle, que tout le monde oublie cette différence d'âge. Marie est heureuse et rien d'autre ne compte. Willie aussi, semble-t-il...

Les jours passent comme des minutes. La fin des vacances est là. Dernière soirée. Dernière danse. Dernier baiser. Promesses de ne pas se perdre de vue. De se revoir bientôt. On boucle les valises. Marie s'en va, le cœur gros mais plein d'espoir. Willie regagne son Helvétie.

Dès que Marie est rentrée chez elle, le téléphone sonne. C'est Willie qui, de Suisse, l'appelle pour lui redire combien il a été heureux de cette rencontre, combien il se sent triste d'être loin d'elle, combien il voudrait lui faire connaître son beau pays, combien il attend avec impatience le moment de la serrer à nouveau dans ses bras. Au bout du fil, Marie tremble un peu en entendant ces jolies phrases. Oui, elle aussi rêve de revoir Willie.

Désormais, chaque jour, à une heure fixe, Willie appelle pour redire à Marie qu'il l'aime, avec son léger accent si plein de charme. Les jours, les mois passent. Au bout de six mois, Willie, au téléphone, franchit le pas : Marie, malgré leur différence d'âge, voudrait-elle devenir sa femme et la patronne du beau restaurant tout neuf que Willie gère de main de maître ? Les parents de Marie donnent leur consentement car ils trouvent vraiment Willie magnifique. Marie a rencontré le mari idéal. Qu'espérer d'autre ?

Et voilà la jolie Française en route pour sa nouvelle patrie. Elle est heureuse. Elle le confirme à ses parents, tout le monde en est témoin. Willie et elle forment, de l'avis unanime, le couple idéal. Beaux, bien assortis, gais, riches. Riches ? Pas autant qu'on pourrait le penser. Willie, qui a hypothéqué tous ses biens pour pouvoir investir dans son restaurant, est déçu par les résultats financiers de son affaire. Il sent qu'il est sur une mauvaise pente. Il cherche, sans en parler à Marie, un moyen de s'en sortir. La petite fissure qui détériore son bonheur n'est pas encore visible de l'extérieur. Pour tout le monde, il vit un grand bonheur avec une épouse qu'il adore. Et c'est cette image du bonheur parfait qui lui donne une idée diabolique. L'alibi idéal.

Deux ans après le mariage de Willie et Marie, une nuit, les voisins du couple qui, pour une raison quelconque, mettent le nez à leur fenêtre en pleine nuit, aperçoivent un individu qui se glisse chez Willie et Marie, de toute évidence sans y être invité. Un cambrioleur ! Sans hésiter, les gentils voisins appellent la police qui fait diligence et se rend immédiatement sur les lieux. Elle surprend le cambrioleur, armé, à l'intérieur de la maison. Marie dort dans sa chambre et ne s'est même pas réveillée.

Le cambrioleur, sans trop se faire prier, avoue, à l'horreur générale, qu'il n'est pas venu pour dérober quelques pièces d'argenterie, mais, tout bonnement, pour assassiner Marie, la jolie épouse de Willie.

Sans trop hésiter, il précise qu'il a été payé pour ce forfait par Willie, le délicieux mari si amoureux de la jolie Marie. On comprend vite le schéma du crime quand on apprend que Willie a souscrit une forte assurance-vie sur la tête de sa femme. 5 millions de francs en cas de malheur. Puis il a cherché, et a trouvé, un tueur à gages qu'il a chargé de pénétrer la nuit au domicile conjugal pour faire passer de vie à trépas la pauvre Marie, qui aime tellement son si cher et si drôle époux...

Le jury suisse n'a pas trop tergiversé et Willie le machiavélique se retrouve condamné à douze ans de prison fermes, ce qui ne va sûrement pas arranger les affaires de son restaurant qui périclite. À moins que les curieux ne se pressent pour voir de près la triste Marie. Il faut dire que, dans son genre, elle est digne d'entrer dans les annales... Jugez plutôt : Marie vient de déclarer que ses deux années de mariage avec Willie ont été les deux plus heureuses de sa vie. Elle l'aime encore passionnément, bien qu'il ait eu l'intention de la sacrifier. Elle lui fait savoir qu'elle l'attendra patiemment jusqu'à sa sortie de prison pour recommencer avec lui l'existence paradisiaque qu'elle a connue entre ses bras. Amour, amour, que de folies on peut faire en ton nom...

Promenade fatale

France-Juillet 1992

Deux hommes dans la nuit, le père et le fils : le père, Alain, soixante et un ans, et le fils, Jean, trente-huit ans. Deux hommes honnêtes. Pourtant, leur cœur bat à tout rompre. Ils sont dans la voiture de la famille et se dirigent vers le barrage de G., un ouvrage public qui assure une superbe retenue d'eau dans ce département du centre de la France. La nuit est noire et pas un touriste, en ce mois de juillet très chaud, ne croise leur route. Pas une âme. La voiture s'arrête. Les deux hommes, après un dernier regard aux alentours, ouvrent l'arrière du véhicule, se penchent sur une bâche. Sous la bâche, un corps qui répand déjà une odeur douceâtre et horrible, l'odeur de la mort.

Alain et Jean, avec un frisson d'hommes honnêtes, se saisissent du cadavre, celui d'un jeune homme qu'ils ne connaissent pas, la trentaine, et, après l'avoir posé sur la rambarde qui sert de garde-fou, dominant les eaux noires et froides du barrage, ils jettent le mort à l'eau. Quelques minutes plus tard, un vélo tout-terrain, celui du jeune homme, suit le même chemin, disparaissant lui aussi dans l'eau profonde, peut-être à jamais. Les deux hommes remontent dans le véhicule et, frissonnant de tous leurs membres, regagnent leur domicile.

Quelques jours plus tard, des enfants qui jouent sur les berges de la retenue d'eau voient flotter une chose qui a l'air d'un gros chien gonflé. Ils alertent les gendarmes. Ceux-ci repêchent ce qui est un cadavre humain. Celui du jeune homme, bien évidemment. On l'examine. Dans sa poche, les restes détrempés d'un paquet de cigarettes. La peau de ses mains se décolle. De toute évidence, il a séjourné plusieurs jours dans l'eau. Suicide ?

Trente années plus tôt, Patrice C. voit le jour. Son père, sans doute dépassé par les événements, n'a pas la force nécessaire pour aller jusqu'à la mairie afin d'y déclarer la venue au monde de son rejeton. Un voisin, qui a sans doute bu pour fêter cette naissance, se dévoue pour accomplir cette formalité. Malheureusement, arrivé au bureau des naissances, le voisin, monsieur P., étourdiment, déclare le nourrisson comme étant son propre fils. Et voilà pourquoi Patrice C. devient instantanément et irrémédiablement Patrice P., ce dont il va souffrir toute sa vie.

Trente ans plus tard, Patrice n'est toujours pas parvenu à faire rectifier son état civil. Ses parents sont séparés. Patrice n'a pas pu mener ses études bien loin. Il vit de petits travaux, chez sa sœur aînée. Il attend que ça se passe, se laisse pousser une petite queue de cheval dans le cou, une barbichette à la d'Artagnan, ce qui va mal avec ses lunettes, fume cigarette sur cigarette, espère que les temps vont changer.

Mais, malgré son identité distordue, Patrice garde de bonnes relations avec son père. La preuve, c'est que celui-ci vient d'emménager dans le centre de la France et Patrice, en guise de vacances, propose d'aller le rejoindre afin de l'aider à emménager sa nouvelle et très modeste demeure. Père et fils s'entendent bien, mais on ne peut pas passer toutes ses journées à bricoler. Aujourd'hui, le père de Patrice a décidé de consacrer sa journée à des copains. Patrice ne les connaît pas. Il se propose d'aller explorer les environs grimpé sur son vélo tout-terrain. Dans sa poche, un paquet de cigarettes. Patrice ne soigne pas son souffle et n'a pas l'intention de traverser tout le département, juste une petite promenade d'investigation.

À l'hôpital, après la découverte du cadavre, une infirmière fait remarquer que ce pauvre jeune homme ressemble beaucoup à celui que son père a signalé comme disparu quelques jours plus tôt, un certain Patrice. Des témoins, justement, ont vu Patrice, un Walkman sur les oreilles, sur son VTT. Mais le barrage est bien trop loin du domicile du père de Patrice : jamais celui-ci ne serait venu si loin transporté uniquement par son vélo tout-terrain. On fait l'autopsie du cadavre. Pas une goutte d'eau dans les poumons, le suicide est exclu. Pas de trace du vélo. On commence à favoriser l'hypothèse du crime. On l'a sûrement aidé à plonger dans le barrage. Par ailleurs, aucune trace de coup, aucune trace de balle. Patrice semble être mort d'une crise cardiaque. Bizarre, bizarre...

À quelques kilomètres de là, Alain et Jean, les braves père et fils, possèdent une carrière qui produit inlassablement des cailloux. Alain va prendre sa retraite et il est sur le point de vendre son entreprise. Son fils, Jean, conseiller municipal, ancien pilier du club de rugby, demeurera comme directeur des travaux. Tout fonctionne. À part un petit détail. Dans ces régions presque désertées, une race continue à se reproduire : celle des cambrioleurs qui font main basse sur tout ce qui est bon à revendre. Et les fabricants de cailloux ont déjà à déplorer plusieurs vols commis sur le lieu de leur exploitation. Au milieu d'un petit cirque creusé par les machines, une baraque de parpaings se dresse, isolée et peu attirante. C'est en rejoignant cette baraque, qui fait office de bureau, qu'Alain et Jean, la rage au cœur, ont constaté, plusieurs fois, que quelqu'un s'était introduit par une fenêtre, la seule qui soit accessible parmi les trois qui donnent du jour dans le baraquement. Et, chaque fois, les visiteurs sont repartis avec divers objets. Ça ne peut plus durer. Il faut faire quelque chose. Ils le font.

Patrice, pour son malheur, parvient, au petit train de son VTT, jusqu'à la carrière. Là-bas, dans le fond de la carrière, la baraque en parpaings, isolée, tristounette. Trois fenêtres, dont une, la plus proche du sol, est fermée par deux solides barreaux métalliques. Patrice est intrigué. Que peut-il bien y avoir dans cette baraque ?

Qu'est-ce qui justifie ces deux barreaux, installés là pour défendre quoi ? Patrice descend de sa bicyclette, s'approche de la fenêtre et, pour jeter un coup d'œil à travers la fenêtre salie de poussière, saisit les deux barreaux qui lui permettront de se hisser jusqu'au rebord...

Jamais Patrice ne saura ce qu'il y avait à voir à l'intérieur. Une décharge électrique formidable lui traverse le corps et il s'écroule au sol, foudroyé. Les deux barreaux sont reliés au secteur. Un piège mortel pour les cambrioleurs.

Quand Alain et Jean arrivent un peu plus tard sur leur chantier, avant les ouvriers, ils découvrent, atterrés, que leur piège, qu'ils voulaient uniquement dissuasif, a trop bien fonctionné. Ils ne connaissent pas la victime et n'ont que le temps, au moment où le personnel arrive, de le dissimuler sous une bâche. La journée s'écoule, interminable. Sous la chaleur de l'été, le cadavre commence à sentir. Le soir, le père et le fils décident de faire disparaître l'inconnu en allant le jeter, lui et son vélo, à plusieurs kilomètres de là, dans le barrage de G., où, avec un peu de chance, il devrait demeurer pour de nombreuses années... Mais Patrice est revenu à la surface. Les voisins ont parlé des vols, du piège électrique, les gendarmes sont venus arrêter les honnêtes bricoleurs. Consternation dans le canton.

Allô ! tatie, bobo !

France-Mars 1992

Thérèse M. regarde la télévision, bien installée dans son petit appartement coquet. Près d'elle, une tasse d'infusion fume doucement. Rien de mieux, le soir, pour assurer une bonne digestion et un sommeil réparateur. À son âge, au soir de la vie, que peut-elle espérer de plus que des nuits paisibles et des journées sans émotions trop fortes ? C'est justement ce qui lui manque le plus, les émotions... Elle en a eu un certain nombre au cours de son existence bourgeoise, mais, aujourd'hui, avec les ans, la vie se ralentit.

Heureusement qu'il y a la télévision, devant laquelle Thérèse s'endort souvent, et aussi le téléphone. Mais les appels sont rares, et d'ailleurs, le prix des communications augmente. Thérèse a les moyens, dieu merci, de payer ses communications, et même quelques réserves en plus. Elle a de quoi finir dignement ses jours, de quoi se payer quelques gâteries de temps en temps, de quoi agrémenter sa cure annuelle de quelques douceurs, de quoi payer d'avance ses funérailles qu'elle désire simples, de quoi laisser quelque chose à ses neveux et nièces qui, il faut bien le dire, ne prennent de ses nouvelles que de plus en plus rarement. Le téléphone, merveilleuse ouverture sur l'extérieur, moyen de communiquer, de cultiver l'amitié, de bavarder, d'appeler à l'aide... ouverture qui, cependant, peut aussi laisser pénétrer les problèmes.

Justement, en plein milieu de la page de publicité télévisée, la sonnerie du téléphone retentit. Thérèse, d'une simple pression, coupe le son en même temps qu'elle décroche le combiné. Qui peut bien l'appeler si tard ? À l'autre bout, une voix presque inaudible murmure :

— Tante Thérèse ?

Thérèse ne reconnaît pas son correspondant. Qui cela peut-il bien être ?

— Oui, répond-elle machinalement. Qui est à l'appareil ?

— C'est toi, tante Thérèse ? reprend la voix presque inaudible.

— Mais oui, c'est moi. Qui êtes-vous ? lance Thérèse, qui n'aime pas les devinettes, surtout quand elle regarde son programme télévisé favori.

— Tu ne devines pas ? reprend la petite voix qui donne l'impression d'appartenir à une personne malade ou très fatiguée.

Thérèse fait mentalement le tour de ses nombreux neveux et nièces en éliminant ceux qui sont trop jeunes pour l'appeler directement et ceux dont la voix ne correspond pas à celle du téléphone. Les enfants de

Gabrielle, ceux de Victor, celui de Raymonde, celle d'André...

— C'est toi, Jean-Romain ? risque-t-elle.

— Tu m'as reconnu ? fait la voix au bout du fil.

Le contact est pris, le piège est amorcé. Thérèse imagine Jean-Romain, qu'elle n'a pas vu depuis des années. La dernière fois, il avait à peine treize ans... C'était au mariage de sa sœur. Cela fait déjà cinq ans... Comme il a dû changer !

— Qu'est-ce qui t'arrive ? demande Thérèse. Tu en as une drôle de voix. Où es-tu ? Et tes parents ?

— Tout le monde va bien, fait la voix au bout du fil, mais j'ai des problèmes.

— Tu es à Nice ? Depuis quand ?

Au bout du fil, la voix hésite un peu.

— Mais enfin, parle ! lui demande Thérèse, qui s'inquiète déjà. Que se passe-t-il ?

— Eh bien, voilà, je suis arrivé il y a... trois jours et figure-toi que...

— Tu es malade ?

— Non, ce n'est pas ça... Mais j'ai besoin de...

— Mais parle enfin ! s'énerve Thérèse qui, malgré son âge, a gardé une certaine vigueur dans la voix.

— On m'a volé mon...

— Ton portefeuille ? fait Thérèse.

— Oui, avec tout mon argent, et si tu pouvais me dépanner pour quelques jours. Juste le temps qu'on me renvoie de l'argent de la maison.

— Combien avais-tu ?

— 5 500 francs.

Thérèse reste silencieuse un instant et, à l'autre bout du fil, la voix reprend :

— En plus, je me suis foulé la jambe et je ne peux pas bouger, j'ai la cheville toute gonflée.

— Vraiment, tu n'as pas de chance, mon pauvre Jean-Romain, qu'est-ce que tu veux que je fasse ?

— Ben... si tu pouvais m'avancer l'argent ?

— 5 500 francs ?

— Ce que tu peux...

— 3 000 francs, ça irait ? demande Thérèse.

— Oui, tu les as chez toi ?

— J'ai toujours une petite réserve, on ne sait jamais. Quand viens-tu les chercher ?

— Écoute, fait Jean-Romain, tu es un ange, mais je ne peux pas me déplacer en ce moment, j'ai encore trop mal.

— Je vais venir en taxi. Où es-tu ?

— Mais non, c'est déjà si gentil de me prêter l'argent, je ne vais pas te demander de venir à la nuit tombée. En plus, je suis assez loin de chez toi... J'ai une idée ! Je suis avec un copain qui a une moto, si tu veux, je te l'envoie d'ici une demi-heure, comme ça tu n'auras pas à te déranger. Je t'adore ! Tu es vraiment un ange !

La voix de Jean-Romain semble soudain beaucoup plus claire, beaucoup moins dolente mais Thérèse, tout émue, n'attache pas d'importance à ce détail. Elle dit :

— Bon, je l'attends. Mon nom est sur l'interphone. Appelle-moi demain pour me dire comment va ta cheville. J'essaierai de joindre ta mère en début de matinée avant qu'elle ne parte au bureau.

Thérèse raccroche, ouvre son secrétaire, et sort d'une petite boîte six beaux billets de 500 francs tout neufs.

« Demain, se dit-elle, il faudra que je passe à la banque... »

Une demi-heure plus tard, un coup de sonnette retentit. Par l'interphone, Thérèse demande de qui il s'agit.

— C'est le copain de votre neveu Jean-Romain, je viens chercher l'argent que vous voulez bien lui prêter...

Thérèse appuie sur le bouton qui commande l'ouverture de la porte. Quelques instants plus tard, on sonne à la porte de l'appartement.

Thérèse est, sans le savoir, au bord d'un précipice. Elle laisse pénétrer chez elle un jeune homme sympathique qui semble assez économe de paroles. Bien sûr, il est là pour rendre service. Il prend rapidement les 3 000 francs, remercie poliment et tourne les talons...

Thérèse ! Tante Thérèse ! Quelle imprudence de laisser entrer des inconnus jeunes et robustes tard dans la nuit... D'autres que vous y ont laissé la vie. Vous n'y laissez que 3 000 francs et vous avez de la chance. Car, si vous aviez un peu plus d'oreille, vous auriez reconnu dans la voix du messager celle de Jean-Romain. C'était lui, en effet. Un imposteur, Philippe E., qui n'en est plus à son coup d'essai. Il vient de purger une peine de prison pour le même genre de plaisanterie. À peine remis en liberté sur parole, et le voilà qui recommence. Il écume les vieilles dames qui ont des économies. La technique est subtile. Mais, Thérèse, vous allez me dire : « J'ai bien un neveu qui se nomme Jean-Romain, comment pouvait-il le savoir ? » Simplement en vous écoutant, ma chère et naïve tante Thérèse : c'est vous qui, la première, avez prononcé ce prénom.

Consolez-vous, Thérèse, vous n'êtes pas la seule à être tombée dans le piège. Bien sûr, Philippe, qui change si facilement de prénom, a connu des échecs, certaines tantes se sont méfiées, d'autres se moquaient éperdument des malheurs d'un neveu peu enclin à leur souhaiter la bonne année, d'autres n'avaient pas de liquide chez elles. Mais enfin, avec, pour seul investissement, quelques unités téléphoniques, Philippe E., le « neveu » protéiforme, a réussi à récolter 272 000 francs sortis des petites boîtes de tantes affectueuses et argentées.

Mais l'une d'elles s'est méfiée et on a cueilli le « neveu » au moment où, jouant le rôle du messager, il s'apprêtait à faire une n^ième^ victime...

Au procès, qui vaut quatre ans fermes à son client, l'avocat de Philippe en fait un peu trop : c'est tout juste s'il n'accuse pas les sept dames âgées au cœur trop tendre d'être les vraies coupables !

Vidéo-drame

États-Unis

1992

Cinquante-huit morts, deux mille trois cent quatre-vingt-trois blessés, 785 millions de dollars de dégâts : c'est le bilan des émeutes de Los Angeles, qui ont eu lieu entre le 29 avril et le 1er mai 1992. Trois jours d'horreur, d'incendie, de pillage, de combats de rue, de bagarres rangées. Des milliers d'arrestations, l'armée fédérale à la rescousse sur ordre du Président Bush, c'est-à-dire quatre mille soldats et mille officiers, pour ramener un calme relatif dans la banlieue de L.A. Une véritable guerre raciale, le défoulement d'un peuple, en grande majorité noir. La célèbre cité du luxe et du farniente, Los Angeles, sa baie des Anges, ses stars californiennes du body-building, en survêtements fluos, éternellement bronzées, vient de prendre un méchant coup de réalisme.

La raison : quatre policiers blancs viennent d'être acquittés, au cours d'un procès médiatisé à outrance, après avoir été accusés d'avoir lynché un Noir.

Il y a le sergent Stacey, quarante et un ans, quatorze ans de métier ; l'officier Laurence, vingt-neuf ans, trois ans et demi de métier ; l'officier Theodore, trente-neuf ans, dix ans de métier ; l'officier stagiaire Timothy, trente-deux ans de métier, un an d'activité.

Rodney, la victime, vingt-cinq ans, ouvrier du bâtiment au chômage, avait refusé d'obtempérer à leur interpellation pour excès de vitesse. Ils étaient quatre, armés de matraques. Il était seul, et probablement ivre.

La défense des quatre accusés a été simple : il s'agissait pour eux de contraindre le fuyard à obéir, ils n'ont fait que leur métier de policiers.

Sur les chefs d'accusation suivants : violence avec une arme mortelle ; violence sous couvert d'autorité ; faux rapport de police, tous les quatre ont été acquittés à l'unanimité. Seul un doute a plané concernant l'abus d'autorité de l'officier Laurence, un doute seulement, qui a empêché le jury de le blanchir complètement : il aurait donné le plus grand nombre de coups de matraque... certains peut-être inutiles.

Les quatre policiers sont acquittés par un jury qui a été constitué par le juge de l'État de Californie dans une petite commune proche de Los Angeles, où vit une communauté blanche, conservatrice, où résident de nombreux policiers. Si le juge a choisi cette procédure, c'est qu'il ne pouvait pas tenir ce procès à Los Angeles même. Mais choisir, pour ce procès, un jury composé de onze Blancs et d'un Asiatique, c'est presque de la provocation ! D'autant plus que la partie civile, c'est-à-dire la partie noire, celle de Rodney, n'est pas représentée.

Ainsi, ayant « sélectionné » son jury dans une communauté à dominante policière, le juge s'était-il assuré, croyait-il, d'un quadruple acquittement, sans remous raciaux au sein de son tribunal.

Mais tout est pipé depuis le début, dans cette histoire. Pipé, car la pièce à conviction principale, la seule, l'unique, est une bombe médiatique. Une bande vidéo de quatre-vingt-une secondes, sur laquelle on peut distinguer, dans la nuit de Los Angeles, les quatre policiers cognant à tour de bras sur un homme à terre, Rodney. Un scoop ?

Un scoop banal alors. Car le scoop policier est devenu une sorte de nouveau métier pour amateur de vidéo. Bien avant le lynchage de Rodney, en mars 1991, d'autres « reporters » *free-lance* ont vendu ce genre de spectacle à des télévisions locales. Le principe du « métier » est simple. Il suffit d'écouter, la nuit, les fréquences des radios de la police, de suivre les policiers jusqu'au lieu de l'intervention et de filmer ce qui se passe à l'aide de son petit caméscope.

Il s'agit en général d'interventions musclées, les acteurs étant toujours des policiers arrêtant des dealers, des drogués récalcitrants, des voleurs de voitures, des casseurs de vitrines. Le « reportage » ainsi mis en boîte, et si l'action en est suffisamment juteuse, se vend dès le lendemain matin à la première station locale de télévision, qui en fait ses choux gras. C'est ainsi qu'un homme, dont l'identité demeure soigneusement anonyme (son nom n'a été cité qu'une fois dans la presse de Los Angeles, encore s'agit-il probablement d'un pseudonyme), disons Jo Smith, a filmé depuis son balcon la scène de la bastonnade de Rodney et l'a vendue le lendemain pour 500 dollars à KTLA, qui l'a aussitôt diffusée. Quatre-vingt-une secondes de bande magnétique, avec défilement de l'heure et de la date. Un témoignage magistral, en principe, sur la réalité des événements. Un témoignage qui a provoqué une émeute mortelle... et a rapporté une fortune à « Jo Smith ».

Ces quatre-vingt-une secondes ont été visionnées plusieurs fois par le jury blanc, qui en a tiré la conclusion que les policiers n'avaient fait que leur métier. Précisant, par ailleurs, que ce film n'avait pas constitué l'unique élément d'appréciation leur permettant de former leur intime conviction. Celle-ci étant que « si Rodney n'avait pas résisté à son arrestation alors qu'il venait de griller un feu rouge, il aurait évité cette correction ».

De cette correction, Rodney s'est tiré avec onze fractures du crâne, un éclatement de la rate, une fracture de la jambe, une pommette enfoncée, de multiples lésions internes. Il est sorti du coma, mais, depuis, vit dans la terreur.

Correction est tout de même le mot employé. D'ailleurs, les quatre policiers ont dit, dès le début, que Rodney ne souffrait que de blessures légères, ne mettant nullement sa vie en danger.

L'ennui est que le monde entier a vu, sur son écran de télévision, la manière dont ces blessures « sans gravité » ont été infligées, la manière dont quatre policiers blancs de Los Angeles pratiquent leur métier sur un suspect noir.

— Rodney était ivre, clament les services de police de Los Angeles.

Certes, mais comment justifier alors un pareil tabassage sur un homme en état de moindre défense ?

— Il refusait de se mettre à plat ventre, face contre terre...

Certes, mais il était à terre, lorsqu'on lui tapait encore dessus ! On peut compter les coups de matraque sur la bande.

— Il était violent, on craignait qu'il n'ait une arme.

Certes, mais on voit bien sur la bande que les policiers ont eu cinq opportunités de cesser de cogner...

— Il s'est relevé pour charger l'officier Laurence.

Certes, mais l'officier Laurence, à lui seul, lui a porté cinquante-six coups de matraque en quatre-vingt-une secondes...

— La bande a été diffusée au ralenti, ce qui donne l'impression d'acharnement, alors que ce n'est pas le cas.

Sans commentaires...

Dans le bon vieux temps des bons vieux procès, devant de bons vieux jurés blancs, les bons vieux Noirs lynchés n'avaient déjà aucune chance. Cette fois, la communauté noire de Los Angeles était en droit d'espérer que ces images de violence, montrant quatre hommes s'acharnant à coups de matraques, à coups de pieds sur un homme à terre, allaient faire condamner ce genre de pratiques policières. Point du tout. L'attorney du district insiste auprès du jury :

— Regardez la cassette ! Regardez cet homme rouler à terre, cet homme qui souffre... Cet homme blessé. Vous le voyez distinctement... Les policiers continuent à frapper encore et encore, et encore, et on a envie de crier : « Assez ! C'est trop ! Mais qu'ils arrêtent ! »

Les avocats de la défense rétorquent :

— Cette vidéo est une sorte d'illusion... Le ralenti, la force des images, une centaine d'images en morceaux... Ce sont des policiers, pas des anges, ils sont dans la rue pour faire le sale boulot.

La réponse du jury est :

— Non coupables.

En l'espace de trente-six heures, la ville est à feu et à sang. Émeutes de révolte devant ce jugement incompréhensible, émeutes raciales frisant très vite la guerre civile, débordant largement la communauté noire. Toute la banlieue pauvre de Los Angeles, ethnies confondues, se charge de piller, de casser les supermarchés, les magasins de vêtements, d'électroménager, et met le feu à tout ce qui lui résiste.

C'est ainsi que la vidéo amateur sert de grain de sable à une machine judiciaire américaine déjà passablement rouillée dans certains États. Et le grain de sable ne change rien aux procès d'antan : on a toujours le sentiment de retrouver le Blanc côté pouvoir, contre le Noir côté esclave. C'est ainsi que Los Angeles a pris feu et sang.

Le 29 avril 1992, à 15 h 30 locales, au moment où le verdict est rendu, au quartier général de la police de Los Angeles, les policiers respirent. Depuis des mois, ils sont sous microscope — enquêtes, interrogatoires, commissions de discipline, suspicion du public —, certains vivent très mal cette situation. Peu d'entre eux se montrent outrés par l'incroyable clémence du jury.

À la même heure, Rodney, le malheureux héros de l'histoire, s'enferme dans une chambre à double tour, stupéfait, hors de lui devant le spectacle de ses quatre agresseurs sortant souriants du tribunal. Pour lui, c'est une seconde bastonnade. Il est dans un état mental si épouvantable que son entourage fait intervenir un psychiatre.

Les acquittés, eux, sont satisfaits, à l'exception de l'officier Laurence, qui ne comprend toujours pas pourquoi le jury a conservé un doute sur le chef d'accusation numéro 2 : violence par abus d'autorité, et humiliation.

Ce chef d'accusation va permettre de faire rebondir juridiquement l'affaire. Il y a eu atteinte aux droits civiques de Rodney, qui réclame une énorme indemnité à la ville de Los Angeles, mais aussi justice. La vraie justice.

Comment réaliser un second procès ? Constitutionnellement, c'est d'un compliqué infernal, car la Constitution précise que « nul ne pourra pour le même délit être deux fois menacé ».

Le juge de la cour supérieure de Californie décide qu'il possède suffisamment de preuves pour rejuger l'officier Laurence sur le seul délit de violences sous couvert de son autorité, et que ce nouveau procès est nécessaire aux intérêts de la justice, ainsi que l'a réclamé le procureur de Los Angeles.

L'avocat de Laurence s'empresse d'annoncer aux médias qu'un nouveau verdict pourrait provoquer de nouvelles émeutes. Un verdict d'acquittement, s'entend. Car si Laurence était reconnu coupable, sa peine maximale serait de six ans de prison.

Outre cela, les quatre policiers font l'objet d'une enquête fédérale pour violation des droits civiques de la victime, qui les ramène tous les quatre devant un jury d'accusation, le 8 août 1992.

L'audience est courte, ils sont remis en liberté sous caution de 5 000 dollars chacun.

Ils comparaîtront sous le chef d'inculpation commun « d'atteinte aux droits civiques » de Rodney, c'est-à-dire le viol du cinquième amendement, le plus célèbre de la Constitution américaine.

Dans ce genre de procès, les spécialistes américains estiment que les procureurs ont environ 75 pour 100 de succès, sauf dans les cas de violence policière. Il est extrêmement difficile, dans ce cas, d'établir la preuve de l'intention de violer les droits d'un citoyen. Y a-t-il eu excès de violence ? La police est-elle intervenue sans raison ? Il ne suffit pas de prouver qu'il y a eu violence, encore faut-il prouver la réelle intention des quatre policiers de violer les droits civiques de Rodney.

Ce sera la stratégie de la défense, bien entendu. Et si le procureur n'appelle pas Rodney à témoigner, comme la première fois, elle en fera la demande pour, disent les avocats :

— Le montrer tel qu'il est à la communauté de Los

Angeles. Ce n'est pas une victime, c'est un lâche qui essayait d'échapper à une arrestation.

En attendant, le « lâche » semble bel et bien faire l'objet de persécutions. Prétendant qu'il l'a battue, sa femme appelle elle-même la police en disant qu'elle craint pour sa vie, alors que ses blessures se limitent à quelques petites coupures. La police interpelle Rodney au moment où son avocat réclame un demi-milliard de francs de dommages et intérêts... Si Rodney est réellement coupable, il n'est guère malin !

Il est également arrêté sous prétexte qu'il voulait renverser des policiers avec sa voiture, puis encore pour conduite en état d'ivresse. Comme il refuse de se plier aux examens pratiqués dans la prison du comté d'Orange, Californie, son permis lui est retiré... Alors, Rodney ne veut plus sortir de chez lui. La dernière fois qu'il a tenté d'apparaître en public, c'était au plus fort des émeutes, et il avait supplié les émeutiers :

— Il faut arrêter ! Les incendies et les pillages ne changeront rien. Les policiers ont gagné une bataille, nous, nous gagnerons la guerre.

Il est là, le grand danger. Une nouvelle guerre de ville.

Le second procès fédéral est annoncé, puis repoussé. Où se tiendra-t-il ? Dans quelle cité impartiale non raciste ? Quelle sera la composition du jury ? Quel sera le verdict, capable d'éviter une nouvelle flambée de violence ?

La communauté pauvre de Los Angeles, Noirs ou Blancs, ou Hispaniques, ou Asiatiques, tous les laissés-pour-compte de la grande Amérique, gangs de jeunes au chômage, clochards de la récession, tous ceux qui n'ont accès ni aux hôpitaux, ni à la priorité d'emploi, ni à l'école, ces milliers de gens prêts à tout, puisqu'ils n'ont rien, n'ont besoin que d'une toute petite allumette pour exploser.

Et pendant ce temps, Stacey, l'un des policiers, prépare un livre de souvenirs sur l'affaire. Stacey est celui qui supervisait la scène du passage à tabac, c'est le chef, le vétéran — quatorze ans de police à Los Angeles —, celui qui prône la nécessité de la violence contre les minorités.

Et les amateurs de vidéo-drames courent de plus belle dans les rues de New York, de Chicago ou de Los Angeles, à l'affût, dans la nuit, sous les projecteurs des hélicoptères de police, à l'affût, comme des vautours sur un champ de bataille.

Le rapt du petit Antoine

Belgique

1992

Mardi 4 février 1992, 8 heures du matin. Nous sommes dans le nord de la Belgique. Une luxueuse voiture sort de la villa de la famille B. Elle est conduite par l'une de leurs amies, qui emmène à leur école, un collège privé, sa propre fille et les trois enfants des B. Mais elle n'arrivera jamais à destination.

À peine est-elle sortie de la villa que deux individus armés et masqués barrent la route du véhicule. L'un est de grande taille, l'autre petit et corpulent. Tous deux s'emparent du jeune Antoine, onze ans, et, s'exprimant en français alors qu'on est en plein pays flamand, lui ordonnent de monter dans une Audi. Ensuite, la voiture des ravisseurs démarre en trombe.

Elle sera retrouvée peu après, vide, sur l'autoroute Lille-Anvers. Elle ne recèle aucun indice, et ses plaques d'immatriculation sont évidemment fausses. La maîtrise et la rapidité avec lesquelles le rapt a été mené indique des professionnels aguerris...

L'affaire fait les gros titres des journaux. D'abord en raison de la nature même du crime : il n'y avait pas eu, en Belgique, d'enlèvement d'enfant depuis 1976. Ensuite, à cause de la personnalité de la victime : la famille B. est connue.

L'enquête est tout de suite menée, avec des moyens considérables, non seulement en Belgiqué, mais aussi en France et aux Pays-Bas, où les malfaiteurs sont susceptibles d'avoir trouvé refuge. Dans les deux premiers jours, pas moins de cent huit personnes sont interrogées.

Cela, du moins, on l'apprendra plus tard, car, au début, aucune nouvelle ne filtre. La police observe le silence, pour ne pas gêner d'éventuelles tractations. Notons qu'à la différence de ce qui se fait par exemple en Italie, les policiers ne s'opposent pas systématiquement au versement d'une rançon. Ce qui compte avant tout, c'est la sécurité de l'enfant.

Les ravisseurs ne prennent pas contact avec la famille immédiatement, car le jeudi 7 février, deux jours après l'enlèvement d'Antoine, sa mère, Isabelle, leur lance un appel angoissé devant les micros et les caméras. Elle est vêtue de noir, très digne, et maîtresse d'elle-même.

— Prenez contact avec nous à la maison, leur dit-elle. Le retrouver sain et sauf le plus vite possible est la seule chose qui compte pour nous. Et surtout, occupez-vous bien de lui.

Puis elle a cette phrase à l'attention d'Antoine :

— Mon petit, tu es un chic garçon et chacun prie pour toi.

Prenant ensuite la parole, le père, Franz, supplie les journalistes de ne plus faire le siège de sa villa, ce qui accroît encore la tension de la famille et pourrait nuire au travail de la police.

Enfin, le dernier à parler, le procureur du roi, rappelle les termes de la loi belge : les ravisseurs risquent en théorie la peine de mort — en réalité la réclusion à perpétuité, car la peine capitale n'est jamais appliquée en Belgique — s'ils gardent leur otage plus de cinq jours. Ce délai court à partir du mercredi précédent à 0 heure et s'achèvera dimanche 9 février à minuit. S'ils libèrent Antoine avant, les ravisseurs ne risquent plus que quinze à vingt ans de travaux forcés. Et le procureur donne un numéro de téléphone où toute personne pourra communiquer des renseignements en bénéficiant de l'anonymat...

Mais les ravisseurs ne profitent pas de ce délai de mansuétude pour relâcher leur petit otage. Le 28 février

1992, soit trois semaines plus tard, le petit Antoine est toujours prisonnier, et sa famille tient une nouvelle conférence de presse, au ton dramatique.

Parlant en son nom, l'oncle d'Antoine annonce que la famille n'exige plus de preuve que l'enfant soit vivant. Elle fait confiance aux ravisseurs, elle leur demande d'avoir confiance en elle, eux aussi.

Il est difficile de savoir ce qui s'est passé pendant les trois semaines écoulées, car les enquêteurs observent toujours le même silence. D'après des indiscrétions, toutefois, il semblerait que monsieur et madame B. aient reçu deux lettres, expédiées de la banlieue bruxelloise, dans les jours qui ont suivi l'enlèvement. Le contact ainsi établi aurait été ensuite rompu.

Il aurait repris de manière étrange, par un premier coup de téléphone surprenant : le correspondant ne demandait pas de rançon, mais la libération des hommes qui avaient réalisé l'enlèvement du Premier ministre belge, en 1989. Ensuite, deux cassettes vidéo seraient parvenues à la famille B. On y voyait Antoine en bonne santé. Des éléments permettaient de dater l'enregistrement : il parlait de la conférence de ses parents et il donnait le résultat d'une course de chevaux ayant eu lieu le 12 février. Ensuite, il demandait à monsieur et madame B. de communiquer avec les ravisseurs à l'aide de petites annonces codées, dans la presse flamande. Le dialogue aurait continué grâce à ce moyen et l'accord se serait fait pour une somme de quarante millions de francs français.

Quant à l'identité des ravisseurs, les histoires les plus extraordinaires, voire les plus délirantes, circulent. Selon une rumeur, par exemple, il s'agirait d'un trafiquant de drogue dont la cargaison aurait été saisie par la douane. Ses chefs, les dirigeants du cartel de Cali, en Colombie, l'auraient mis à l'amende, et il aurait enlevé l'enfant pour payer...

Le lendemain, samedi 29 février, il y a du nouveau, mais les choses sont loin d'être positives. Une tentative de remise de la rançon a échoué. Quarante-cinq millions de francs en espèces et en devises de divers pays ont été envoyés, mais la police suivait la trace de l'argent, et elle a fait des mouvements trop visibles dans la région, ce qui a effrayé les ravisseurs. Tout est donc à refaire.

À partir de ce moment, le silence des policiers et de la famille est plus total encore. Il est impossible de savoir ce qui se passe. Et pourtant, les uns et les autres ne restent pas inactifs, car, le samedi suivant, 7 mars au soir, c'est le coup de théâtre !

Un garçonnet de onze ans sonne à la porte d'un pavillon modeste près d'Anvers, où habite la famille C. Il déclare simplement, sans dire son nom :

— Bonjour. Je voudrais téléphoner à ma mère.

Et il éclate en sanglots... Les C. finissent par lui faire dire qui il est, et veulent appeler les gendarmes. Mais il insiste :

— Mes parents d'abord...

Finalement, les gendarmes sont prévenus les premiers et ce sont eux qui alertent les B. En les attendant, Antoine a fait une partie de Monopoly avec les C. et c'est lui qui a gagné !...

Le lendemain, on apprend qu'une rançon de deux cent cinquante millions de francs belges (plus de quarante millions de francs français) a été remise aux ravisseurs. C'est un ami de la famille qui s'en est chargé, la police surveillant trop étroitement les B. Pour que le versement ait lieu, il a suivi un véritable jeu de piste, avec succession de rendez-vous téléphoniques dans des cabines.

Le même jour, la famille B. donne une nouvelle conférence de presse, la dernière, au centre paroissial de B., où ils habitent. Les journalistes sont venus par dizaines. Isabelle et Franz font leur entrée avec leurs enfants dont, bien sûr, Antoine. Il est souriant. Il ne semble pas avoir été trop mal traité. Il a même pris du poids. À la demande de ses parents et de la police, aucune question ne pourra lui être posée. Il reste donc le temps qu'on le photographie et qu'on le filme sous tous les angles, et il repart en compagnie de ses frères.

Isabelle, parlant au nom du couple, fait alors les révélations que tout le monde attend sur l'enlèvement :

— Pour nous, ce furent trente-deux jours d'attente

effrayants, commence-t-elle. Comment un enfant de onze ans peut-il traverser une telle épreuve, je me le demande encore. Il faut qu'il soit vraiment fort !...

Puis, elle en vient aux faits eux-mêmes :

— Les ravisseurs ont dit à Antoine qu'ils avaient six enfants, que l'un d'eux devait être opéré en Amérique, et que c'était pour cela qu'ils avaient besoin de l'argent de la rançon... Antoine est resté enfermé dans deux pièces sombres, sans jamais sortir ni voir la lumière du jour. Pour lui qui aime tant s'amuser à l'extérieur, faire du foot, cela devait être terrible !

« L'une des deux pièces, poursuit-elle, faisait trois mètres sur trois. Il y avait un lit, une douche, un lavabo et une toilette. Parfois, il pouvait sortir pour passer dans l'autre chambre, un peu plus grande, où se trouvaient une grande table, la télé et une sorte de fauteuil. Il nous a vus à la télévision lancer des appels aux ravisseurs. Il nous a dit que cela lui avait fait du bien de savoir toute la famille derrière lui... »

Et, après cette pénible évocation, elle en arrive au dénouement heureux de l'aventure.

— Quand il est rentré, il nous a dit : « Ça a vraiment duré longtemps. Le plus dur, ça a été d'attendre, mais je n'ai jamais pensé que j'allais mourir... » Nous avons choisi de ne pas interroger Antoine dès son retour. On lui a donné un bon bain, des vêtements propres, et on lui a fait cadeau d'un petit chien. Cela lui a vraiment fait plaisir. Pour le reste, nous le laissons parler quand il en a envie. En fait, c'est surtout lui qui nous pose des questions sur ce que nous avons fait pendant ces journées...

Isabelle répond ensuite aux multiples questions des journalistes : Qu'a fait Antoine pendant tout ce temps ? A-t-il été correctement nourri ?

— Pendant sa captivité, Antoine a surtout beaucoup dormi, pour passer le temps. Les chambres étaient chauffées et on l'a nourri correctement. On lui donnait des tartines beurrées, avec du chocolat et de la confiture le matin, et des repas chauds le soir. Il recevait aussi dix à quinze bonbons par jour. Avec le manque d'exercice, pas étonnant qu'il ait pris quatre kilos !...

Elle en vient ensuite aux questions concernant ses ravisseurs.

— Antoine n'a jamais vu leurs visages. Il leur parlait en flamand. Eux répondaient en français et s'exprimaient mal dans notre langue. Je lui ai demandé s'il avait eu ainsi l'occasion de faire des progrès en français. Il m'a répondu : « Oui, mais tu sais, comme cela, ce n'est pas gai... »

Parlant à son tour, Franz évoque les contacts de la famille avec les ravisseurs. Ils ont été plus nombreux qu'on ne le croyait : quinze en tout. Il y a eu des lettres, des cassettes et des coups de téléphone. Mais c'était toujours Antoine qui parlait et qui transmettait les directives. Pour le reste, il reste très discret ou évasif, et les journalistes n'apprennent pas grand-chose...

Les journalistes et toute la Belgique ne vont pas tarder à avoir des informations sensationnelles. Quelques heures après la libération d'Antoine, une énorme opération de police, dont on a du mal à imaginer l'ampleur, est déclenchée dans le pays. En fait, tout était prêt depuis un moment déjà, et on attendait que l'enfant soit en sécurité pour agir.

On apprend d'un seul coup le travail considérable qui a été réalisé par les policiers pendant les trente-deux jours de la détention. À chaque endroit où il se passait quelque chose (dépôt pour la famille, point de passage pour le dépôt de la rançon), pas moins de cent cinquante véhicules banalisés avaient été postés, sans compter les appareils fixes pour photographier les véhicules. Les gangsters ont été ainsi trahis par leur goût pour les belles voitures : trois Mercedes, une Jaguar, une Citroën CX ont été remarquées.

Les enquêteurs ont également été frappés par le professionnalisme des ravisseurs. Le fait, en particulier, qu'ils ne soient pas venus toucher la rançon la première fois était un indice. Les vrais professionnels font une répétition avant le versement véritable. Paradoxalement, ce savoir-faire leur a nui. De tels individus avaient de grandes chances d'être fichés dans le milieu, ce qui a permis à la police de concentrer ses recherches.

Il faut savoir qu'en Belgique, le grand banditisme est infiniment plus développé et mieux organisé qu'en France. Par voie de conséquence, le milieu est également mieux connu de la police et l'enquête a pu progresser plus rapidement. Au début, il y a bien eu quelques tâtonnements : ainsi, les policiers ont suivi jusqu'à New York un homme dont la femme s'était trouvée par hasard sur les lieux de l'enlèvement. Mais, très vite, la vérité s'est dessinée.

C'est ainsi que le lundi 9 mars, deux jours seulement après la libération d'Antoine, quatre hommes, tous belges, sont arrêtés : Daniel I., Isidoro T., Freddy H. et Josep Q.

Leurs noms ne disent rien au grand public, mais ils sont tous habitants de la même province, et sont bien connus de la police. La bande, dite « bande Sécuritas », car elle avait fait plusieurs attaques contre ce convoyeur de fonds, était plus que suspecte. Le parfait sang-froid et l'organisation dont ils ont fait preuve les désignent comme fortement suspects. Et, de fait, on retrouve chez eux plusieurs indices, dont un bout de papier, arraché à un livre, où Antoine a écrit lui-même le numéro de téléphone secret de ses parents.

L'élément à charge le plus accablant est fourni par le petit Antoine. Les ravisseurs avaient pris le soin de garder leurs cagoules devant l'enfant, mais ils n'avaient pas songé à dissimuler leurs voix. Or, amené en leur présence, ce dernier les identifie formellement. Tous les quatre sont inculpés par le juge chargé de l'instruction.

Il reste pourtant encore bien des points obscurs : l'identité des autres ravisseurs, car il ne fait aucun doute qu'ils étaient plus de quatre, ainsi que le lieu de la séquestration. Antoine a fourni quelques précisions à ce sujet :

— C'est une maison en brique, qui est isolée. Elle se trouve dans un bois avec des bouleaux. Il y a un garage où se trouvait une Mercedes...

Cette fois, c'est le hasard qui vient à la rescousse des enquêteurs. Le 19 mars, les pompiers sont appelés pour l'incendie d'une villa dans les Ardennes belges. Après s'être rendus maîtres du sinistre, ils font le rapprochement avec le site et le plan de l'habitation du rapt tels qu'en a parlé la presse, et alertent les policiers.

Ceux-ci perquisitionnent et trouvent un grand nombre d'indices matériels, notamment des bandes dessinées en flamand dans la pièce qui avait servi à emprisonner Antoine. La villa avait été louée récemment, et la personne qui s'en était chargé, Michèle, la fiancée d'Isidoro, incarcéré, est arrêtée à son tour. Elle-même ne tarde pas à être rejointe par deux autres inculpés : Damian, frère d'Isidoro, et sa compagne, Monique. Ils auraient fait partie des geôliers de l'enfant...

Reste le problème de la rançon et de ceux qui sont allés la toucher, car il semble établi qu'ils ne font pas partie des personnes arrêtées. Il faut attendre deux mois pour que les policiers aboutissent dans ce domaine, et le grand public va découvrir à cette occasion de quelle finesse, pour ne pas dire de quel machiavélisme, ils ont fait preuve.

Le 18 mai 1992, la valeur d'une trentaine de millions de francs belges (sur les deux cent cinquante de la rançon) est saisie sur des malfrats qui tentaient de la revendre. Un correspondant avait informé la PJ que des billets marqués d'un colorant invisible étaient à vendre, un pseudo-acheteur s'est présenté, et le piège a fonctionné...

Car un piège subtil avait été mis en œuvre. Concernant le versement de la rançon, les autorités belges avaient fait croire à une mauvaise entente entre la famille B. et la police. En fait, tout s'est déroulé comme prévu. Les billets de la rançon (sur les instructions des ravisseurs, des francs français, des marks, des florins et des dollars) ont été envoyés en Allemagne, où ils ont été traités par des chimistes spécialisés de Wiesbaden.

Ils ont été saupoudrés d'une poudre métallique invisible et renvoyés en Belgique par hélicoptère. Par des indiscrétions volontaires, les policiers ont fait dire à la presse que les billets avaient été imprégnés d'un colorant jaune qui allait agir à retardement. Au bout de plusieurs semaines, les bandits, ne voyant pas leur argent changer de couleur, ont conclu que l'information était fausse et ont décidé d'écouler la rançon. En fait, le marquage existait bel et bien, mais il était invisible, et il leur a été fatal.

Sur les personnes arrêtées, une femme et un garagiste, la police reste très discrète...

Le point final de l'enquête a lieu peu après, le 5 juin 1992. Toute la rançon est retrouvée à l'intérieur d'une valise dans une petite ville de Belgique. Cette découverte permet l'arrestation de deux autres personnes, ce qui porte le total à onze.

Il s'agit de deux militaires de carrière, qui s'étaient vu remettre par Daniel I. la garde de la rançon peu avant son arrestation, alors qu'il se sentait menacé.

C'est une querelle amoureuse qui a permis ce dénouement. L'un des deux militaires (la police ne précise pas lequel) venait de quitter sa petite amie. Celle-ci, pour se venger, l'a dénoncé, ainsi que son complice.

Toute la rançon est donc retrouvée et la police peut légitimement triompher. Le procureur du roi déclare dans une conférence de presse :

— Les quatre objectifs que nous nous étions fixés au départ de l'affaire sont atteints : libérer l'otage, assurer la sécurité des personnes remettant la rançon, arrêter les auteurs de l'enlèvement et récupérer l'argent.

Mais est-ce tout à fait la vérité ? Selon des rumeurs insistantes, toute la bande aurait eu à sa tête un mystérieux cerveau, qui se serait réfugié à l'étranger. Interrogé à ce sujet, le procureur du roi dément catégoriquement :

— Tous les auteurs du rapt sont maintenant sous les verrous.

Rien n'autorise à mettre sa parole en doute. Pourtant, dans cette affaire, les autorités ont tu des éléments dans l'intérêt de l'enquête. Alors est-il bien certain que le rapt du petit Antoine ait livré tous ses secrets ?

Le visagiste des morts

France

1985-1992

Le 10 février 1992, Thomas H. est arrêté pour meurtre par les policiers de Marseille. Le 13 mai 1992, Éléonore C. comparaît pour meurtre devant la cour d'assises de Saint-Étienne.

Il n'y a apparemment aucun point commun entre ces deux faits divers. Et pourtant, si l'un et l'autre vont devoir rendre compte de leurs actes, c'est grâce à la patience, à l'obstination, à la science et, peut-on dire, au génie du même homme : le professeur R., le visagiste des morts.

Il y a, malgré tout, un autre point commun dans ces deux histoires. À l'origine, il y a l'errance et la marginalisation de deux femmes, qui, chaque fois, se sont terminées de manière tragique...

Éléonore est née en 1964, dans un milieu social élevé : le père travaille dans un cabinet ministériel, la mère est psychiatre. Elle-même est une enfant fort douée intellectuellement, mais le divorce de ses parents, alors qu'elle est toute petite, semble la déstabiliser. Elle suit sa mère, qui lui fait vivre une enfance vagabonde, déménageant constamment. À seize ans, elle s'enfuit avec un garçon de son âge, et mène une vie de marginale, réussissant quand même à passer son bac en candidate libre.

Sans s'en rendre compte, elle a une vie dangereuse. Avec les gens qu'elle fréquente, souvent de petits délinquants, les choses peuvent mal tourner... À l'été 1985, elle atterrit dans une cité HLM de Saint-Étienne. Elle a, parmi ses camarades, un certain Othman, qui lui présente Ahmed, dix-neuf ans. Tout de suite, elle le déteste. C'est un costaud, arrogant et orgueilleux, le type même du macho. Il est, de surcroît, très violent, et a déjà eu plusieurs fois affaire à la justice.

Ahmed est immédiatement séduit par Éléonore et, habitué aux succès féminins, ne supporte pas qu'elle le repousse. Il vient l'importuner plusieurs fois dans son HLM. Dans la nuit du 8 octobre 1985, c'est le drame.

Éléonore est en train de jouer aux cartes chez elle, avec trois amis, dont Othman. Ahmed survient sur le palier et se met à tambouriner à la porte. Éléonore coupe le son de sa radio, éteint la lumière, et fait signe aux autres de se taire, espérant qu'il finira par s'en aller.

Mais Ahmed est déchaîné. Il crie :

— Ouvre ! Je sais qu'Othman est là. Je ne m'en irai que quand je serai sûr qu'il n'est pas chez toi !

Alors, pour faire cesser le vacarme, Éléonore se décide à ouvrir. Seulement, elle se munit d'une arme : un pistolet à grenailles que l'un de ses amis, élève armurier, a transformé en 22 long rifle.

Elle ouvre. Immédiatement, Ahmed se précipite sur elle. Il vocifère :

— À partir de maintenant, ici, c'est chez moi ! Et si ça ne te plaît pas, je te violerai debout contre le mur, devant tes copains !

Il lui prend la tête et veut la cogner contre le mur. Elle tire : il s'écroule. Ses trois amis, qui ont assisté à toute la scène, se précipitent pour constater qu'il n'y a plus rien à faire : il a été tué sur le coup.

Éléonore laisse tomber son arme et se résigne. Les voisins ont sûrement tout entendu et prévenu la police. Il n'y a plus qu'à l'attendre.

Mais les heures passent, et la police n'arrive pas. Au matin, il faut se rendre à l'évidence : le meurtre est passé inaperçu. Alors, pourquoi ne pas faire disparaître le cadavre ?

Les trois amis d'Éléonore décident de l'aider. Ils mettent le corps dans une cantine métallique, qu'ils transportent, dans le coffre de la voiture de l'un d'eux, jusqu'au barrage de P. Là, ils lestent le cadavre avec deux isolateurs électriques et le précipitent dans l'eau, persuadés qu'il ne remontera pas.

Il ne remontera effectivement jamais.

Mais, le 2 février 1989, la retenue d'eau du barrage est vidée pour faire des travaux. Et les ouvriers découvrent des restes humains dans la vase. Près de quatre ans de séjour dans l'eau ont effacé toute forme humaine. L'état de décomposition est tel que le médecin légiste ne peut pas dire s'il s'agit d'un homme ou d'une femme. Seul élément qu'apporte l'autopsie : il s'agit d'un crime. La victime a été tuée d'une balle de 22 long rifle, avant d'être jetée à l'eau.

Éléonore peut lire ces détails quand les journaux relatent la macabre découverte. Elle est rassurée : on ne remontera jamais jusqu'à Ahmed. Elle ignore évidemment de quoi est capable le professeur R...

Âgé de cinquante-cinq ans, le professeur R. est le type même du savant tel qu'on l'imagine : front haut, barbe poivre et sel, lunettes métalliques. Il est peut-être le seul au monde à pouvoir reconstituer un visage à partir d'ossements.

Lorsque le crâne du squelette lui est confié par les policiers, il fait ses premières constatations. Les os sont gros, les mandibules sont marquées : il s'agit d'un homme. Les sutures des os crâniens sont encore prononcées : le sujet était jeune, environ vingt ans.

Vient ensuite le plus fascinant : la renaissance du visage disparu. D'après la forme des orbites, les yeux étaient enfoncés. De même, la configuration de la cavité nasale suggère un nez allongé. Les traces laissées par les muscles sur le menton indiquent des lèvres lippues. Par chance, il restait quelques cheveux bruns crépus sur le cadavre. Tous ces éléments suggèrent un jeune homme de type méditerranéen, vraisemblablement un Nord-Africain.

Avec de la pâte à modeler, comme celle qu'utilisent les enfants, le professeur R. se met à l'ouvrage et réalise un moulage, qu'il peint ensuite avec soin. Les photographes en réalisent un cliché, reproduit sur des affiches d'appel à témoin qui sont apposées dans la région de Saint-Étienne. Il n'y a plus qu'à attendre...

Et cela marche ! Quelques mois plus tard, un officier de police passe devant une photo apposée sur un mur. Il reconnaît Ahmed, qu'il a déjà arrêté pour des menus délits.

Le nom de la victime trouvé, tout va très vite. Othman ne tarde pas à avouer la vérité : Éléonore a été agressée par Ahmed la nuit du 8 octobre 1985. Elle a voulu se défendre, et le coup est parti.

La jeune femme est arrêtée. Quant à Othman et à ses camarades, bien qu'ils aient avoué avoir jeté le corps à l'eau, ils ne seront pas inquiétés, le recel de cadavre étant couvert par la prescription.

C'est ainsi que, le 13 mai 1992, les jurés de la cour d'assises de la Loire découvrent une jeune femme brune distinguée, grande et élégante, vêtue discrètement de gris, dans le box des accusés.

Les débats se déroulent sans surprise, les faits étant bien établis et personne ne songeant à les nier. Au moment des plaidoiries, le procureur général surprend par un réquisitoire étrangement sévère. Traitant Éléonore de « Messaline régnant sur un groupe de garçons faibles », il l'accuse d'avoir tué par orgueil et réclame contre elle sept ans de prison.

Les défenseurs de la jeune femme rappellent, au contraire, la violence de la victime, qui avait déjà agressé deux surveillantes de grand magasin, mettent en avant l'enfance perturbée de l'accusée, et reviennent à une autre version de la scène fatale.

— Si elle a tiré, c'est par peur, non par orgueil.

Enfin, ils concluent sur l'existence actuelle d'Éléonore. Elle a refait sa vie avec un garçon sérieux, à l'autre bout de la France. Elle a une petite fille d'un an, et un emploi stable. Ils demandent l'acquittement, compte tenu qu'elle a déjà fait quatre mois de prison préventive.

Les jurés doivent être partagés, puisqu'ils ne mettent pas moins de cinq heures pour délibérer. Au bout du compte, leur verdict se situe à mi-chemin de l'accusation et de la défense : quatre ans de prison, dont un avec sursis.

Mais plus que son issue, c'est sa première image qu'on retiendra de ce procès. Cette tête d'homme, sculptée et peinte avec soin, qui figurait parmi les pièces à conviction, et qu'Éléonore a découverte en entrant dans le box. Ce face-à-face terrible et inédit entre l'accusé d'un meurtre et sa victime...

La seconde affaire qui a motivé l'intervention du professeur R. est tout aussi extraordinaire, et son résultat tout aussi spectaculaire.

Le 25 juillet 1989, les policiers du quartier nord de Marseille sont alertés par un promeneur. Celui-ci a découvert un squelette enveloppé dans une couverture grossière. Il n'y a aucun indice alentour ; pas de vêtements, pas de papiers, pas d'objets personnels. Le corps a dû être abandonné sur les lieux, entièrement dénudé, il y a plusieurs mois. Le hasard a fait que personne ne l'a remarqué.

Ce n'est pas pour faciliter la tâche des enquêteurs, qui confient le squelette à l'institut médico-légal de Marseille. Ce dernier parvient à plusieurs conclusions : il s'agit d'une femme d'un mètre cinquante-quatre, âgée d'une quarantaine d'années. Quelques cheveux adhérant au crâne attestent qu'elle était brune. À part cela, il n'y a aucune trace de traumatisme. Il est impossible de dire s'il s'agit d'un meurtre, d'un suicide, d'une mort accidentelle ou naturelle.

Il y a pourtant un indice de taille : la disparue porte sur les vertèbres lombaires de petites agrafes métalliques utilisées pour pallier les déficiences dorsales. Leur pose se fait lors d'une délicate intervention chirurgicale, et les enquêteurs pensent avoir une piste sérieuse, d'autant qu'une seule société fabrique ces prothèses.

Ils se mettent en rapport avec le fabriquant, et ils doivent aussitôt déchanter. Il n'y a pas moins de cent cinquante hôpitaux et cliniques qui utilisent ces agrafes, et un praticien a parfaitement le droit d'en fournir à l'un de ses collègues qui en aurait besoin. Bref, l'opération a pu être faite n'importe où en France, et par n'importe qui.

Alors, il ne reste plus que le spécialiste des cas désespérés, celui qui redonne vie aux crânes, le visagiste des morts, le professeur R...

Ce dernier, millimètre par millimètre, se livre au même travail de reconstitution, ou plutôt de création, qu'il avait fait pour Ahmed. Il fait bouillir le crâne pour éliminer les derniers fragments de chair. Ensuite, il étudie l'implantation des muscles, pour définir la forme et l'expression du visage. Comme il restait des cheveux bruns très sombres, il peut, en outre, deviner la couleur des yeux, qui devaient être, eux aussi, foncés.

C'est ensuite qu'il se met au modelage... Peu à peu, sous ses mains, à mesure qu'il pétrit et colorie l'argile, apparaissent les traits d'une femme séduisante, à la chevelure brune, aux yeux marron foncé en amande, aux pommettes pleines, aux lèvres sensuelles. Il ne reste plus qu'à en faire une photo, qui est distribuée à tous les commissariats et gendarmeries de France, et à attendre.

Et, comme avec Ahmed, le miracle a lieu ! La disparue est localisée. Il s'agit de Maryline N., trente-neuf ans. Mère de famille, de tendance dépressive, elle avait disparu après son divorce, abandonnant tout derrière elle. Elle avait subi une opération à la colonne vertébrale, avec pose d'agrafes...

Quant à la ressemblance avec le moulage du professeur R., elle est hallucinante. Les deux photos, que les journaux publient côte à côte, semblent celles de deux jumelles. Seul le nez diffère : celui du moulage était long et droit, celui de Maryline était court et retroussé.

Mais ce n'est là que le début de l'enquête. Il faut maintenant savoir comment Maryline a échoué à Marseille et ce qui lui est arrivé.

Les policiers se livrent à un travail minutieux. Ce sont ses relevés de compte en banque qui permettent de suivre la trace de la disparue. Elle a vite échoué dans un pauvre logement d'un quartier déshérité du nord de Marseille.

Bien vite, elle n'a plus eu de quoi payer son petit loyer. Des voisins l'ont vue déménager, début 1989.

Deux vagabonds l'ont aidée à empaqueter ses quelques affaires dans des cartons. Nul ne les a revus depuis.

Les retrouver dans le milieu des sans-domicile-fixe s'apparente, cette fois, à la routine policière. Le 28 janvier 1992, deux clochards marseillais sont interpellés et entendus. Il s'agit de Jean-Luc, quarante ans, et de Thomas, quarante-cinq ans, né à Hambourg, mais qui a toujours vécu en France.

Tous deux nient avoir jamais vu Maryline, mais leurs déclarations sont remplies de contradictions, et ils sont de nouveau interrogés le 10 février. Cette fois, Jean-Luc craque :

— J'ai bien aidé Maryline à déménager avec Thomas. Je les ai laissés partir ensemble et je ne les ai pas revus.

Questionné sans relâche, Thomas avoue à son tour :

— Je l'ai étouffée parce qu'elle refusait mes avances...

Ensuite, il raconte comment il a attendu la nuit pour dénuder le corps et l'emporter dans cet endroit de garrigue où personne ne va jamais. Cela remontait à trois ans, et il pensait ne plus en entendre parler.

C'était compter sans les progrès de la science et le talent du professeur R...

Thomas a été écroué à la prison des Baumettes, et inculpé d'homicide volontaire.

Fatale histoire d'amour

États-Unis

1989-1992

C'est en général vers l'âge de sept ans que les petites filles comprennent qu'elles ne pourront jamais épouser leur père. Comprendre est une chose, admettre en est une autre.

À vingt-sept ans, il semble que Carolyn ne l'ait toujours pas admis.

En juin 1992, Carolyn fait une apparition remarquée au tribunal.

Des cheveux blond roux, coupés au carré, une frange, des lunettes noires de star et un feutre plat... on ne voit pas grand-chose de son visage, que l'on dit ravissant. Tailleur de style, longues jambes gainées de bas fumés, c'est une star qui s'installe sur le siège des accusés et demande à faire évacuer les photographes. Son avocat précise à la cour que miss Carolyn est traumatisée par les paparazzi, qui chassent son image depuis deux ans. Sorte de fantôme en noir, elle est sous l'effet de tranquillisants. Un garde du corps la serre de près, des lettres de menaces de mort justifient cette protection rapprochée. Son père, milliardaire, s'occupe des frais comme il s'était occupé de la caution, fixée à 250 000 dollars.

Le père de Carolyn est à la fois absent et important dans cette affaire qui passionne l'Amérique comme un épisode de feuilleton. Le procès de Carolyn, pour la presse américaine, c'est *Liaison fatale*, le film où Michael Douglas est poursuivi par la passion obsessionnelle d'une maîtresse de rencontre qui cherche à tuer sa femme et n'y parvient pas.

Or, Carolyn aurait fait mieux que la fiction. D'abord, en accumulant les liaisons fatales avec des hommes mariés, ensuite en réussissant, selon le procureur, ce que Glenn Close n'a pas accompli dans le film : tuer sa rivale. C'est en tout cas ce que les sept hommes et les cinq femmes du jury populaire doivent décider en leur âme et conscience.

Entre-temps, la presse américaine a étalé la vie privée de Carolyn, « la nymphomane », dans tous ses détails, et avec une jubilation évidente.

Carolyn est une jeune femme issue de la bonne société, et dont le père préside à la destinée d'une grande compagnie. Sa fortune est estimée à 150 millions de dollars. Carolyn a vécu une enfance classique — bonne éducation, nurses à volonté —, mais son père a divorcé lorsqu'elle était enfant, pour épouser sa secrétaire. Et il semble bien que le nœud psychologique se situe là. Il apparaît que, depuis qu'elle est en mesure de le faire, Carolyn se venge de ce divorce sur tous les hommes mariés qu'elle rencontre, d'abord en les séduisant, puis en les poursuivant d'une jalousie infernale, enfin en cherchant, par tous les moyens, à les faire divorcer pour se faire épouser. Il semble qu'elle ait réussi à éliminer l'épouse de son dernier amant, mais il semble seulement, car son avocat, au cours du premier procès, en 1991, l'a présentée théâtralement comme une maîtresse éplorée, manipulée par son amant, qui aurait lui-même assassiné sa femme en accusant Carolyn du meurtre.

L'affaire est si compliquée qu'elle demande réflexion.

Le premier jury de mise en accusation, en avril 1991, n'a pu réunir l'unanimité. Ils étaient douze et, après douze jours de délibération n'ont pas réussi à se mettre d'accord. Huit ont voté la culpabilité, quatre ont maintenu le doute...

Depuis, l'accusation a découvert un nouvel élément, qui justifie la réouverture du procès : un gant noir...

La première journée de ce procès à grand spectacle a lieu le 14 janvier 1992. Le procureur rappelle les faits dans leur brutale simplicité, et leur mystère.

C'est un samedi soir, le 15 janvier 1989. Jane T., une gracieuse jeune femme brune de quarante ans, épouse de Henry T., est seule chez elle. En la quittant, son mari l'a prévenue qu'il allait faire une partie de bowling avec des amis. Leur fille de quinze ans est à un stage de ski.

La maison est cossue, le quartier élégant au nord de New York, la nuit froide, les arbres sont dénudés devant la maison, le silence est frileux. La sonnette de la porte d'entrée interrompt la conversation téléphonique que Jane allait entreprendre avec une amie.

— Reste en ligne, je vais ouvrir.

L'amie entend les pas de Jane, le bruit de la porte qui s'ouvre, des coups de feu, des cris et plus rien. Elle hurle dans l'appareil :

— Jane, Jane, réponds-moi ! Que se passe-t-il ? Qui est là ?

Elle entend des cris, quelque chose comme : « Il veut me tuer... » ou « Elle veut me tuer... ». Puis, plus rien.

Jane a vu son assassin. Mais elle est seule à l'avoir vu, et elle est morte. Neuf balles de Beretta ont été tirées, quatre l'ont atteinte mortellement, dans le dos. Était-ce « il », ou « elle » ?

La correspondante de Jane se met fébrilement en rapport avec le 911, le service d'appel au secours, mais la patrouille se trompe d'adresse et ne localise pas les lieux du drame.

C'est Henry, le mari, qui découvre sa femme morte sur le palier, dans une mare de sang. Il est près de minuit. L'agression a eu lieu aux environs de 19 h 10.

Le mari, quarante-trois ans, cheveux bruns bouclés, barbu, un physique de séducteur un peu épais, sourcils froncés, front étroit, est presque aussitôt soupçonné par la police. Où était-il ? Au bowling ? Point du tout... Monsieur avait un rendez-vous galant avec une maîtresse, dans une auberge ; il peut bien l'avouer maintenant que sa femme n'est plus de ce monde. Le bowling lui servait de prétexte depuis longtemps.

La maîtresse est Carolyn, vingt-quatre ans, une femme peu ordinaire. Nymphomane, ce que son dernier amant semble ignorer, possessive et jalouse, ce qu'il prétend également ignorer, du moins au début de leur relation. Il se plaint tout de même d'une trop forte emprise de cette jeune femme sur sa vie privée. Elle le comble de cadeaux, offre des bijoux à sa fille, et il a bien du mal à justifier les caleçons de soie, les cravates et les bijoux dont elle l'inonde.

Cette jolie fille, riche, professeur d'informatique, travaille, alors qu'elle n'en a pas besoin financièrement ; ce n'est pas un crime. Elle entraîne de préférence ses amants dans les parkings des motels plutôt que dans le lit douillet de son luxueux studio de Manhattan ; ce n'est pas un crime non plus.

Pour faire les rencontres masculines qui l'obsèdent, elle a choisi le milieu universitaire. Ses critères sont bien définis : il lui faut un homme plus âgé qu'elle, marié, à faire divorcer pour se faire épouser. Selon ses camarades d'université, elle n'en est pas à son premier essai. Elle ne noue que des relations obsessionnelles, comme si elle voulait reproduire la situation de son enfance, pour se venger : « Papa a abandonné maman pour épouser une secrétaire, moi, je vais mener au divorce tous les hommes que je rencontre... »

La première victime de cette obsession, lassée d'être poursuivie d'une passion plus violente que tendre, a rompu. Or, Carolyn ne supporte pas la rupture ; il n'est pas question qu'on l'abandonne, elle ! Elle a tant et tant harcelé, non seulement ce premier amant mais son épouse, que la situation est devenue aussi dramatique que ridicule. Ce genre de harcèlement ne s'embarrasse pas de tact ni de discrétion. Le répondeur téléphonique était submergé de messages du genre : « Maintenant qu'il m'a connue, vous ne serez jamais plus à la hauteur sexuellement... » Elle est venue frapper à la porte du couple, s'est introduite dans leur maison, y a fait un énorme scandale et a tout cassé. Si bien que le couple a été contraint de demander une ordonnance de justice interdisant à Carolyn de s'approcher de chez eux.

Détruire est la motivation évidente de Carolyn. Détruire un mariage, détruire la réputation, ne pas se rendre à l'évidence, poursuivre contre toute logique sa folle obsession.

Pour sa liaison suivante, elle s'amourache d'un barman, marié bien entendu, pour qui elle ne représente qu'une aventure de passage. Il n'a pas l'intention de divorcer et de l'épouser. Alors, lorsqu'elle sent venir la rupture, Carolyn entreprend, avec l'aide d'un détective privé, de truquer des photos sur lesquelles son amant figure avec d'autres femmes. Le but est de les envoyer à l'épouse pour provoquer le divorce. Cela ne marche pas.

À vingt-quatre ans, Carolyn choisit un emploi de professeur dans une école au nord de New York ; elle y enseigne l'informatique. C'est là qu'elle croise le nouvel objet de ses désirs. Henry a trente-huit ans. Il est marié, il a une fille, il est lui aussi professeur ; leur liaison va durer un an.

Ils se rencontrent dans le luxueux duplex de Carolyn à Manhattan, mais font l'amour dans les parkings. Voire, dit la presse, dans les ascenseurs.

À la fin de l'année universitaire, alors que Henry lui a fait des déclarations enflammées et raconte à sa femme sa nouvelle passion pour le bowling, qui lui sert d'alibi, Carolyn ne voit toujours pas venir de divorce. Bien au contraire, l'amant, lassé, tente soudain de transformer cette passion encombrante en amitié plus tranquille.

Mais il ignore qu'on ne se défait pas de Carolyn aussi simplement. Ou alors, il en profite, c'est selon... Car c'est ici que l'affaire se complique et devient diabolique.

Les jurés du premier procès n'y ont rien compris. Qui a tué Jane, la femme de Henry ?

Le procureur est intimement persuadé que c'est Carolyn.

Premier point de l'accusation : Carolyn, au cours de l'été 1988, voyant s'éteindre la passion de Henry, a demandé à son détective privé favori de lui procurer une arme. Le détective est interrogé sur les motifs avancés par sa cliente. Ils sont nombreux. Tout d'abord, elle a affirmé que son quartier n'est pas sûr et que trop de cambriolages s'y déroulent. Après quoi, elle a prétendu que toute sa famille était menacée. Son père aurait échappé de peu à un attentat — l'un de ses jets privés s'est écrasé dans le Michigan, et c'est lui qu'on visait —, elle se sent également menacée. Autre prétexte : un chauffard a voulu écraser sa sœur, et elle a peur de subir le même sort.

Le détective, qui entretient des « relations de parking » avec sa cliente, ce qu'il ne cache pas d'ailleurs, lui procure donc un Beretta et un silencieux. Et c'est avec un Beretta que Jane est assassinée le 15 janvier 1989, de neuf balles dont les services de la balistique affirment qu'elles proviennent certainement de l'arme en question. Mais l'arme a disparu, elle est introuvable ! Carolyn fait dire qu'elle ignore ce qu'elle est devenue. Elle ne répond pas plus à cette question qu'aux autres ; c'est son avocat qui parle pour elle. Elle, elle a choisi de plaider non coupable et de ne pas témoigner, depuis le premier procès. Son père a juré de sortir sa fille de ce pétrin ; toutes les ficelles complexes de la justice américaine seront utilisées en sa faveur. Et l'inculpée garde le silence, ses lunettes noires, et son mystère...

Bien entendu, Carolyn a été interrogée le lendemain du crime. Voici son alibi, il n'est pas mince :

— J'avais rendez-vous avec Henry, à 19 h 30, dans une auberge. Je l'ai rejoint là-bas à l'heure convenue. Nous avons fait l'amour et nous nous sommes quittés aux environs de 23 h 30.

À 19 h 10 environ, on le sait, on frappait à la porte de Jane occupée à parler au téléphone avec une amie, et quelques secondes plus tard, elle succombait sous les balles d'un Beretta...

Si Carolyn a tué Jane à 19 h 10, elle s'est précipitée ensuite pour faire l'amour avec le veuf...

Si ce n'est pas elle, c'est peut-être le mari, qui, à peine devenu veuf, est allé fêter l'événement dans le lit de sa maîtresse...

Le patron de l'auberge confirme, à quelques minutes près, avoir vu arriver Henry d'abord, Carolyn ensuite. Ils sont montés dans une chambre, se sont fait apporter de la vodka, du champagne, des huîtres. Cela est confirmé par une serveuse. À 23 h 30, ils ont regagné la voiture de Carolyn sur le parking de l'auberge, et y « ont déployé une intense activité sexuelle sur la banquette », selon la serveuse. « Je voyais bouger la voiture de loin... »

Selon Henry, ils ont parlé de l'avenir. Henry aurait dit :

— J'aurais été très heureux de venir à ton anniversaire et de danser avec toi.

Elle aurait répondu :

— Parlons de ton bonheur, justement ! Est-ce que tu mérites d'être heureux ?

Il aurait rétorqué :

— Si quelque chose arrivait à Jane ou à moi, je ne me marierais plus jamais...

Carolyn affirme qu'elle n'a pas tué Jane, puisqu'elle était à un quart d'heure de la maison du crime, en compagnie du mari de la morte.

Le procureur, lui, affirme :

— Elle a tué Jane et a rejoint l'époux de sa victime aussitôt. C'est un monstre de perversité.

Le jury, lui, est devant un problème de minutes. Était-il 19 h 10 pile, ou non, au moment de la mort de Jane ? Impossible à déterminer. Était-il 19 h 30 pile, ou non, au moment où Carolyn a rejoint Henry à l'auberge ?

Quel rôle a joué le mari dans cette histoire ? Il est bien obligé de confirmer l'alibi de Carolyn puisqu'il y a des témoins. Il y a d'ailleurs intérêt. Est-il possible alors que Carolyn ait joué son crime sur un petit quart d'heure ? C'est l'opinion du procureur qui reconstitue ainsi la scène.

À 19 h 10, Carolyn sonne chez Jane, qui lui ouvre. Elle tire les neuf balles, saute dans sa voiture, roule, en excès de vitesse, vers l'auberge, et y arrive à 19 h 30 ; c'est possible. Elle monte tranquillement dans une chambre avec Henry et, sans la moindre émotion, le moindre remords, fait l'amour avec le veuf qu'elle vient de créer.

Il n'y a pas d'empreintes dans la maison. Aucune preuve matérielle de la présence de Carolyn à l'heure du crime. C'est pourquoi, lors de la première accusation, en 1991, son avocat a eu l'habileté de jeter le doute, dans l'esprit des jurés, sur l'attitude du mari, d'argumenter sur une possible machination de sa part, à l'insu de

Carolyn... C'est ainsi qu'à huit contre quatre, les jurés ont renoncé à l'accusation de meurtre au premier degré.

Durant une année, l'enquête ne progresse pas. Henry rompt ses relations avec Carolyn qui, selon son habitude, continue à le poursuivre de ses assiduités, à lui écrire, à lui téléphoner, sans aucune pudeur. Même lorsque son ancien amant se lie avec une nouvelle maîtresse, elle continue de l'assommer de lettres et de messages, allant jusqu'à le rejoindre à Porto Rico, où il se croyait tranquillement en vacances avec sa compagne, faisant presque irruption dans leur chambre. Elle charge son détective privé, toujours le même, de suivre le moindre mouvement de son ex-amant.

Au procès de juin 1992, Henry affirme au jury que c'est à ce moment-là qu'il s'est mis à croire à la culpabilité de Carolyn. Il lui a donné rendez-vous pour lui poser la question. La réponse de Carolyn est ambiguë.

— Henry, je vois avec plaisir que tu te sens suffisamment à l'aise avec moi pour me poser une pareille question. Non, je n'ai jamais voulu te faire de mal, ni à toi, ni à ta fille...

Cette année 1992, déjà difficile pour Carolyn, porte la marque du fameux gant noir. En effet, les photos du cadavre prises par la police montrent la présence, sur l'une d'elles, d'un gant noir, abandonné près du corps. Nul ne s'en était alors préoccupé, et il n'en avait pas été question au premier procès.

Mais le mari vient de le retrouver, ce gant noir ! Rangé bêtement dans un tiroir, il porte encore des traces de sang humain. Et son avocat a pu faire la preuve que Carolyn a acheté, avant le crime, une paire de gants semblables, avec sa carte de crédit.

Tout cela pourrait paraître un peu insignifiant si le procureur ne faisait état d'un autre élément : Carolyn aurait téléphoné à un magasin d'armes et de munitions, le 15 janvier 1989, jour du crime ; on pourrait retrouver cet appel sur sa facture de téléphone. Le jour même, une femme s'est présentée dans ce magasin pour acheter une boîte de cinquante balles de calibre 25 ; elle a présenté un permis de conduire au nom de Kittah. Kittah certifie au procès qu'on lui a volé son permis de conduire en août 1988, alors qu'elle travaillait en compagnie de Carolyn, et qu'elle ne s'est jamais rendue elle-même dans ce magasin.

Carolyn, munie de faux papiers, aurait, par conséquent, acheté les munitions convenant au Beretta, après s'être assurée par téléphone que le magasin pouvait lui en vendre.

Et les douze jurés regardent Carolyn, ses lunettes noires, ses bas noirs, son chapeau noir, cette silhouette qui ne leur apportera que le silence, avec une certaine frustration.

Carolyn plaide non coupable, ne témoigne pas, ne répond à aucune question. Que son avocat se débrouille ! Le premier n'a pas réussi à établir la machination éventuelle de Henry pour la faire accuser du meurtre de sa femme. Le second n'y réussira pas davantage. Il a beau brandir la note de téléphone de Carolyn en prétendant que l'appel au magasin n'y figure pas, on le soupçonne de trucage.

Où est passée l'arme ? Pas de réponse. Qui a acheté les balles ? Pas de réponse. Qui a tué Jane le 15 janvier 1989 ?

Carolyn. Personne d'autre qu'elle n'avait de mobile. C'est, en 1992, la conviction du jury et, cette fois-ci, à l'unanimité, et en vingt minutes. Le mobile est la jalousie possessive d'une nymphomane. Verdict : quinze ans de réclusion criminelle pour la petite fille riche, qui écrivait encore à son amant, après la mort de sa femme :

« Tu es l'homme le plus magnifique que j'aie jamais rencontré. »

La défense n'est pas satisfaite de ce verdict, la presse américaine s'interroge aussi. Cette histoire de gant noir... et le comportement du mari de Jane... Car Henry continue d'occuper la maison où sa femme a été tuée. Il a vendu pour 175 000 dollars les droits d'adaptation cinématographique de l'histoire de la mort de sa femme, avant le procès de 1992, donc sur un mensonge, puisque la justice n'avait pas encore tranché... Il passe si facilement d'une femme morte à une autre maîtresse... Il a retrouvé ce gant noir si longtemps après...

L'avocat de miss Carolyn déclare au *New York Times* :

— Ce verdict a considérablement choqué ma cliente, certaine d'être acquittée. Les jurés ont été hypnotisés par son passé. Si elle n'a pas réagi au verdict, c'est qu'elle est malade, sous tranquillisants, et nous avons de grandes inquiétudes sur sa santé. Son gynécologue demande à faire pratiquer une biopsie, car il soupçonne un cancer, on nous refuse cet acte. J'ai l'intention de faire appel, son père y est décidé.

De son côté, Henry déclare :

— Je suis faible, stupide, insensé, tout ce que vous voulez, mais je n'ai rien à voir avec la mort de ma femme.

Pauvre Jane, dont l'histoire donnera peut-être un remake de *Liaison fatale*... On a si peu parlé d'elle au procès, que les scénaristes pourront tout inventer...

L'assassin qui dormait

Canada

1987-1992

Nous sommes au petit matin du 23 mai 1987. L'inspecteur de garde au poste de police de P. dans l'Ontario, au Canada, est tiré brusquement de la torpeur d'une fin de nuit tranquille. Un homme vient de faire irruption, bousculant le planton. Il se met à crier :

— Je viens de tuer quelqu'un ! Mon dieu, je viens de tuer quelqu'un !

L'homme doit avoir un peu moins de vingt-cinq ans. Il est très grand, c'est même un colosse, mais il n'a pas l'air méchant. Au contraire, il a tout du bon géant. D'ailleurs, il est typiquement britannique : teint clair, yeux bleus, cheveux roux presque blond pâle... L'inspecteur se demande s'il a affaire à un fou ou s'il doit prendre la chose au sérieux, quand son regard tombe sur les mains de l'arrivant. Elles saignent abondamment. Les blessures sont profondes ; il doit avoir des tendons et des nerfs sectionnés... Cette fois, pas de doute, c'est grave.

— Que s'est-il passé ? Expliquez-vous !

L'homme se laisse tomber sur une chaise. Il est complètement hébété. Il ne semble pas avoir entendu. Il répète comme une mécanique :

— J'ai tué quelqu'un...

— Qui avez-vous tué ? Comment ?

— Mon couteau ! Avec mon couteau... Je l'ai laissé dans ma voiture, près d'ici...

Le policier voit que l'homme fait tous ses efforts pour

se souvenir. Il préfère ne pas parler, pour ne pas le troubler. Il y a un silence, et puis le géant déclare :

— Ma femme ne me le pardonnera jamais !

— Pourquoi votre femme ?

— Parce que j'ai tué sa mère. C'est ma belle-mère que j'ai tuée, et j'ai failli tuer mon beau-père.

— Leurs noms !

— Monsieur et madame V. Ils habitent tout près.

Le policier connaît, effectivement, les V., qui demeurent dans un pavillon à quelques rues de là. Aussitôt, c'est le branle-bas général. Il part avec plusieurs collègues vers le lieu du meurtre présumé, tandis qu'une ambulance emmène l'homme, qui continue à saigner dangereusement des mains... Son nom lui est revenu. Il s'appelle Duane O. Et tandis qu'il part dans la nuit, dans le véhicule, sirène hurlante, tout lui revient cette fois, avec une absolue netteté.

Dans la vie de Duane, il y a deux grands problèmes : son sommeil et son goût du jeu.

C'est à cause de son goût du jeu que tout a commencé. Il n'a jamais pu s'empêcher de jouer aux courses. Pourtant, il a toujours régulièrement perdu, mais rien n'y a fait. Il a commencé par détourner une bonne partie de l'argent du ménage, car sa femme Karen n'était au courant de rien, et, bientôt, cela n'a pas été suffisant.

Alors, au mois de février précédent, il a fait une folie : il a dérobé dix mille dollars dans la caisse de son entreprise. Il avait pourtant une bonne situation : il était chef des projets dans une centrale électrique. Le vol était trop visible pour ne pas être découvert, mais Duane n'a pas pu s'en empêcher : le jeu était pour lui comme une drogue.

L'inévitable s'est produit : Duane a été confondu et a dû avouer. Son directeur s'est montré généreux : il n'a pas porté plainte, il s'est contenté de le licencier et de le faire rembourser. Mais, la prison en moins, cela a presque été la même chose pour Duane, qui s'est retrouvé ruiné et au chômage.

Et il y a eu la réaction de Karen...

Quand elle a découvert brutalement cette vérité qu'elle ignorait, Karen a été très dure. Il faut dire qu'il y a toujours eu des problèmes dans la famille de Duane, d'origine très modeste. Ses frères et sœurs ont fait de la prison... La jeune femme a explosé.

— Je te croyais différent d'eux, mais ce n'est pas vrai ! Tu ne vaux pas plus cher !

Et elle a exigé qu'ils fassent chambre à part... Duane, très amoureux de sa femme, qui venait de lui donner une petite Mélissa, a décidé alors de s'amender. C'est ainsi qu'il s'est mis à assister aux réunions de l'association des Joueurs anonymes, qui s'emploie à sortir les joueurs invétérés de leur vice, tout comme les Alcooliques anonymes le font pour la boisson.

Puis, il y a eu la soirée de la veille...

Depuis leur dispute, Duane dort dans le canapé du salon, tandis que Karen continue à coucher dans leur chambre. Ce soir-là, Karen lui dit gentiment, après le dîner :

— Viens dormir avec moi. Je ne suis plus fâchée.

Mais Duane refuse.

— Non, tant que je n'aurai pas complètement réglé mon problème, je ne mériterai pas ton pardon.

Sa femme n'insiste pas. Elle va dans la chambre de Mélissa voir si tout va bien, puis elle se retire dans la sienne. Duane reste seul dans le salon, confronté au second des grands problèmes de son existence : son sommeil...

Duane a toujours très mal dormi. Il est sujet à des insomnies et des crises de somnambulisme. C'est héréditaire : beaucoup de membres de sa famille ont le même problème. Le stress est la cause déterminante de ces manifestations. S'il est détendu, si son existence est heureuse, il dort comme tout le monde, mais si tout va mal...

Ce soir-là, le fait de se retrouver seul dans le salon l'angoisse fortement. Il se sent l'estomac noué. Il essaye de manger, mais il est incapable d'avaler quoi que ce soit. Alors, il s'installe devant la télévision et la regarde distraitement. C'est un film. Il se rappelle l'avoir vu jusqu'au bout et puis après, plus rien. Il s'endort devant son poste...

La suite n'est qu'un grand trou noir. Il ne peut se souvenir de rien, puisqu'il dormait. Mais les choses n'ont pu se passer que d'une seule manière. Il s'est levé. Il est sorti et il est monté dans sa voiture. Ensuite, il s'est mis au volant et, toujours endormi, il a parcouru les vingt-trois kilomètres qui séparent son domicile de celui de ses beaux-parents. Il est entré sans mal dans leur pavillon, puisqu'il possédait la clé. Il est allé prendre un couteau, sans doute dans la cuisine, et une barre de fer, il ne sait où. Il est monté dans leur chambre. Il a tué sa belle-mère et il s'est attaqué à son beau-père.

C'est à ce moment-là qu'il s'est réveillé. Il se revoit, horrifié, devant le lit sanglant. Sa belle-mère est lardée de coups de couteau. Son beau-père, frappé à la tête par la barre de fer, est inconscient. Duane a hurlé, a laissé tomber sa barre de fer, est sorti avec le couteau sanglant, qu'il a jeté au passage dans sa voiture, et s'est précipité au commissariat... Telle est l'affreuse réalité, reconstituée par Duane.

Arrivés sur les lieux, les policiers ne peuvent que constater la véracité de ses dires. La chambre de ses beaux-parents a été le théâtre d'une véritable boucherie. Il y a du sang partout. Sa belle-mère, Ann, quarante-deux ans, est hélas déjà morte. En revanche, son beau-père, James, quarante-cinq ans, pourra être sauvé.

Le meurtre a eu des témoins. Il y avait, dans le pavillon, deux jeunes enfants, un neveu et une nièce des V., qui dormaient là. Ils ont entendu les cris et se sont enfuis chez les voisins tandis qu'Ann agonisait.

Les policiers ont la pénible tâche de prévenir celle qui est à la fois la fille de la victime et la femme de l'assassin... Karen met un moment avant d'admettre la terrible vérité. Lorsqu'elle comprend enfin, elle pousse un cri terrible et lâche le téléphone. Elle revient au bout d'un moment. Le policier l'interroge, anxieux :

— Vous vous sentez mal, madame ?

— Non. J'ai été voir la petite dans sa chambre. J'ai eu peur que... Mais non, il ne l'a pas touchée...

La peur... C'est désormais le sentiment dominant chez Karen. C'est elle — et de loin — qui est la plus touchée dans ce drame. Elle ne parvient pas à en vouloir à Duane de la mort de sa mère, car elle sent bien qu'il n'est pas responsable. Elle l'aime toujours. Mais elle tremble, pour elle-même et pour sa fille, à l'idée qu'il puisse revenir à la maison.

Pour l'instant, Duane est en prison, totalement effondré. Il propose à sa femme de divorcer. Elle ne dit ni oui ni non. C'est trop tôt. Elle a besoin de temps pour y voir clair en elle.

Et, en attendant, c'est une autre femme qui joue le rôle principal dans l'existence de Duane... Marlys, son avocate, est une juriste de talent. Elle s'est passionnée pour son cas et a juré de le tirer d'affaire. Les psychiatres et les psychologues qui l'ont examiné l'ont trouvé normal. Elle ne peut donc pas plaider la folie avec beaucoup de chances de réussite. Mais, pour ce crime gratuit et sauvage — car en plus il s'est toujours bien entendu avec ses beaux-parents, qui ont été très bons avec lui —, Duane risque d'être condamné au maximum. Elle décide donc de plaider le somnambulisme, c'est-à-dire la responsabilité mentale et l'irresponsabilité pénale. Une telle tentative est aussi courageuse que risquée, car c'est une notion qui n'existe pas dans la loi. Si Marlys réussit, ce sera une première...

Le temps passe... Karen va voir régulièrement son mari en prison. Elle a renoncé à divorcer, mais elle ne cesse de se poser les mêmes questions : a-t-il volontairement refusé de dormir avec elle, ce soir-là, afin de commettre son crime, qu'il avait prémédité ? Les psychiatres ne se sont-ils pas trompés ? N'est-il pas un fou dangereux ? Et surtout, s'il est libéré, ne va-t-il pas la tuer, elle, ou leur fille ?...

Le premier épilogue judiciaire de cette affaire a lieu

un peu plus d'un an après les faits, le 14 juillet 1988. Le juge déclare que l'accusé ne peut être poursuivi pour le meurtre de sa belle-mère et pour la tentative de meurtre de son beau-père.

S'il avait été reconnu coupable, il risquait le maximum, c'est-à-dire la prison à vie ; s'il avait été reconnu irresponsable pour maladie mentale, il aurait dû être interné. L'avocate Marlys a donc été suivie dans ses demandes.

Le représentant de la Couronne, équivalent du procureur en France, annonce qu'il fera appel, mais, en attendant, Duane peut quitter sa prison. Il est libre.

James, le beau-père, convalescent après sa grave blessure, accepte le verdict, mais continuer à voir son gendre est au-dessus de ses forces.

Karen et Duane reprennent la vie commune, mais, au début, seulement durant la journée. La nuit, elle va coucher dans une autre banlieue avec leur fille Mélissa, et elle ferme soigneusement sa porte à clé. Avant de se décider à vivre tout à fait avec lui, elle veut savoir s'il va définitivement renoncer à jouer ou non. Elle fait un test... Au bout de six mois, constatant que Duane s'est définitivement amendé, elle revient habiter avec lui.

En juillet 1990, Karen est enceinte. Ils pensent à l'avortement, mais elle décide de garder l'enfant. Pourtant, leurs conditions d'existence sont bien précaires. Ils ont vendu leur maison pour payer les frais du procès, et Duane est toujours au chômage. Il essaie de trouver du travail, mais quand il dit la vérité, personne ne veut l'employer. Karen travaille comme vendeuse dans un supermarché et suit des cours du soir pour être infirmière.

En novembre 1990, Duane trouve enfin un employeur qui, connaissant son cas, accepte de l'employer : il s'agit de fabriquer des sièges dans une usine d'une importante marque américaine de voitures. Malheureusement, ce sont ses collègues qui ne veulent pas de lui. Quand ils apprennent qui il est, ils exigent et obtiennent son renvoi. Il finit par trouver peu après un travail moins bien payé, que, cette fois, il parvient à garder.

Si aucun drame nouveau ne se produit, Karen vit pourtant dans l'angoisse, et ce ne sont pas les alertes qui manquent. Une nuit, elle découvre que Mélissa n'est plus dans son lit. Elle a, un instant, les pires appréhensions, mais ce n'est pas ce qu'elle pensait ! L'enfant est en train de jouer à la poupée dans le salon. Karen lui demande ce qu'elle fait là : elle la regarde, hébétée. Mélissa est somnambule, elle aussi !

Peu après, Karen donne naissance à une seconde fille, Barbara. Mais l'accouchement se passe mal, et Duane est, durant plusieurs jours, mort d'inquiétude. Le résultat ne tarde pas. La première nuit après son retour à la maison, Karen entend, à son côté, dire :

— Mélissa, non !...

Et elle le voit se lever. C'est sa première crise depuis le drame. Elle suit alors les instructions des médecins : ne pas le réveiller et l'appeler par son nom jusqu'à ce qu'il se réveille de lui-même. C'est ce qui finit par se produire, mais l'alerte a été chaude !...

Par la suite, Duane n'aura plus de crise, et c'est la plus haute juridiction du pays, la Cour suprême du Canada, qui, le jeudi 24 août 1992, met un point final à cette extraordinaire affaire.

L'avocate Marlys reprend sa thèse selon laquelle son client ne peut être coupable, puisqu'il n'était pas responsable de son acte, mais qu'il ne peut non plus être rangé parmi les malades mentaux.

Le procureur général s'étonne de son côté que, s'il était en état de somnambulisme, Duane ait pu faire un trajet de vingt-trois kilomètres au volant de sa voiture, sur une route fréquentée.

C'est aux experts de trancher, et ceux-ci, au nombre de cinq, rendent un avis favorable à la défense. Les somnambules sont capables d'avoir durant leurs crises des comportements complexes, mais ils demeurent incapables de contrôler leurs actes. La conclusion est catégorique : Duane était bien « cliniquement endormi et non pas mentalement fou » au moment du meurtre. Il n'est justiciable d'aucune thérapeutique, ni même, *a fortiori*, d'internement, car le somnambulisme n'est pas, au regard de la médecine, une maladie. Il n'en existe aucun traitement connu, mis à part des pratiques de bon équilibre de vie.

Dans ces conditions, la Cour suprême déclare, à l'unanimité de ses huit membres, que Duane n'est pas coupable. Elle estime, en outre, contrairement à l'avis du procureur, qu'il ne représente aucun danger pour la société, et s'oppose à ce qu'il fasse l'objet d'un quelconque contrôle.

C'est pourtant au procureur général qu'est revenu le dernier mot. Au sortir des débats, il a pris acte de la décision de la Cour et de la jurisprudence qu'elle créait. Mais il a déclaré que les cas de somnambulisme qu'aurait à connaître la justice seraient examinés avec le plus grand soin. Une précision qui n'était peut-être pas inutile, pour éviter que vienne aux Canadiens ou aux Canadiennes l'idée de se lever de leur lit en pleine nuit, de partir les bras tendus, les yeux mi-clos, et d'aller tuer l'amant de leur femme ou la maîtresse de leur mari !

Le loup enragé

Russie

1978-1992

La mer d'Azov communique avec la mer Noire, entre l'Ukraine et la Crimée. Rongée par les industries de raffinage du pétrole et celles de la métallurgie, elle est en état de pollution avancée.

Fantôme de mer où dansaient jadis les saumons remontant le fleuve somptueux, le Don. Cimetière de bateaux, cimetière de la modernité communiste. Et aussi cimetière du crime. Son fossoyeur se nomme Andreï T.

Avant monsieur Gorbatchev, la *Pravda* ne parlait pas de crimes. Les monstruosités, les assassins sadiques, les maniaques sexuels ne faisaient jamais la une. Comme si les assassins et les voleurs de l'ex-URSS n'étaient qu'un mythe entretenu par le diable occidental. Or donc, que faisait la police ?

À Rostov-sur-le-Don, la police s'arrachait les cheveux depuis 1978. Incapable de mettre la main sur le monstre, le loup enragé, le boucher qui, jusqu'en novembre 1990, a mené impunément sa guerre obsessionnelle de tueur solitaire. Au nez et à la barbe d'une armada d'enquêteurs.

Rostov-sur-le-Don, important port fluvial à quarante-six kilomètres de la mer d'Azov, est le carrefour des routes menant de la Russie à la Transcaucasie et à la mer Noire. On l'appelle la « porte du Caucase ». On y trouve des petits cafés, des restaurants de poissons, une statue de Lénine, un magasin central, le musée des cosaques du Don, un centre sportif, et une gare fluviale. C'est aux alentours de cette gare fluviale que sévit un tueur, depuis des années, en toute impunité.

Deux cent mille suspects interpellés — malades mentaux, homosexuels, marginaux, vagabonds, anciens prisonniers — et, parmi ceux-ci, cinquante mille maniaques sexuels. Des centaines d'analyses de sang, d'interrogations, et même une tragique erreur judiciaire. Un homme a été jugé, condamné, exécuté, en 1984. Il n'était pas coupable. La justice ne révèle pas son nom, pas même en 1992, alors qu'on juge le véritable assassin. Alors que cet assassin, pour narguer la police, a commis un meurtre le jour même où l'on exécutait l'innocent... Comme pour dire : « Ce n'est pas ce pauvre homme-là, c'est moi ! »

La Russie ne savait rien. La *Pravda* ne savait rien de la terreur qui régnait alors à Rostov-sur-le-Don. Et même en novembre 1990, lorsque le policier Yandiev met enfin la main à la gorge de ce loup enragé, alors que le rideau de fer s'est déchiré, que les informations circulent, le monde encore n'en saura rien.

Il y a des raisons à cela. L'URSS affamée a d'autres problèmes : la guerre du Golfe s'annonce en chroniques quotidiennes, les revendications nationalistes occupent les peuples... Ce n'est qu'au printemps 1992 que le monstrueux fait divers émerge enfin dans la presse internationale.

La Russie est sous le choc ; au tribunal de Rostov, le loup vient montrer ses dents, et répondre de cinquante-trois crimes !

— Non ! Cinquante-cinq ! clame-t-il...

L'accusation maintient les cinquante-trois répertoriés. Les deux autres resteront anonymes, faute de corps.

Et c'est la première fois que les journalistes peuvent rapporter les détails de ce procès qui dépasse l'horreur humainement imaginable.

L'homme ressemble-t-il à ses crimes ?

Tête rasée, regard pénétrant sous des sourcils exactement dessinés en accent circonflexe, cou puissant, chemise bariolée, il répond aux questions du juge en ricanant derrière les barreaux de sa cage. Il se prend pour un acteur, joue son rôle de monstre, le détaille, ménage ses effets, sans aucun scrupule, aucun remords, aucun respect pour les familles des victimes.

L'interrogatoire du juge d'instruction n'a pas dû être simple. Le monstre lui a résisté neuf jours durant, avant d'avouer. Ensuite, pendant plus d'une année, face à cet homme, il a dû répertorier les victimes, refaire les itinéraires de mort, étaler les photographies de cadavres violés, mutilés, tailladés, énucléés, parfois dévorés en partie. Un effrayant chapelet de meurtres rituels, exécutés selon le même processus sadique.

Vingt et un garçons de huit à seize ans, quatorze filles de neuf à dix-sept ans. Dix-huit jeunes filles ou jeunes femmes... La proportion de sexe féminin l'emporte à trente-deux contre vingt et un de sexe masculin.

Le sinistre record mondial des tueurs en série est battu par Andreï.

Né à Soumy, en Ukraine, cinquante-six ans, marié, un fils et une fille adultes, Andreï a commencé sa carrière en étant d'abord éducateur sportif, puis professeur de lettres russes, avant de se reconvertir comme ouvrier d'usine. Il y avait probablement une bonne raison à cette curieuse reconversion, car son dernier métier — responsable de la maintenance des locomotives du réseau de Rostov — lui permettait de voyager, de fréquenter la gare fluviale et les endroits isolés où il pouvait entraîner ses proies.

Proies est le terme. Proies d'abord violées, puis poignardées, mais sans donner la mort immédiatement. Proies mourantes, palpitantes de vie pour quelques minutes encore, le temps de découper les membres, d'arracher les yeux, ou la langue, d'éventrer enfin. Le poignard étant l'instrument du plaisir.

Andreï le dit en toute sérénité :

— Je n'obtiens la jouissance sexuelle qu'au moment où le poignard transperce.

Le juge est assommé d'horreur.

Andreï sourit. Il expose les faits, jamais les raisons.

C'est cette jubilation qui frappe. Comment un homme peut-il jubiler devant ses juges, après de pareilles horreurs ? Pourquoi ne se sent-il pas coupable ? Les assassins de sa trempe montrent régulièrement des visages mornes, ou stupides, ou tremblants de remords. Est-il complètement dément ?

Le médecin chargé de l'expertise psychiatrique tente d'éclairer le tribunal sur l'accusé.

Son passé d'abord. Le père a été déporté par Staline — après être sorti de prison — comme « ennemi du peuple ». Andreï considère cela comme une humiliation sociale.

Andreï affirme que son frère aîné a été dévoré par les voisins, lors d'une famine, en 1930... En tout cas, l'enfant a disparu sans laisser de traces. Dévoré est le terme qu'il emploie, dévorer est un terme d'anthropophage, et il l'est devenu.

À l'armée, les hommes se moquaient de lui, ne sachant pas s'il était homosexuel ou non. Il souffrait d'une forme d'impuissance, épisodique, il était jaloux de la sexualité des autres.

Il rêvait de faire une grande carrière politique. Membre du parti communiste, comme tout le monde, il en est exclu pour avoir minablement dérobé à l'administration trois rouleaux de linoléum. Il va en prison pour ce méfait et, lorsqu'il en ressort, change de métier et commet une série de crimes, pour se venger de cette société qui, décidément, « veut sa perte ».

Le couteau qu'il transporte en permanence sur lui, dans une petite mallette sage de professeur, puis de voyageur de commerce, est un « soulagement » chaque fois qu'il s'en sert. La lame qui pénètre dans le corps de ses victimes suppliciées est l'aboutissement de l'acte sexuel détourné.

Il a dit calmement au psychiatre :

— Je sais qu'il faut me détruire, je suis une erreur de la nature.

Et la conclusion du médecin est :

— Cet homme est conscient de ses actes, aucune démence, il n'est désolé que pour lui-même, donc responsable.

Il faut ajouter à ce portrait le côté « intellectuel » de l'accusé, professeur de langues, philologue, cultivé, ambitieux. Le tout enfermé dans un corps massif de bûcheron.

L'enquête a mobilisé pendant douze ans plus de cinquante policiers, des chasses à l'homme ont été organisées dans la région pour retrouver les enfants ou adolescents disparus, mais seuls quelques cadavres ont été retrouvés. La police comptait sur les analyses de sang et de sperme pour identifier le coupable. Et, parmi les deux mille suspects, Andreï est passé deux fois à travers les mailles du filet.

Deux fois le lieutenant de police Alexander Zanasovsky l'a eu entre les mains ! Et il en est malade, au procès. Malade car, en 1984, celui que l'on appelait le « boucher de Rostov » n'avait encore commis, si l'on peut dire, que quinze crimes...

Le policier Zanasovsky avait pourtant pensé intelligemment. Il s'était dit : « L'homme est probablement grand et fort, puisqu'il torture même des jeunes femmes, les transporte et les enterre tout seul. Il doit inspirer confiance à ses victimes, et il doit traîner dans les endroits où il a déjà trouvé des sujets susceptibles de le contenter. »

Une nuit donc, le policier se met en planque près d'une station de bus souterraine, fréquentée par des jeunes. Il aperçoit de loin un homme d'un certain âge, d'allure respectable, grand et fort, portant une mallette et discutant un peu trop amicalement avec deux adolescentes. Il l'interpelle pour un contrôle d'identité.

L'homme est extrêmement vexé !

— Je suis professeur, j'ai l'habitude de parler toute la journée avec des jeunes gens ou des jeunes filles ! Pour qui me prenez-vous ?

Les papiers d'identité étant conformes aux dires de l'homme, qui n'a rien commis de répréhensible, le policier doit le laisser partir.

Mais, quelques semaines plus tard, toujours en planque dans un endroit semblable, le policier aperçoit le même homme, se comportant exactement de la même façon, serrant d'un peu trop près deux jeunes filles. Cette fois, il se dit : « Toi, tu ne vas pas m'échapper ! » Il interpelle Andreï et le conduit au poste de police.

Des gouttes de sueur grosses comme des gouttes de pluie inondent le front chauve d'Andreï. Le policier pousse le contrôle à fond, presque sûr de tenir son homme.

Comme des centaines de suspects, celui-ci doit se prêter à une analyse de groupe sanguin. Le laboratoire possède des échantillons du sperme de l'assassin, la comparaison devrait confondre Andreï. Or, le groupe sanguin du suspect est déclaré incompatible avec le sperme du « boucher de Rostov » ! Andreï est relâché, faute de preuve.

La nature s'est jouée de la justice : une fois sur un million, sperme et groupe sanguin ne coïncident pas... Mais la police scientifique ne connaîtra cette exception que quelques années plus tard. Andreï est l'exception.

Et lorsque le malheureux lieutenant de police parle au tribunal, en 1992, de l'homme qu'il a interpellé deux fois, qu'il a lui-même classé dans les maniaques sexuels, qui est responsable maintenant de cinquante-trois crimes abominables, qui est là, devant lui, dans sa cage, démoniaque, indifférent, insupportable à entendre, il ne peut qu'être malade :

— Comment ne pas être malade quand on pense à tous ces enfants ? Depuis 1984, il en a torturé, violé et déchiqueté au poignard, ou avec ses propres dents, quarante de plus ! Et je le tenais ! Je l'ai tenu deux fois !

C'est au détective Yandiev qu'est revenu l'honneur de l'arrestation du monstre.

En novembre 1990, un policier en faction, non loin de la gare, interpelle Andreï, au moment où il émerge d'un bosquet. L'oreille égratignée, le doigt enveloppé d'un pansement, Andreï nettoie consciencieusement ses chaussures pleines de boue. Il a, dans sa mallette, un poignard encore taché de sang.

La terreur est devenue telle dans la région, la rage de la police contre cet homme, si intense, que malgré ses dénégations, malgré les analyses de sang et de sperme toujours incompatibles, il n'est pas relâché. Et, durant neuf jours, le juge d'instruction le cerne, le traque, fouille son passé, interroge sa femme, pour finalement obtenir d'elle un drôle d'aveu :

— Comment pourrait-il violer des enfants, lui qui n'arrive même pas à coucher avec moi ?

Andreï reconnaît son impuissance sexuelle et, finalement, avoue, d'une traite, cinquante-cinq meurtres.

— Je guettais les clochards dans la gare, je les voyais faire l'amour, et je ne comprenais pas pourquoi ces déchets de la société y parvenaient, et pas moi ! Comment ont-ils le droit d'exister ? Et tous ces jeunes idiots qui s'embrassent dans les trains et les autobus ? Pourquoi eux ?

Ce mépris extraordinaire pour ceux qu'il appelle « déchets de la société », à qui il nie le droit à l'existence, ne s'applique pas à lui. Lui, il est une « erreur » de la nature, pas un déchet. Nuance... Et il en veut à la société de cette erreur. Comme tous les sadiques et les pédophiles.

Il a pourtant eu deux enfants, adultes maintenant, et qui se cachent, qui refusent de témoigner en public. Comment parler d'un père pareil ?

Sa femme, en revanche, est témoin au procès. Le juge l'interpelle brutalement à l'audience :

— Comment pouviez-vous ignorer ? C'est impossible ! Il rentrait chez vous sale, ensanglanté, couvert de terre et en sueur, comme un animal enragé !

— Il me disait toujours que l'usine l'obligeait à décharger des wagons, des centaines de cageots alimentaires sales ! Il me mentait !

Elle le regarde en face. S'il lui a fait parfois pitié, il ne lui a jamais fait peur, apparemment.

Et Andreï s'empresse de confirmer ses dires, la tête basse. On dirait que la seule personne qu'il craint, c'est elle, sa femme. L'unique témoin vivant de son impuissance sexuelle. Dès qu'elle parle fort au tribunal, ou s'adresse à lui directement, il blottit sa tête dans ses bras, comme un gamin craintif.

Plus de vingt ans de mariage, douze années de crimes, et elle n'a rien vu, rien deviné. Elle a élevé ses enfants, deux hasards dans l'impuissance quasi chronique de son mari, elle a dormi dans son lit, elle lui a servi la soupe, elle a rangé sa mallette, brossé ses chaussures, lavé ses pantalons et ses chemises... et découvre, comme les autres, les atrocités qu'il portait encore sur lui en regagnant le foyer conjugal.

On l'accuse d'abord de trente-cinq meurtres, répartis en Ukraine et en Russie, trente-cinq corps identifiés. Il en revendique cinquante-cinq, et emmène les enquêteurs sur les lieux où il les a enterrés. Cinquante-trois seront confirmés.

Et l'affreux recensement commence. Il s'attaquait de préférence aux faibles, aux jeunes enfants, aux adolescents fugueurs, à ceux qui prenaient la libération des mœurs en Russie pour une invitation au voyage.

— Je n'avais qu'à leur dire : « Allons nous promener, allons manger quelque chose, boire quelque chose... » Il y en avait tout le temps, je n'avais même pas à les chercher... Mais dès qu'on était dans le bois, je commençais à trembler, c'était comme une fièvre... La dernière, je lui ai arraché la langue avec mes dents...

Une mère de famille se lève en hurlant :

— Laissez-le moi ! Je lui crèverai les yeux comme il l'a fait à ma fille, je le découperai au couteau, je lui arracherai les bras et les jambes... je lui ferai tout ce qu'il lui a fait !

Une autre femme murmure, en larmes :

— Ma petite fille avait quarante-six coups de couteau dans le ventre... Pourquoi a-t-il fait ça ? Quel besoin a-t-il ? Je ne comprends pas. Je ne comprends pas... Ça n'a aucun sens !

Comment peut-on torturer ainsi ? Pourquoi ? Comment, pourquoi sont les éternelles questions. Un procès devrait pouvoir y répondre.

Les spécialistes nous disent que la réponse est simple : la vengeance. C'est d'ailleurs ce que dit Andreï à sa manière : vengeance, parce que la nature l'a fait impuissant. Vengeance parce que la société a déporté son père, vengeance parce que des voisins affamés auraient dévoré son frère. Vengeance contre tous ceux qui fonctionnent sexuellement, puisqu'il est une erreur, doté d'un mécanisme défectueux.

Viols, assassinats et anthropophagie. Rares, heureusement, sont les cas de ce genre. On en compte cependant quelques-uns dans les annales, dont la célèbre comtesse hongroise, Élisabeth Bathory, épileptique, mégalomane, homosexuelle, et dévoreuse de jeunes filles. Dont le célèbre boucher de Hanovre, homosexuel, et dévoreur de vingt-sept victimes. Dont cet étudiant japonais qui vint exécuter, à Paris, le crime rituel d'une jeune fille, la dévora, et qui vit des jours paisibles quelque part dans son pays, où il peint maintenant des paysages... Dont, récemment, le tueur en série qui a effrayé l'Amérique, homosexuel et dévoreur d'adolescents, qui attend l'issue d'un procès interminable.

Andreï est passible de la peine de mort à Rostov-sur-le-Don, et il devra, s'il est condamné, et selon la loi de l'État ukrainien, être fusillé.

Mais il s'est passé une chose étrange à l'issue des deux premières journées de son procès. La presse internationale s'y bousculait, tous les correspondants étrangers voulaient en apprendre davantage sur ce monstre hors du commun, et couvrir le premier vrai grand procès criminel de l'après-Gorbatchev.

Mais ce loup ricanant dans sa cage devant les photographes, devant des mères de famille, des frères, des époux réclamant la vérité et la justice sur la mort d'un enfant, d'une jeune fille, d'un être aimé, violé et déchiqueté, c'était une trop vilaine image d'un citoyen de la nouvelle Ukraine, d'un homme, tout simplement. Les magistrats ont exprimé leur malaise et parlé des problèmes qu'ils rencontraient avec les journalistes. Si bien que le président a décidé, d'abord le huis clos, ensuite de remettre les débats au 13 mai 1992...

Depuis, plus de nouvelles. Rien dans la *Pravda*. Un entrefilet dans les *Izvestia* pour annoncer la remise des débats à une date ultérieure, sans plus.

Le loup de Rostov est apparu dans sa cage métallique, a été exhibé comme une bête sauvage, en chemise fleurie et sourire carnassier, puis le couvercle de l'absence d'information est retombé soudain sur lui. À Rostov, le magasin central est vide de provisions, la statue de Lénine encore debout, et la presse muette.

Pour le respect des cinquante-trois victimes, en majorité des enfants, il est vrai que la dignité s'imposait.

Puis, en octobre 1992, l'information tombe à la télévision moscovite, rapide mais assortie tout de même de quelques images. On y revoit le monstre, sortant du tribunal, toujours dans une cage, barbu, les yeux égarés, comme déjà hors du monde. Il vient d'être condamné à mort, et la journaliste moscovite donne un résumé lapidaire du procès. L'homme est reconnu coupable de cinquante-trois crimes sadiques, assortis d'anthropophagie. Deux autres crimes dont il se disait l'auteur n'ont pu lui être imputés pour absence de preuves.

Le rideau tombe sur le premier grand criminel de l'ex-URSS. Le premier dont l'Occident ait eu connaissance.

Traitement de chocs

France-Août 1992

Êtes-vous déprimé ? Alcoolique ? Schizophrène ? Aucun problème ! Si l'on peut dire... En tout cas, vous allez voir le bout du tunnel, surtout si vous habitez en Alsace. Quelqu'un, au courant de vos angoisses, plein de bonnes intentions, vous aiguille, vous ou votre famille, vers le bon docteur Denis T. et ses méthodes thérapeutiques révolutionnaires. Il est, *a priori*, sympathique, ce Denis : décontracté, gros pull-over et blue-jean, cheveux mi-longs, mince, le visage ouvert, courte barbe. Il a aussi plein d'idées dans la tête. Il a longtemps réfléchi au problème, à vos problèmes, et il a mis au point toute une nouvelle technique. Un peu chère, évidemment, car il en coûte environ 600 francs par séance, mais quand on souffre, on ne compte pas !

Vincent S., cadre dépressif, se décide un beau jour à suivre les conseils qu'on lui glisse dans l'oreille. Et comme, là-dessus, Vincent lit dans la grande presse que les Américains retrouvent la joie de vivre qui leur manque en dansant devant des arbres millénaires, des pompes à essence ou des distributeurs de billets, il franchit le pas ! Il s'inscrit pour un week-end collectif proposé par Denis, et qui doit lui permettre de sortir de lui-même.

Denis et son assistante, la blonde Sylvie, aux si jolis yeux bleus, dans leur maison cossue, bien à l'abri des regards indiscrets, reçoivent leurs patients et leur expliquent le traitement auquel ils vont être soumis. On leur propose de se défouler en n'hésitant pas à frapper les autres participants, à ce week-end original. Mais ils ne comprennent pas vraiment ce qui les attend. « Plus fort, n'hésitez pas, vous ne libérerez vos énergies fondamentales que si vous y mettez tout votre cœur ! » Peu importe que vous soyez faible, déprimé, incapable de vous défendre. Tant pis pour vous, les bleus qui s'alignent sur votre corps sont la preuve du traitement.

Mais vous n'avez encore rien vu... Maintenant, tout le groupe est enfermé pour plusieurs jours, sans rien à manger, ni à boire. Situation pire que la traversée du Sahara. C'est la traversée des âmes. Les patients, accablés de coups, doivent à présent faire un petit tour dans le jardin qui les isole du monde. Petite promenade digestive que l'on fait pieds nus en marchant sur des ronces. Les récalcitrants sont encouragés à grands coups de bâton par Sylvie, la blonde assistante.

Autre exercice : un patient qui est arrivé au volant d'une 205 GTI se voit proposer, imposer devrait-on dire, de monter dans son véhicule. Et de conduire sur l'autoroute. D'appuyer sur l'accélérateur, encore, plus vite. Jusqu'à ce que le compteur de vitesse marque 150 kilomètres à l'heure. Pas grave, pensez-vous. Mais le bon docteur l'oblige à accomplir ce petit exploit, à l'aveugle, les yeux fermés ! Malgré les coups et la faim, malgré la déprime, la honte, la fatigue, certains commencent à se demander s'ils n'ont pas confié leur sort à un fou sadique, qui se cache sous les apparences d'un gentil psy, diplômé en « psychologie clinique et pathologique de l'université de Rennes ».

Les clients martyrisés, affamés, la bouche plus qu'amère, sont à présent invités à réfléchir à la personnalité des autres participants à la séance. N'y a-t-il pas parmi eux quelqu'un qui freine tout le groupe ? Ce quelqu'un ne serait-il pas Vincent ? N'a-t-il pas osé se rebeller ? Protester contre les directives du praticien ? N'empêche-t-il pas tous les autres de progresser vers la libération ? Ne mérite-t-il pas une séance de coups supplémentaire ? Ne faudrait-il pas l'éliminer ?

Sitôt dit, sitôt fait, Vincent est promptement roué de coups, ficelé, ligoté, enfermé dans un sac de toile blanche, jeté dans la voiture du docteur. On part en pleine nuit, on fait crisser les pneus en freinant près du canal et on jette le malheureux sur la chaussée. La voiture repart sans même vérifier où aboutit le paquet. Vincent, à demi assommé, couvert d'ecchymoses, roule vers le bord du quai. Heureusement pour lui, la pente est trop faible pour qu'il tombe dans l'eau froide. À 2 heures du matin, les témoins ne se bousculeraient pas au secours du malheureux...

Au bout de quelques instants, grommelant, endolori sur toutes les parties de son corps, il parvient à s'extraire du sac, à se libérer de ses liens. La tête pleine de vertiges, il se redresse sur ses pieds et part en courant vers la gendarmerie la plus proche.

Là, on le réconforte, on l'écoute avec attention, on enregistre sa plainte, on le raccompagne chez lui. Les gendarmes l'ont écouté avec d'autant plus de sympathie qu'ils n'en sont pas aux premiers échos concernant les méthodes du docteur T. Déjà, des familles se sont plaintes, mais elles n'ont pas été jusqu'à porter plainte. Le docteur ne conseille-t-il pas à des jeunes en crise de quitter définitivement leur famille ? Ne pousse-t-il pas des êtres traumatisés, marginalisés, privés d'attaches, à rejeter davantage la société en brûlant leur carte d'identité ? Ne dit-on pas qu'il suggère, dieu sait par quel moyen, à ses clients aisés de renoncer à toutes leurs possessions ? Au bénéfice de qui ? Mystère. Rien n'a pu être fait pour pousser plus loin les investigations... Aujourd'hui, les choses évoluent.

Dans les jours qui suivent, deux autres compagnons de stage de Vincent viennent ajouter leurs doléances à celles du cadre déprimé et maltraité. À présent, on peut agir. C'est pourquoi, le samedi 18 juillet, la brigade pénètre chez le docteur et s'assure de sa personne ainsi que de celle de Sylvie, la blonde assistante. Ils sont accusés de coups et blessures volontaires et de violences avec préméditation. On espère que d'autres victimes, surmontant honte et dégoût, se feront connaître au fil des jours prochains. À ces chefs d'accusation viennent s'ajouter les violences sur mineurs de moins de quinze ans. Car les enfants de Denis et de Sylvie, âgés de quatre et cinq ans, bénéficiaient eux aussi des méthodes folles de

Denis. Eux aussi ont dû subir les coups, les privations, eux aussi, comme les autres, ont dû manger leurs déjections et boire leur urine...

Le monde où l'on s'ennuie

France-Août 1992

André H., vingt-trois ans, étudiant de bonne famille, originaire du beau pays de Loire, pays dont la douceur est proverbiale, se promène, en cette belle soirée d'été avec un copain, plus jeune de cinq ans, et qui vient d'obtenir son baccalauréat. A-t-on assez plaisanté sur l'ennui de la province ? Ennui pire encore quand on est jeune, quand on manque à la fois de moyens, d'expérience, de vie intérieure et d'imagination, de créativité, de philosophie. Quand on a pour soi uniquement une certaine agressivité, le culot de la jeunesse, et une certaine force physique. Cela peut faire un cocktail explosif si l'on y ajoute une pincée de lâcheté et l'audace d'être à deux contre un, un manque pratiquement complet de sens moral, le mépris pour les autres. À ce niveau-là, ce n'est plus un cocktail, mais une bombe à retardement.

André H., bombe à retardement ambulante, se promène dans les rues d'un quartier bourgeois d'une grande ville de province réputée pour la rigidité morale de ses élus. Hélas ! André s'ennuie. Ses pas, ainsi que ceux de son camarade, les amènent vers un magasin ouvert toute la nuit : sûre garantie d'un peu d'animation, car il est plus de 23 heures. Évidemment, cette ouverture tardive attire aussi les couches de la population les moins intéressantes : les clochards, par exemple, pourtant rares et peu appréciés dans cette belle ville bourgeoise. Parmi ceux-ci, Yves, la quarantaine, barbu, dont le seul tort est d'être porté sur la bouteille, car, à part cela, Yves, le clochard, n'a jamais eu affaire à la police pour le plus petit délit. Simplement, il a rejeté la société et la vie normale, ou bien ce sont elles qui l'ont rejeté.

André et son acolyte bachelier trouvent pittoresques Yves, ses vêtements fatigués, son allure un peu avachie et sa démarche incertaine. Voilà un personnage qui pourra, demain, alimenter la conversation. Mais tout cela manque de piment. Il faudrait qu'il se passe quelque chose, il faudrait transformer la soirée en souvenir amusant, dont on pourra ensuite parler aux copains pendant longtemps, assis devant un bon verre. Comme André n'a pas beaucoup d'imagination, lui et son copain se contentent d'abord de tirer la barbe d'Yves. Celui-ci n'apprécie guère ces familiarités, mais, après tout, ces deux jeunes bourgeois n'ont pas des figures d'assassins, il n'a pas grand-chose dans ses poches, et il en a vu d'autres dans sa vie. Cependant, Yves, le clochard, proteste un peu, pour la forme, devant les deux jeunes déjà hilares.

Aux tiraillements de barbe succèdent quelques tapes plus ou moins amicales sur le ventre. Pas trop amicales, ces tapes. Une sorte de jeu qui consiste à frapper de plus en plus fort. Au moment où le poivrot proteste en se tournant vers l'un de ses agresseurs, l'autre attaque. Un peu comme font les hyènes qui, s'attaquant à un animal blessé, commencent par viser le ventre et les entrailles... L'inoffensif clochard, pourtant, se laisse faire. Après tout, ce n'est qu'un jeu : idiot mais sans danger... Qui sait ? Et qui pourrait venir à son secours à cette heure tardive, dans cette bonne ville bourgeoise, où l'essentiel de la population est vissé devant la télévision ? Pourtant, quelqu'un passe et s'interpose, déjà choqué par le manège des jeunes gens.

— Pourquoi embêtez-vous cet homme ? Il ne vous a rien fait, laissez-le tranquille sinon j'appelle la police !

Le ton est ferme. André et son camarade hésitent un peu, suspendent leurs brimades. Mais, déjà, le passant bien intentionné, estimant que son intervention suffit, s'éloigne, sans se douter du pire. Il a, sans le savoir, mis en route le mécanisme de la bombe.

Car, loin de calmer les deux garçons, l'algarade du monsieur charitable a réveillé en eux une sorte de rage. Honteux de s'être fait admonester par un inconnu, ils veulent se prouver à eux-mêmes qu'ils auront le dernier mot dans cette petite histoire. On ne va pas leur faire la morale pour si peu de choses : faire peur à un rebut de l'humanité, dont la présence défigure leur belle ville si vertueuse. On va voir de quoi ils sont capables ! Cette fois-ci, ils s'ennuient déjà moins, et ils se sentent décidés à terminer l'affaire en chef-d'œuvre... Ils offrent, comme pour se faire pardonner de l'avoir importuné, un verre à leur victime, qui se dit, dans son brouillard, qu'une bière ou un petit ballon de rouge est un juste dédommagement. S'il savait...

Dès que le trio a gagné un coin plus discret, les deux tortionnaires passent à la phase numéro deux de leur opération distraction. Ils décident de rouer de coups Yves, histoire de rire.

Au bord de la jolie rivière chantée par les poètes d'autrefois, Yves comprend sa douleur. Les petites tapes dans l'estomac sont remplacées par des coups de poing furieux au visage, des coups de pied. Ivre d'alcool, la victime est bientôt à genoux, le visage à bonne hauteur pour les coups de pied. Il sent qu'on le dépouille du pauvre contenu de ses poches, mince récolte obtenue de la charité publique dans l'après-midi.

Les gémissements du clochard, ses cris : « Mais qu'est-ce que je vous ai fait ? », n'attirent personne.

Yves, comateux, n'a plus la force de résister. Son corps désarticulé reçoit un ultime coup de pied au ventre. Simplement pour voir s'il réagit encore. Pour parfaire leur chef-d'œuvre, les deux monstres empoignent le corps du clochard et le jettent à la rivière.

Quelle excellente soirée bien remplie !... Aujourd'hui, arrêtés, ils n'ont plus de problèmes pour savoir comment ils vont occuper leurs prochaines soirées, qu'on souhaite nombreuses, derrière les barreaux...

Adolescents en crise

États-Unis-Juillet 1992

Entre La Nouvelle-Orléans et le Mississippi, par les chaudes nuits d'été, spécialement pendant le week-end, bien des garçons et des filles, la nuit tombée, se glissent subrepticement hors de leur chambre, empruntent discrètement la voiture de leurs parents, et filent vers la plage où les attendent d'autres jeunes qui, eux aussi, ont fait le mur. Au petit matin, les jeunes regagnent leurs maisons respectives : les voitures zigzaguent un peu sur la route car, à l'arrière, bien des bouteilles de vin ou d'alcool gisent, vidées. Les parents, souvent épuisés par leur travail, dorment, essayant de récupérer la longue fatigue de leur lutte quotidienne pour la vie...

C'est justement le cas de Betty, une courageuse assistante sociale qui, divorcée depuis une dizaine d'années du père de ses deux filles, Shannon et Melissa, essaie de toutes ses forces de les élever dans le droit chemin. Elle sait trop que les erreurs et les emballements de la jeunesse vous suivent pendant des années. Des années de peur, de fins de mois difficiles, de crises de nerfs, d'enfer quotidien. Betty, de son mariage raté, n'a gardé que ses deux filles. Shannon a dix-sept ans et Melissa quinze. Ce sont trois femmes, dont les personnalités se heurtent quotidiennement.

Shannon, surtout, est la plus difficile à manier. Violente, colérique, elle a, de toute évidence, les plus grandes difficultés à communiquer avec les autres. Cette difficulté se traduit par des crises de violence. Mais Betty ne manque pas d'énergie non plus. Après de dures journées de travail social, après avoir affronté pendant des heures tous les problèmes du monde, elle retrouve souvent Shannon en proie à ses difficultés. Betty, épuisée par sa journée, qui vient de se plonger dans diverses tragédies, manque peut-être un peu de patience pour les caprices de Shannon, caprices qu'elle juge bien futiles par rapport aux drames qui l'ont submergée pendant ses huit heures ouvrables.

Shannon a un petit ami, Mike, dix-sept ans. Un soir, Betty la surprend affalée sur le canapé du salon, entre les bras du garçon. Betty revit ses propres illusions de jeunesse, elle veut, coûte que coûte, éviter les mêmes erreurs à sa fille. Cris, interdiction de revoir le garçon qui, pourtant, n'est pas pire qu'un autre. Interdiction qui s'étend à Melissa car celle-ci, bien que plus jeune de deux ans, a elle aussi un petit ami de son âge. Tout ça ne devrait pas aller bien loin. Ce sont les difficultés de milliers de familles du monde occidental.

D'autant plus que Shannon et Melissa donnent toute satisfaction sur le plan scolaire. Elles sont brillantes. Shannon s'intéresse à tout. À la poésie. Elle écrit, et publie ses œuvres dans le bulletin de l'université. Des poèmes dédiés à sa « maman ». Étranges et inquiétantes poésies : « Mes mains étaient vertes avant que le sang n'en jaillisse. Mes yeux sont deux morceaux d'ambre brûlants de haine. Je suis ta création qui a mal tourné. » Pas vraiment dans le genre bluette. Betty, si elle lit les vers de sa fille, devrait se méfier.

Betty nourrit, quant à elle, des projets matrimoniaux avec Herbert. Il est veuf et père de famille, et il considère déjà Shannon et Melissa comme ses propres filles. D'ailleurs, il n'hésite pas à confier ses propres enfants à la garde de ses deux futures belles-filles quand il a besoin de baby-sitters. S'il savait...

Shannon se met en furie de plus en plus souvent. Betty n'a aucune intention de se laisser dominer. Un jour, elle bouscule sa fille, la projetant contre le mur. Rien de grave. Simplement le début d'un affrontement physique possible. Betty durcit ses règles de vie : interdiction de sortir le soir, interdiction de boire de l'alcool, interdiction, interdiction... Shannon hurle sa colère. Betty se confie à Herbert. Elle lui avoue qu'elle commence à avoir peur de ses propres enfants. Elle suggère à Shannon de consulter un psychiatre, mais la jeune fille, hors d'elle, lui crache au visage qu'elle veut une mère et pas un psy ! Pourtant, elle admet que ce qui lui déplaît le plus en elle-même, c'est son incapacité à contrôler sa colère... Shannon, conduisant en état d'ivresse, pulvérise un jour la voiture familiale contre un arbre. Les motifs d'affrontement se multiplient.

Betty n'hésite plus et, aidée d'Herbert, cloue des planches en travers des fenêtres de leur chambre. Mieux encore, elle fait poser trois systèmes d'alarme pour interdire entrées et sorties par les trois portes de la maison. Les filles se sentent en prison. Leur mère estime qu'elles n'ont que ce qu'elles méritent. Elle les aime mais, pour elle, jamais l'amour maternel n'a signifié laisser-aller.

Shannon, suivie par Melissa, cherche à donner un sens à sa vie. La sorcellerie l'attire. La mort aussi, « la plus jouissive des euphories », où elle ne ressentirait que « torpeur et apesanteur »... Shannon, de plus en plus délirante, avoue son rêve secret : « J'aimerais épouser un *serial killer.* » Un de ces meurtriers en série qui, parfois, extermine des dizaines de victimes pour vivre une obsession la plupart du temps sexuelle.

Betty, pour empêcher Shannon de fréquenter Mike, menace : au lieu de passer les vacances dans un camp de jeunes filles, en pleine nature, elle envisage de les expédier dans un camp de rééducation ; perspective peu alléchante. Shannon hurle de plus belle. Melissa trépigne.

Le petit ami de Melissa, Allen, quinze ans, est amoureux fou de la jeune fille, et approuve toutes les idées de Shannon. Il souffre de voir les fenêtres barricadées, les portes piégées. Il s'angoisse à l'idée que sa bien-aimée puisse passer l'été sous la férule de gardes-chiourme dignes d'Alcatraz ou de Sing-Sing. Il se persuade qu'il faut faire quelque chose. Ensemble, tous les trois, à coups de petits mots, ils mettent au point la « solution définitive »...

Le soir choisi, les filles, armées de tenailles, parviennent à faire sauter silencieusement quelques planches qui condamnent les fenêtres, et réussissent à neutraliser un des systèmes d'alarme. Allen, qui n'attend que ça, pénètre dans la maison. Tous trois montent l'escalier qui conduit à la chambre de Betty.

Celui qui est bien étonné, c'est Mike, quand, vers 5 h 30 du matin, les deux jeunes filles et Allen surgissent chez lui. Tout le monde s'enferme dans sa chambre, et les jeunes filles déclarent franchement :

— Nous venons de tuer maman.

Mike, qui a déjà entendu évoquer ce projet plus d'une fois, trouve la plaisanterie sans intérêt. Il réplique : « Bien sûr », et tout le monde repart. Quand, quelques heures plus tard, il apprend par le bulletin télévisé local que Betty vient d'être découverte, percée de coups de canifs et étouffée sous un oreiller dans son lit, il réalise qu'il a mal jugé la situation. Il alerte la police mais, déjà, les trois adolescents assassins sont sous les verrous.

Ils prétendent tout d'abord que, rentrant de la plage après avoir une fois de plus fait le mur, ils ont découvert la victime morte dans son lit. Mais Allen a eu du mal à expliquer pourquoi son cou présente de multiples marques de griffes. Ils racontent alors, sans émotion, l'agression, les cris de Betty, maîtrisée à grand-peine sous un oreiller. Ils avouent qu'ils ont alors dû l'étrangler, pour la faire taire. Pour se débarrasser de son autorité, de son amour maternel trop inquiet, trop efficace...

Stock-car nocturne

France-Septembre 1992

Un camion roule dans la banlieue chic de l'Île-de-France, entre Saint-Germain-en-Laye et Le Vésinet. Au volant, un chauffeur routier. Il a bu, et ne tient pas l'alcool. La nuit est tombée. Il fait une fausse manœuvre et percute deux voitures en stationnement à Saint-Germain-en-Laye. C'est chose courante et la plupart du temps, le conducteur fautif s'abstient bien de laisser courtoisement ses coordonnées ou celles de sa compagnie d'assurances à la victime. Qu'il se débrouille ! C'est ce que pense le chauffeur routier. Il ne s'arrête pas, et continue sa route.

Malheureusement pour lui, un des propriétaires des voitures tamponnées assiste au choc et, légitimement révulsé de colère, monte dans son véhicule pour se lancer à la poursuite du chauffard. Un de ses amis, aussi furieux que lui, l'accompagne dans la course. À deux, ils ont de meilleures chances d'arrêter le camion et de demander des comptes à celui qui est dans la cabine. Ils roulent à toute vitesse dans la nuit, jusqu'à un feu rouge. Aussi ivre qu'il soit, le routier respecte encore les feux. Ses poursuivants en profitent pour le tamponner violemment, pare-chocs contre pare-chocs. Bientôt, leur véhicule n'est plus qu'une épave, incapable de rouler, et les poursuivants sont contraints de l'abandonner. L'assurance n'aura qu'à se débrouiller pour déterminer les responsabilités de chacun...

C'est alors qu'arrive un troisième automobiliste, à bord d'un second véhicule. A-t-il compris l'affaire, ou bien a-t-il été témoin du choc qui a démarré le rodéo ? En tout cas, il prend à son bord les deux poursuivants légitimement furieux, et les voilà tous les trois qui repartent à la poursuite du camion dans la nuit ; entre-temps, le feu est passé au vert et le chauffeur a poursuivi sa route. Le véhicule des justiciers finit par rattraper le camion et l'un des automobilistes du début, tel un cascadeur de cinéma, parvient à se hisser sur la benne du camion poursuivi. Il n'est pas maladroit, loin de là, car il a même pris soin de se munir d'une pelle pour en porter de violents coups sur la cabine occupée par le routier.

Essayez un peu de conduire la nuit un camion, alors que vous êtes sous l'emprise de l'alcool, alors que vous avez la sensation très nette que vous avez embouti quelques véhicules, et avec un fou furieux qui donne de grands coups de pelle au-dessus de votre tête sur la cabine que vous occupez !

Le chauffeur, exaspéré par le vacarme des coups de pelle, se souvient alors d'une astuce vue au cinéma dans quelques bonnes scènes de poursuite automobile. Il entame des zigzags destinés à jeter à terre l'homme à la pelle. Il heurte plusieurs voitures en stationnement, en emboutit plusieurs autres. Cela provoque une autre vocation de poursuiveur, et un second véhicule se lance aux trousses du camion, le conducteur se disant qu'il faut absolument arrêter ce fou furieux avant qu'il ne tue quelqu'un.

Un des passagers de cette seconde voiture parvient, comme au cinéma, à s'accrocher à la portière derrière laquelle le routier continue à faire osciller le volant. Il essaie, mais en vain, d'ouvrir pour assommer le chauffeur. Dieu merci, il n'y parvient pas mais, suspendu à l'extérieur, il écume. Entre-temps, tout le rodéo traverse

Chatou. Le camion percute onze voitures en stationnement... Mais il roule toujours, toujours poursuivi par les deux autres véhicules.

Enfin, on arrive sur les hauteurs, et le camion cale. Les poursuivants, ivres de colère, arrachent le routier de son siège et l'assomment...

Sur les lieux, une vingtaine de jeunes désœuvrés sont témoins de cet acte. Sans demander d'explications, ils se précipitent à la rescousse du routier et le tirent des griffes de ses agresseurs.

Heureusement, des témoins appellent la police. Lorsque les policiers arrivent, l'ambiance est à son comble. La police interpelle onze personnes issues d'horizons sociaux variés. Six d'entre elles sont remises en liberté un peu plus tard. Le routier est placé en garde à vue. Il dit qu'il ne se souvient de rien.

Saut de la mort

États-Unis-Août 1992

Rebecca murmure rapidement « *I love you* » à l'homme qui partage sa vie. Elle vient tout juste de lui raconter pourquoi, depuis dix-neuf ans, chaque minute de son existence est chargée d'horreur. L'homme entend à peine, tant il a la tête pleine de ce qu'il vient d'apprendre.

Rebecca, Becky pour les intimes, une jolie brune, s'éloigne rapidement de la voiture sur ces dernières paroles. Lui, à l'intérieur du véhicule, se retourne un moment pour s'occuper d'Alice, leur fille de quelques mois, qui s'est mise à crier. Sans doute la petite Alice, par un phénomène subconscient, comprend-elle que sa maman s'éloigne définitivement pour courir vers la mort. La mort qu'elle redoute et appelle depuis presque vingt ans.

Septembre 1973 : Becky, dix-huit ans, est ravie. Pour son anniversaire, sa mère et son beau-père lui ont offert une voiture neuve. Sa mère n'a pas connu une existence trop calme. Elle a déjà eu deux époux, qui lui ont laissé chacun une fille : Becky, dix-huit ans, et Amy, onze ans. Elle s'est récemment remariée avec un magistrat. Mais les deux jeunes filles s'adorent, le beau-père, Ralph, est un homme bien, Becky est jolie, en bonne santé, tout va pour le mieux.

Ce soir, Becky s'est proposée pour aller faire quelques courses de dernière minute au supermarché local. Il faut se hâter car, bientôt, le magasin va fermer.

En sortant du supermarché, Becky et Amy, les bras chargés de sacs en papier kraft beige, ont une mauvaise surprise. Elles découvrent qu'un des pneus de la voiture est crevé. Crevaison d'autant plus malencontreuse que la roue de secours est restée chez un garagiste pour être réparée, et ce depuis plusieurs jours. Et la nuit ne va pas tarder à tomber. Les deux jeunes filles sont inquiètes. Mais, comme dans les bonnes comédies américaines, deux sauveurs se présentent. On dirait même qu'ils attendaient l'occasion de rendre service car, dès qu'ils aperçoivent les jeunes filles, Ronald, vingt-six ans, et son copain Jerry, vingt-huit ans, sortent de leur propre voiture stationnée tout près de là sur le parking. Ils proposent galamment aux deux jeunes filles de les raccompagner chez elles, à l'autre bout de la ville, dans leur propre véhicule, une grosse camionnette blanche. Becky, l'aînée, à qui sa mère a inculqué des principes de prudence, est tentée de refuser, mais elle ne voit guère d'autre solution pour rentrer chez elle avec sa petite sœur.

Ronald et Jerry, devant ses réticences, sortent de leur poche revolver des cartes barrées tricolores. Ronald annonce :

— Vous pouvez nous faire confiance, nous appartenons au FBI.

Becky hésite, puis, sans avoir examiné de près ces documents, se décide à accepter. Que pourraient-elles craindre en compagnie d'agents fédéraux ? Elles montent à bord de la camionnette. Ronald et Jerry affichent un sourire de satisfaction à peine dissimulé.

Ronald et Jerry ne sont pas agents fédéraux. Ronald

est pompiste, Jerry est chômeur. Aujourd'hui, pour eux, c'est soir de fête. Cela signifie bière et filles faciles. À défaut de filles faciles, ils comptent bien se rabattre sur d'autres, même plus réticentes. Pour eux, trouver des filles est une chasse sans pitié. En patrouillant dans les rues de la ville, ils ont repéré Becky et sa jeune sœur, à bord de leur voiture flambant neuve. Ils les ont suivies, sans avoir trop d'idées sur la suite des événements, confiants en leur inspiration. Inspiration venue tout droit de l'enfer.

Dès que Becky s'est garée sur le parking, déjà presque désert, du supermarché, Ronald et Jerry se sont garés non loin de là, discrètement. Quand les deux jeunes filles sont entrées dans l'établissement, une idée démoniaque est née dans les cerveaux embrumés d'alcool des garçons. Un saut jusqu'à la voiture, un coup de couteau, et voilà la voiture de Becky avec un pneu crevé. Maintenant, il ne reste plus qu'à attendre le retour des filles pour leur proposer une aide. Ronald sait-il que la roue de secours est absente ? L'histoire ne le dit pas, en tout cas, c'est vraisemblable, et le piège se referme.

Et voilà la camionnette qui se met à rouler. Dès qu'elle prend de la vitesse, à l'intérieur même du parking, un des hommes se précipite sur Becky, qui comprend qu'elle est tombée entre les mains de malfrats prêts à tout. Becky n'est pas une fille facile. Elle hurle, mais les rues sont désertes... Personne ne l'entend. Amy, en larmes, n'ose pas crier. Et le véhicule infernal roule. Il sort de l'agglomération, il roule sur les routes pittoresques et désertes du Wyoming, superbe État aux forêts de conifères coupées de profonds canyons au fond desquels coulent des rivières torrentueuses.

C'est près d'un de ces canyons sauvages, celui de la North Plate River, la rivière d'argent du Nord, que la camionnette s'arrête enfin. La nuit est tombée. Jerry se jette sur la petite Amy, qui supplie. Il l'arrache aux bras de Becky, la traîne hors du véhicule. Amy crie : « Becky, je t'aime », tandis que le forcené l'entraîne dans la nuit vers le pont qui surplombe la North Plate River. Ce Fremont Canyon Bridge est un gros ouvrage de poutrelles métalliques semblables à celles de la tour Eiffel. Trente-quatre mètres plus bas — la hauteur de dix étages —, on entend le grondement de l'eau sur des rochers acérés.

Quand Jerry revient vers le véhicule, il annonce simplement :

— Je l'ai mise en sûreté.

Et Becky ne sait ce qu'elle doit comprendre. Pour l'instant, malgré ses coups de griffes, ses larmes, ses hurlements, elle subit le viol des deux « agents fédéraux ». Puis, elle aussi est entraînée vers le parapet de poutrelles. Malgré ses supplications, les deux monstres la jettent en bas. Son hurlement de terreur brutalement interrompu les rassure. Pas de témoins. Ils peuvent rentrer chez eux.

Amy gît en effet dans l'eau, le corps coincé entre deux roches, la tête éclatée, morte sur le coup. Mais Becky, par miracle, malgré la hauteur de la chute, a plongé dans un creux d'eau. Elle remonte à la surface, glacée, trouve la force de nager jusqu'à la rive et, tel un animal blessé, rendue à moitié folle d'horreur, elle se recroqueville, en claquant des dents dans ses vêtements mouillés. Jusqu'à l'aube, elle a peur, peur qu'on ne vienne l'achever.

Des pêcheurs la trouveront, la réconforteront de leur mieux, la confieront à la police. Dès le lendemain, les deux hommes sans pitié seront arrêtés. Jugés, ils se verront condamnés à mort, et la communauté tout entière se réjouit de voir éliminer de la face de la terre ces deux abominables exemplaires de l'humanité.

Becky, qui a dû subir les affres du jugement, qui a dû revivre en public ces moments d'horreur, qui ne se console pas de la mort d'Amy, Becky a du mal à reprendre pied dans la vie. Elle poursuit ses études pourtant, elle décroche un emploi de journaliste à la radio locale, elle sourit un peu à l'existence, essaie de reprendre confiance. Pourtant, chaque jour, chaque nuit, le viol et l'horreur de sa froide exécution la hantent.

L'État du Wyoming décide d'abolir la peine de mort quelques jours avant l'exécution de ses deux bourreaux. La condamnation à mort se change en détention à vie. Quand elle apprend que ses tortionnaires, Ronald et Jerry, sont toujours de ce monde, Becky devient la victime d'une obsession : ne vont-ils pas un jour, par le jeu des remises de peine, sortir de derrière les barreaux de la prison fédérale ? Un jour, se dit Becky, ils reviendront et ils voudront achever leur œuvre de mort... Elle se dit qu'elle est une condamnée à mort en sursis.

Pensée d'autant plus douloureuse qu'elle ne la partage avec personne. Jour après jour, nuit après nuit, elle est rongée, comme par un cancer, par son idée fixe. Son mariage, car elle s'est mariée malgré tout, sombre, et elle divorce. Mais elle est jolie. Un autre compagnon se présente. Lui non plus n'aura pas droit à la moindre confidence, malgré leur amour mutuel, malgré leur fille, la petite Alice. Pourtant, un soir, le 31 juillet 1992, Becky, qui n'en peut plus de revivre l'horreur, demande à son compagnon de la conduire jusqu'au pont de la North Plate River. Dans la voiture, rapidement, elle libère son cœur en racontant tout ce qu'elle endure depuis dix-neuf ans sans un moment de répit. Sans doute est-ce un appel au secours déguisé, mais le père d'Alice ne comprend pas le message. Il ne comprend pas ce que Becky, après lui avoir crié « Je t'aime », va faire. Elle se précipite sur le pont, enjambe les grosses poutrelles, et plonge vers la mort, trente-quatre mètres plus bas.

Ronald et Jerry multiplient les demandes de mise en liberté.

Mauvais sang

France-Octobre 1992

Rémi C., vingt-quatre ans, vit dans la région bordelaise. Il a une adresse, celle de sa mère, mais il n'est pas encore très fixé sur son avenir. Déjà, il s'est fait une petite réputation, pas très enviable, d'ailleurs, car c'est essentiellement celle d'un garçon violent. Mais il faut bien que jeunesse se passe... À vingt-quatre ans, on a le sang qui bouillonne. Et des besoins affectifs et sexuels. Aussi, au mois de mai dernier, Rémi traîne à L., une station balnéaire, à la recherche d'une bonne fortune, d'une jeune fille ou d'une jeune femme peu farouche. La recherche n'est pas heureuse. Jusqu'au moment où Rémi avise deux jeunes filles qui rentrent chez elles après une soirée passée en discothèque. Il les suit à bonne distance. Mais les jeunes filles, qui n'ont pas les yeux dans leurs poches, remarquent ce garçon à l'air sournois, dont elles devinent les pensées. Pas besoin d'être sorcières ! Elles en rient, et ne s'en préoccupent pas outre mesure.

L'une d'elles arrive devant sa porte. Bises et promesses de se revoir le lendemain. La jeune fille rentre chez elle. Son ange gardien veille. L'autre, moins heureuse, Emmanuelle, dix-sept ans, continue seule sa route, car elle demeure un peu plus loin avec sa mère, dans une résidence de vacances. Mais sa mère l'attendra en vain toute la nuit. Au matin, contrariée, la maman se promet de mettre les choses au point. La permission de 11 heures n'est pas la permission de découcher.

Personne n'aura plus jamais l'occasion de dire son fait à la petite Emmanuelle : le gardien de l'immeuble prévient la pauvre femme qu'un malheur est arrivé. Il vient de découvrir le corps de la petite, à moitié dénudé, telle qu'elle est tombée près de la barrière qui clôt la résidence. Les gendarmes appelés détermineront qu'elle a été violée avant d'être étranglée.

La nouvelle fait rapidement le tour de la petite station balnéaire. Elle parvient aux oreilles d'un automobiliste qui se souvient que, la veille, il a pris en stop un grand jeune homme prétendant habiter dans la région de Bordeaux. D'autres personnes l'ont d'ailleurs repéré dans la commune, la veille : dans ces petites agglomérations, on a tôt fait de dévisager, presque machinalement, les nouveaux arrivants, les têtes inconnues... Un portrait-robot est vite dessiné.

Les informations remontent jusqu'aux ordinateurs de la région parisienne, les mémoires informatiques se mettent en branle et crachent des listes de suspects. Malheureusement, on découvre, rien que pour le Sud-Ouest, une centaine de jeunes gens connus des services de police pour leurs manières déplorables. On peut déjà commencer en interrogeant les douze qui demeurent dans la région de Bordeaux.

Les choses vont s'accélérer deux jours plus tard, par un coup de hasard heureux. Une commerçante, légitimement courroucée, se présente à la gendarmerie de la station balnéaire. Un jeune malfrat vient de lui dérober le contenu de son tiroir-caisse. Ce jeune homme impulsif aurait dû se méfier. Sans doute a-t-il agi poussé par le besoin et sans trop de réflexion. Sinon, il aurait dû, avant de s'emparer de la caisse, tenir compte du fait que la commerçante le connaît, car il a déjà occupé un emploi saisonnier dans les environs. Non seulement elle le connaît, mais elle se souvient de son nom et de son adresse. Pire encore pour lui, en arrivant à la brigade de gendarmerie, la commerçante dépouillée et courroucée avise, apposé sur le mur, le portrait-robot du violeur d'Emmanuelle. Elle pousse un cri :

— C'est lui !...

On connaît donc à présent le nom et l'adresse du violeur. Mais les gendarmes ne tiennent pas à laisser cet intéressant personnage s'échapper pour une vulgaire erreur d'enquête qui, avec un avocat astucieux, permettrait sans doute une libération rapide. On se rend discrètement près du domicile de l'intéressant jeune homme, Rémi. On le filme, sans qu'il s'en doute, on le prend en photo. Ces photos présentées à l'automobiliste complaisant, à la commerçante dépouillée, à l'amie d'Emmanuelle, font l'unanimité : c'est lui. Il n'en faut pas plus. Le vendredi, les gendarmes interpellent Rémi chez sa mère. Il avoue.

Les choses se présentent mal pour lui. On s'avise soudain que Rémi ressemble d'une manière étonnante à plusieurs portraits-robots de violeurs qui ont laissé plusieurs jeunes filles et jeunes femmes du Sud-Ouest terrorisées...

Mort d'un patriarche

France-Août 1992

Aujourd'hui, à T., petite commune du Centre, on sait qu'une famille honorablement connue fait la fête. Monsieur Louis C., soixante et un ans, convie toute sa famille à un grand repas qui permet de célébrer le centenaire de sa maison. Il en parle à la boulangère, et elle se réjouit pour lui de cette belle journée où il va être entouré de ses enfants — sa fille Jeanine, son fils Patrick —, de son épouse, de ses petits-enfants et de quelques amis choisis. Une belle journée d'été. C'est bien sympathique, une famille qui s'entend si bien, dont tous les membres sont soudés...

La boulangère ne sait pas tout de la famille C. Elle ignore que le monsieur si charmant et si bien élevé qui vient lui acheter le pain quotidien porte un masque qu'il ne soulève qu'au bénéfice des siens. Il a un caractère épouvantable. Violent, irascible, il exerce une autorité sans faille sur son épouse, qui lui est complètement soumise, sur sa fille aussi. Il a un peu moins de succès avec son fils, Patrick. Celui-ci a sans doute hérité d'un peu de la propre violence du père, car il ne se plie pas aux volontés du patriarche, malgré rebuffades, colères, et même malgré les coups. Louis, à force de mauvaises paroles et de vilains gestes, a fini par se faire détester de toute sa famille, femme et enfants unis dans une même haine. Au village, on ne se doute pas de l'ambiance familiale.

Car Louis, pour les gens de l'extérieur, est vraiment un bon vivant, gentil, il aime faire la fête et recevoir les proches et les amis. Sa maison est jolie et bien située, entourée d'un parc bien entretenu. Tous les signes extérieurs du bonheur dont rêve la majorité des Français à l'automne de la vie. On le voit souvent dans les rues du village converser avec l'un ou l'autre, plaisantant, s'informant de la santé des familles, discutant des sujets du jour. Un concitoyen comme on en voudrait davantage.

Patrick, le fils, n'a pas aussi bonne presse que son père. Les éternelles remontrances, les éclats de voix paternels lui démolissent peut-être le moral. On le considère comme un grognon, qui n'est jamais content, qui trouve toujours sujet à critique. Moins séduisant que son père, il n'y a pas de doute. Les nerfs fragiles, et cela depuis sa tendre enfance. Écrasé par la trop forte et trop violente personnalité de son père. Introverti, rancunier.

Mais, ce samedi, tout le monde est réuni. Espérant que la journée sera belle et sans orage, ni météorologique, ni psychologique. Tout se passe bien, au départ. Louis, le patriarche, accueille l'un, l'autre, veille à la bonne marche des événements, débouche les bonnes bouteilles, trinque gaiement. Soudain, pourtant, son sourcil se fronce et son regard prend de mauvaises couleurs. Il vient de remarquer une absence : celle de sa petite-fille. Patrick, le père de l'absente, doit sur-le-champ fournir des explications sur ce manquement inqualifiable. Il en donne : sa fille est partie en vacances pour quelques jours, à Paris. Louis hausse le ton : comment a-t-elle pu partir justement à cette date, alors que la fête de famille était prévue depuis longtemps ? Comment Patrick a-t-il osé donner sa permission à ce voyage sans en référer à son propre père qui, cela va de soi, est, depuis toujours, et pour longtemps encore, le seul habilité à donner des autorisations ? Comment ? Pourquoi ?... Les questions pleuvent.

Les réponses sont de plus en plus exaltées. À présent, devant les amis désolés mais non surpris, ce sont les coups qui s'échangent. Ça y est ! Ils remettent ça ! Même un jour comme aujourd'hui ! Louis insiste en boxant Patrick : justement, un jour comme aujourd'hui, on n'avait pas le droit de lui faire ça, toute la famille aurait dû être présente. On le sait bien. On a voulu le contrarier. Mais on va voir qui commande dans la maison ! C'est encore lui, pas de doute !

La fête est gâchée. En tout cas, elle l'est pour Patrick, qui s'en va avec femmes et enfants. Il ne va pas bien loin, car sa propre maison est à un jet de pierres de celle de son père. Trois kilomètres. Circonstance fatale... Trajet trop court pour calmer les esprits.

Une fois arrivé à destination, Patrick laisse sa famille se remettre de ses émotions. Lui, il sait ce qu'il doit faire : prendre son fusil de chasse, le fameux fusil que trop de familles tiennent, surtout à la campagne, constamment prêt à fonctionner et à distribuer la mort. Puis, Patrick repart pour la maison paternelle. Trois kilomètres... Il ne décolère pas. Il pénètre en trombe dans la propriété du patriarche et, devant la dizaine d'invités qui essaient tant bien que mal d'oublier l'incident de tout à l'heure, il ajuste son père et tire. Trois fois. Puis il attend les gendarmes, enfin soulagé et débarrassé d'années d'une haine cosmique.

Petit emploi

France-Septembre 1992

Hamid est un ouvrier modèle d'une usine d'automobiles à P. Marocain de quarante-cinq ans, il vit en France depuis vingt ans, il a fait venir sa mère et vit avec elle. Il y a deux ans, Hamid fait la connaissance de Khadija, une jolie fille de son pays. Elle a trente ans. Ils s'épousent la même année. Tout pourrait aller pour le mieux, mais le choc des cultures française et marocaine ne joue pas en leur faveur. Khadija, de quinze ans la cadette de son époux, appartient à une autre génération, celle des jeunes musulmanes qui secouent le joug des mâles qui pèse sur la femme musulmane depuis des siècles. Elle est rieuse, elle veut jouir de la vie, elle supporte mal la surveillance de sa belle-mère. Pour elle, la vie n'est pas soumission aveugle au mari et aux aînés. Elle veut être élégante, dépense de l'argent pour cela, ce qui provoque les soupçons d'Hamid. Pour qui veut-elle être séduisante ?

De soupçon en doute, la jalousie torture Hamid. Sa vieille mère n'arrange pas les choses quand, le soir venu, elle confie à son fils les disputes qui l'opposent à sa femme. Il est question d'insultes. L'épouse, trop jeune, ne bénéficie que rarement d'un préjugé favorable. Pourtant, Khadija rend Hamid heureux en lui donnant une fille. Mais le noir poison de la jalousie vient ternir cette joie. Cette petite fille, après tout, est-elle bien la sienne ? N'est-ce pas le fruit d'un adultère ?

Hamid finit par détester Khadija. Il pourrait divorcer, mais son salaire d'ouvrier ne supporterait pas les frais de cette procédure. La solution qui s'impose à cet esprit fruste est l'élimination de l'infidèle. Hamid est un homme qui sait raisonner. Il réfléchit et se met à chercher par qui il pourrait bien faire exécuter cette besogne, tout en se réservant un alibi. Il cherche...

Hamid apprend que Gilles, l'œil noir, le cheveu châtain bien peigné, a du mal à joindre les deux bouts, à payer le loyer du studio qu'il partage avec un ami. Hamid confie ses problèmes et ses doutes conjugaux à Gilles. Il avoue qu'il aimerait donner une bonne leçon à son épouse. Lui faire peur. Il faudrait l'agresser dans la rue. La corriger. La faire corriger pour qu'elle ne puisse pas porter plainte. Gilles pourrait sans doute lui rendre ce service. Contre dédommagement, bien sûr. Gilles le pourrait, bien sûr. Hamid avance prudemment ses pions. Ne pourrait-on pas corser un peu la chose ? La supprimer ? Gilles n'est plus tout à fait d'accord.

Mais la route d'Hamid croise souvent celle de Gilles, dans leur café habituel, et, chaque fois, Hamid renouvelle sa proposition. Gilles ne pourrait-il vraiment éliminer la trop pétulante Khadija ? Gilles hésite. On commence à parler finances. 5 000 francs cash ! Voilà ce qui résoudrait ce problème de loyer impayé depuis deux mois. Hamid explique son plan. Tout y est prévu. Dans le détail. Le jour choisi, Hamid ne doit rentrer du travail que vers 3 heures du matin. Histoire d'avoir un alibi inattaquable. Gilles, qui n'a aucun lien avec Khadija, ne sera même pas soupçonné. Il accepte enfin.

Hamid, le jour choisi, s'arrange donc pour que sa vieille mère soit absente du domicile en la faisant inviter par des amis qui ne se doutent pas du drame qui se prépare. Une fois la vieille dame mise à l'écart, Gilles, muni d'une clé de l'appartement, s'y introduit au moment où Khadija, son bébé de quatre mois avec elle, fait les courses. Quand elle rentre chez elle, elle prend peur devant cet inconnu. Elle veut s'enfuir, mais le charmant Gilles la calme, la persuade de demeurer avec lui. Ce qu'elle fait. Il exhibe alors une carabine 22 long rifle munie d'un silencieux, et tire deux balles bien ajustées en plein dans la tête de la pauvre femme. Elle tombe au sol, sa petite fille près d'elle. Gilles, toujours très maître de lui, dépose bien en vue une petite note, préparée par le mari. On peut y lire : « Tu me dois 20 000 francs. Tu ne m'as pas remboursé. Tu vas mourir, salope. Ton mari suivra. » Voilà de quoi intéresser les policiers et les faire courir sur une fausse piste. Puis il referme l'appartement et rentre chez lui.

Quand Hamid rentre du travail, il trouve son épouse baignant dans le sang. La petite fille est là, à côté du cadavre. Elle attend depuis neuf heures qu'on veuille bien s'occuper d'elle. Les policiers cherchent en vain quel est le cruel créancier qui a pu exécuter Khadija pour cette dette mystérieuse. Hamid joue les maris effondrés. Son employeur confirme son alibi. Le mystère s'épaissit. La police, mise en échec, n'abandonne pas. Elle fouine, elle contrôle, elle surveille. Elle finit par découvrir que, dans le petit café, Hamid rencontre souvent Gilles. Planques, filatures, interrogatoires sont mis en place. Au petit matin, on interpelle Patrick, le colocataire du studio, qui avoue avoir tout su du crime, et Gilles, qui fond en larmes et avoue tout. Pas un mot de regret pour la victime. La seule question qui intéresse Gilles est de savoir combien il va tirer pour cette erreur de jeunesse. Il n'a que dix-neuf ans...

Souvent femme varie

France-Octobre 1992

Romain, vingt-cinq ans, trouve le temps long. Ça fait trois mois qu'il attend de passer en jugement. Ce qu'on lui reproche : avoir perpétré un hold-up dans un bureau du PMU, en janvier 1989, dans une petite commune des Bouches-du-Rhône. Ce jour-là, la foule des petits parieurs se presse devant les guichets, achevant de cocher fébrilement sur les journaux spécialisés les chevaux miraculeux qui vont faire des rapports inespérés. Bien sûr, l'astuce est de détecter celui sur lequel personne ne compte. Mais tous ces beaux projets restent suspendus quand un motard, jeune, combinaison bleue de travail, coiffé d'un casque intégral, surgit dans l'établissement.

— Mains en l'air, c'est un hold-up ! intime-t-il d'un ton sans réplique.

Personne ne songe à répliquer, d'autant plus que ses mains, gantées de latex, brandissent d'une part un gros pistolet, de l'autre un fusil au canon et à la crosse sciés.

— Tout le monde au fond, et vite ! ordonne le mauvais garçon.

Quelqu'un semble hésiter, un mouvement parmi les clients qui claquent des dents, et un coup part. Une balle qui, heureusement, ne se loge que dans le plafond. Le motard saute vers le guichet, s'empare d'une liasse de billets, et file vers la rue. Dans cette rue, un complice, à califourchon sur une grosse moto japonaise, attend, lui aussi coiffé d'un casque intégral qui dissimule ses traits. En un instant, l'homme armé saute à l'arrière et la machine démarre. Il ne s'est passé qu'une seule minute entre le début de l'action et le départ sur les chapeaux de roue.

Les gendarmes déposent aussitôt leurs conclusions, tirées d'une longue expérience. Il s'agit d'un coup de jeunes sans expérience. Des professionnels auraient attaqué une cible plus juteuse, et ne se seraient pas contentés des 6 000 francs raflés derrière le guichet. La moto japonaise montre, elle aussi, la jeunesse des exécutants. Enfin, le coup de fusil dans le plafond est comme une maladroite signature. Susceptible d'attirer l'attention et de tout faire rater, elle indique la nervosité d'un homme qui a perdu son sang-froid. Sur place, on trouve, abandonnés, les gants de latex et, dans le plafond, la balle tirée par inadvertance. Minces indices. Les plaques d'immatriculation de la moto sont fausses, comme on s'en doute. Les mois passent...

Le 24 mai 1989, quatre mois plus tard, une frêle et brune jeune fille se présente spontanément devant les gendarmes. En souriant mélancoliquement, elle avoue, à voix basse, qu'elle vient donner un complément d'information sur ce braquage : elle connaît un des responsables. Il s'agit de Romain, son ancien petit ami. Elle ne fait aucune difficulté pour préciser la raison pour laquelle elle est venue le dénoncer. Après avoir vécu quelques mois avec elle, il vient de l'abandonner et, pour qu'il y ait quand même une justice, elle, Christine, vient aider la justice à retrouver le vrai coupable de l'affaire.

Il y a quelque temps, Christine vivait dans un *mobil-home*, ces grandes caravanes assez confortables, avec un jeune chaudronnier, Romain. Dès leur premier coup d'œil, ça a été le coup de foudre et Romain, pour l'accueillir dans le *mobil-home*, a abandonné immédiatement Cathy, la concubine avec qui il vivait, ainsi que l'enfant qu'il a d'elle. Au bout de quelques semaines d'amour, Romain trouve que Christine n'est pas, au fond, la femme de sa vie. Il pense toujours à Cathy et à son enfant. Il annonce qu'il va rompre, ce que Christine n'apprécie pas. Elle se précipite chez les gendarmes et accuse Romain d'être l'auteur du hold-up. Il prétend qu'il travaille comme intérimaire, mais c'est faux. Il a même un complice : Safi. Elle sait même qu'ils ont d'autres projets en tête : attaquer un bureau de poste. Une indiscrétion leur a fourni la combinaison du coffre-fort. Pour des jeunes gens décidés et entreprenants, ce sont des signes du ciel qu'on n'a pas le droit de laisser passer. Christine raconte tout et signe sa déposition. Puis elle part, avec un charmant sourire un peu triste.

Bientôt, Safi, le complice, est interpellé. Il avoue tout ce qu'on veut. Qu'il conduisait la moto, entre autres. Romain se retrouve avec les menottes aux poignets. Mais lui, par contre, nie tout ce dont on l'accuse. Il vocifère, disant que Christine n'a raconté ces histoires que pour se venger. Mais, contre les aveux de Safi et les dénonciations de Christine, ses dénégations ne font pas le poids. Il est incarcéré. Il a pourtant un alibi. Le jour du hold-up, il se présentait dans une société qui venait de l'embaucher. Cinq juges se penchent sur le dossier. Mollement, car aucun ne songe à vérifier l'alibi de Romain. Le fait que Safi, le conducteur de la moto, ne sache pas conduire un tel engin ne gêne personne. Le fait que Safi se soit officiellement rétracté par écrit ne fait pas lever un cil. Les mois passent, puis les années.

Le 12 octobre 1992, Romain arrive enfin dans le box des accusés pour savoir à combien on va le condamner. Christine est là, toute de noir vêtue. Va-t-elle renouveler ses accusations ?

Coup de théâtre, elle annonce, benoîtement, qu'elle a menti. Elle n'a accusé Romain que pour lui faire sentir le poids de sa vengeance. Aujourd'hui, après trois ans de détention préventive, elle estime qu'il a assez payé pour l'avoir abandonnée et qu'il est grand temps de rétablir la vérité des événements.

Romain est acquitté...

On s'avise soudain que Christine avait déjà fréquenté les assises auparavant. Il y a quelques années, elle a témoigné contre Hassan, un jeune Tunisien qui fréquentait Laurence, une amie d'enfance de Christine. On a, un jour, retrouvé Laurence proprement coupée en deux par un train qui lui était passé sur le corps. L'affaire n'est pas claire. Les deux amants se sont-ils disputés ? Hassan a-t-il déposé Laurence, assommée, sur la voie du chemin de fer ? Laurence, déprimée, s'est-elle suicidée ? Christine, comme elle l'a prétendu, a-t-elle vraiment entendu Hassan menacer Laurence de mort ? Elle-même a-t-elle été réellement menacée par des proches du jeune Maghrébin, par ailleurs violent et arrogant ? On va se pencher à nouveau sur le dossier...

Christine, aujourd'hui, n'a que vingt et un ans et déjà deux enfants à sa charge...

Roméo, Juliette et Cie

France-Juillet 1992

Monsieur P., homme sans histoires, roule tranquillement sur son vélo. D'où vient-il ? Où va-t-il ? Peu importe, il n'est pas dans l'histoire. Enfin, il n'a pas de raison d'y être. Et pourtant, le simple fait qu'il ressemble vaguement à quelqu'un va lui jouer un tour : une voiture fonce sur sa bicyclette et l'envoie au sol. Il s'en tire avec des blessures légères et n'a même pas le temps de savoir ce qui se passe. Le chauffard a filé sans même s'arrêter. Monsieur P. reste perplexe et se demande comment le conducteur de la voiture, à cet endroit, a bien pu lui foncer dessus, à moins qu'il n'ait eu des intentions meurtrières. Ou bien dormait-il au volant ? À moins que ce ne soit un ivrogne. Monsieur P. ne comprendra la raison de tout cela que quelques jours plus tard.

Non loin de là, il est un joli couple, qui rappelle Roméo et Juliette. Elle n'a que quinze ans et lui, le fils du voisin, en a vingt. Ils s'aiment. Du moins ils se l'imaginent. Ils veulent vivre ensemble, pour toujours. Roméo songe à épouser Juliette.

Le vrai problème, c'est que le père de Juliette, Jacques N., ne l'entend pas du tout de cette oreille. Pour lui, sa fille est bien trop jeune pour se marier et comme, d'autre part, elle veut abandonner ses études, il s'oppose formellement à tous ces beaux projets. Il se laisse d'autant moins fléchir que le fils du voisin n'a pas de métier, et des fréquentations douteuses.

Si les amoureux avaient une petite chance de se perdre de vue, de s'oublier, s'ils vivaient à une certaine distance l'un de l'autre, les choses pourraient bien se tasser. Hélas ! ils sont voisins. Chaque jour ils se revoient, par la fatalité des choses, et leurs désirs en sont exacerbés. Ils décident de faire quelque chose. Quoi ? Roméo consulte un garçon un peu plus jeune, surnommé Gamin. C'est d'ailleurs sous ce surnom qu'on le connaît dans les services de police. Car Gamin, depuis l'âge de onze ans, s'est fait une réputation grâce à une spécialité : le vol de voitures. Il a même été plusieurs fois interpellé. On le reconnaît à sa technique particulière, comme une signature : une certaine manière de forcer les portières. Quelle merveille ! Dix-sept ans, une technique, une réputation, un surnom, comme un grand de Chicago au temps d'Al Capone...

Gamin propose ses services. Et tout le monde part sur le terrain pour repérer le déroulement de l'action : arrivée de Jacques N., angles de surveillance, heures de passage, itinéraire d'arrivée et de sortie, rendez-vous final.

Quelques jours plus tard, Jacques qui, sur sa bicyclette, part au travail, n'a pas le temps de réaliser ce qui lui arrive : une voiture, derrière la mairie, le heurte de plein fouet. Projeté avec violence en avant, il va donner du crâne contre un poteau de ciment armé. La tête fendue, il meurt sur le coup. Il est 7 h 10. Juliette est orpheline.

La police arrive, puisqu'il y a mort d'homme. Et délit de fuite car, comme dans le cas de monsieur P., le véhicule ne s'est pas arrêté. On ramasse le corps, ainsi que les débris et les indices. Parmi ceux-ci, on recueille ce qui est de toute évidence la vitre brisée d'un rétroviseur extérieur. À partir de ces morceaux de glace, la police, avec une patience de fourmi, reconstitue la forme du rétroviseur, consulte garagistes et concessionnaires. Une femme policier identifie le rétroviseur comme appartenant sans aucun doute à une Opel Vectra. Et on se lance dans une autre vérification fastidieuse : le recensement de toutes les Opel Vectra de la région. Quelles sont celles à qui il manque un rétroviseur extérieur ? Aucune ? Décevant. On enterre Jacques. Mais les opinions vont leur train et dans les cafés du canton, on parle de cette mort bizarre.

Bizarre, c'est ce que se dit aussi la personne anonyme qui téléphone à la police. Simplement pour dire qu'elle a, récemment, assisté à une scène somme toute innocente, mais qui prête à réfléchir. Ce témoin anonyme a vu deux jeunes gens en train de pousser une voiture blanche dans un canal de la région. La voiture n'avait pas vraiment l'air d'une épave. Le témoin précise le lieu exact de l'immersion. La police dépêche une grue et des hommes-grenouilles. On remonte le véhicule : une Opel Vectra sans rétroviseur. L'horloge intérieure marque 7 h 25. De plus en plus intéressant... Mais la voiture a été déclarée volée depuis quelque temps par son propriétaire légitime. À nouveau l'impasse. Les investigations continuent. Cette Opel volée a eu ses portières forcées. Un inspecteur reconnaît, dans la manière dont la serrure a été trafiquée, la signature de quelqu'un bien connu de ses services : Gamin.

La suite va vite. On a tôt fait de remettre les pièces du puzzle ensemble. Gamin fait partie des relations de « Roméo », l'amant de « Juliette »... On interpelle le trio. Roméo avoue au bout de quelques heures. Juliette et Gamin nient tout d'abord, mais trop d'indices les dénoncent... Assassinat, complicité d'assassinat et vol.

Monsieur P. peut reprendre tranquillement son vélo. Lui aussi, Gamin a essayé de l'assassiner, mais il s'était trompé de victime, le prenant pour le malheureux Jacques ; on ne voulait « que l'envoyer à l'hôpital », disent les coupables.

Situation irrégulière et inconfortable

France-Janvier 1992

Madame D. appartient aux mortels heureux qui ont du bien au soleil : elle possède une jolie maison un peu isolée dans la verdure, résidence idéale pour des vacances loin de la foule. C'est pourquoi madame D. loue sa villa à des estivants tous les étés. Le reste de l'année, il y a peu de clients ; elle entretient les lieux, fait le ménage, aère, effectue les petites réparations indispensables, les aménagements nouveaux... Heureusement pour Ali, jeune Tunisien de dix-neuf ans, qui se trouve sur le territoire français sans aucun travail fixe, sans permis de travail, en situation complètement irrégulière.

Être en situation irrégulière peut être particulièrement inconfortable. Mais Ali est en plus dans une situation inconfortable : si madame D. n'entretenait pas régulièrement sa jolie villa à louer, Ali serait mort, et c'est sans doute l'odeur de son cadavre en décomposition qui aurait alerté tout le monde...

Ce matin-là, madame D. décide donc de jeter un coup d'œil sur la villa, pour voir si tout se passe bien : pas de robinet qui goutte, pas de trace d'humidité suspecte au plafond, pas de visite de cambrioleur, pas de rongeurs, pas d'invasion de fourmis ou d'insectes nuisibles... Tout est apparemment en ordre ; il faut dire que de solides volets protègent toutes les ouvertures. Sage précaution, car la construction est isolée, et les proches voisins sont relativement éloignés.

En passant l'inspection, pièce par pièce, madame D. examine chaque coin, remet un bibelot dans l'alignement, efface un pli du tapis, examine l'intérieur du réfrigérateur débranché, serre d'un petit coup de poignet les robinets, vérifie la bonne fermeture des espagnolettes.

Un bruit sourd parvient à son oreille mais, après tout, la nature est pleine de bruits... Elle n'y prête guère attention.

Tout en poursuivant son inspection, elle entend un second bruit, presque un cri. Une voix humaine ! Quelqu'un l'appelle-t-il au-dehors ? Personne. Reprise de l'inspection, les pièces du bas, celles du haut. À nouveau, ce drôle de chuchotement inexpliqué. La cave à présent, la trappe qui mène sous les combles : rien, personne, pas d'oiseau de nuit, aucun animal pris au piège. Mais les bruits se font plus précis au fur et à mesure de l'inspection des pièces. À chaque fois que madame D. claque une porte, elle entend le bruit immédiatement après. Comme si on lui répondait. Madame D. n'est pas impressionnable, mais, presque en frissonnant, elle se remémore des histoires de maisons hantées, de fantômes plus ou moins agressifs. En général, ces phénomènes n'ont lieu que dans des immeubles anciens, chargés d'histoire, où les âmes en peine ont vécu, où les êtres ont souffert, sont morts, ont été assassinés. Pas du tout le genre de sa jolie villa...

De bruit en bruit, de murmure en grognement, au bout de quelques heures, madame D. est persuadée que quelque chose, ou quelqu'un, caché quelque part, enfermé dieu sait où, est dans la maison. Quelqu'un qui semble appeler au secours, dont la voix incompréhensible lance des appels. Dépassée par le problème, madame D. demande l'aide plus technique des pompiers, et celle de la gendarmerie, mieux équipée pour faire face à toutes les situations. Sait-on jamais qui on va trouver... Repris de justice, violeur, assassin névropathe, ou voleur d'olives ?

Ces messieurs arrivent et cherchent. Rien dans les murs, rien dans le sous-sol, rien dans les placards. On décide d'explorer le toit. Et là, on découvre un élément intéressant : un blouson qui, normalement, n'a rien à faire là-haut. Les spécialistes jettent un coup d'œil dans la cheminée dont le chapeau a été déplacé. Leur oreille de professionnels détecte une sorte de vagissement, de gémissement, de grognement suspect. On décide d'examiner l'intérieur de la cheminée, grâce à une trappe de visite. Celle-ci défaite, les pompiers tombent sur... une paire de jambes ! Celles d'Ali. Il raconte son odyssée et avoue que, la veille au soir, il a cherché à pénétrer dans la maison pour y dormir. Les lourds volets résistant à ses attaques, il a escaladé le toit avec souplesse, a défait l'entrée de la cheminée et s'est glissé, tel le Père Noël, vers le foyer qui devait lui donner accès à la pièce principale. Hélas ! Malgré sa taille de guêpe, Ali n'a pas prévu que le conduit de la cheminée, moderne, comporte deux coudes. Il s'est lâché dans le premier et a été coincé au niveau du second. Position d'autant plus inconfortable qu'il s'est retrouvé avec un bras serré au-dessus de la tête et l'autre bloqué le long du corps, parallèlement à son buste...

Pendant les quelques heures d'attente qu'il a dû subir ainsi, engourdi, avant de s'endormir sous le coup de la fatigue, Ali a eu le temps d'envisager l'avenir et de se demander si la volonté d'Allah n'était pas, ce jour-là, de le laisser mourir de faim jusqu'à ce que, aux premiers jours de l'été, les propriétaires se demandent quelle est cette odeur de charogne qui envahit la maison.

Pour l'instant, on démolit une partie du conduit de la cheminée au marteau-piqueur, on dégage Ali, on le mène à l'hôpital, puis au poste de police, puis devant le juge qui, face à ce récidiviste, le met à l'ombre pour six mois et lui interdit l'accès du territoire français pour les trois ans à venir...

Traboules sanglantes

France-Février 1992

Vous connaissez Lyon ? La ville des traboules, ces passages, ces escaliers intérieurs, qui permettent, à travers les immeubles, de joindre une rue à l'autre. Bien utiles, pendant la guerre, aux résistants poursuivis et, aujourd'hui, aux amoureux discrets, aux voleurs pressés, aux passants curieux du pittoresque. Lyon, célèbre pour sa gastronomie, la ville des charcuteries fines, des boucheries appétissantes.

Imaginez deux boucheries voisines qui bénéficient toutes les deux d'une ruelle servant de dégagement. Une bouchère à la retraite, madame H., le verbe haut comme une commerçante qui a des années de contact avec le public populaire, un fils, Bernard. Tout près, un boucher en activité, monsieur C., dans la force de l'âge, et pourvu d'un employé, Benoît.

Benoît est bâti tout en muscles ; c'est courant chez les bouchers, qui doivent charrier sur leurs épaules des demi-bœufs avec la graisse, les nerfs, et les os. Il est, en plus, nerveux, en manque d'affection. De l'affection, il en trouve chez son patron, qui remplace son père. Benoît adore son patron, il ferait tout pour lui. Il le fera...

Madame H. et monsieur C. ont des problèmes de voisinage. Qui accuse qui, et de quoi, là n'est pas vraiment la question. On parle, au fil des mois, de chaussée souillée, de paillassons dérobés, de linges brûlés, de boîtes aux lettres détériorées, d'ascenseurs mobilisés pendant des heures, de lettres, anonymes ou non, pleines de menace. Le torchon brûle entre les deux maisons...

Au mois d'août, les passions s'exaspèrent, les odeurs

sont plus incommodantes, les mouches plus présentes, les griefs plus virulents, les menaces plus précises... Et les voisins plus importuns, surtout ceux qui attisent le feu dans l'ombre. Ça peut leur coûter cher, comme l'avenir va le démontrer...

Les antipathies physiques, les peurs refoulées remontent à la surface. Madame H., la bouchère retraitée, n'aime pas son voisin, monsieur C., mais elle aime encore moins rencontrer le commis de boucherie, Benoît, qui, avec son cou, ses bras et son regard de taureau, lui fait carrément peur. Mais, comme on l'a dit, madame H. est mère de deux garçons, et elle fait part de ses craintes à Bernard. Celui-ci, en bon fils, promet de mettre bon ordre à la situation. Ambition bien au-dessus de ses possibilités. Comme il a conscience de son infériorité physique, Bernard s'en va demander du secours à son frère et les deux garçons se postent en face de la boucherie C. pour éclaircir la situation. Se sont-ils, préventivement, munis d'un tournevis ? Personne ne pourra le dire avec précision...

En les voyant sur le trottoir d'en face, Benoît comprend que les deux frères veulent « discuter » avec lui. Aperçoit-il un tournevis dont il ne s'explique pas la présence dans la main de Bernard ? Autre obscurité qui ne sera pas éclaircie par l'enquête. À titre préventif, Benôit attrape le premier objet qui pourrait lui être utile dans la « discussion » : un couteau à dégraisser. C'est très pointu, et ça peut piquer sérieusement... C'est ce qui, malheureusement, est arrivé.

Benoît qui est, on l'a dit, en manque d'affection paternelle, s'est lancé dans la discussion sans trop hésiter. Mais, « se voyant perdu », selon ses propres mots, il a trébuché, et il a « lancé » son couteau à dégraisser en direction de Bernard. Il a atteint son but : Bernard est mort.

Quelques semaines plus tard, madame H., qui se remet mal du décès de son fils, faute de pouvoir exercer sa propre justice contre Benoît, qui est en prison, s'en prend à une voisine, madame M., qu'elle accuse d'être, dans l'ombre, la responsable de cette tragédie. Madame M. s'en défend. Mais ses dénégations ne sont pas du goût de madame H., qui se saisit elle aussi d'un couteau et le plonge d'une main ferme dans les entrailles de madame M.

Il paraît que la vie de province est plus calme que la vie parisienne. Ça dépend dans quelle traboule elle se déroule...

La rumeur

France

1992

— À mort, le violeur !

— Il faut l'éventrer, comme il l'a fait à la petite fille !...

Une centaine de personnes, presque uniquement des femmes, sont rassemblées, ce lundi 28 septembre 1992, devant une école de la ZUP de B. Tout en criant des menaces de mort contre un mystérieux tueur et violeur d'enfants, elles demandent à voir le directeur de l'établissement qui, pour l'instant, est invisible.

Le ton monte. Il y a même un homme qui est venu avec un mégaphone et qui lance des slogans. Entre deux vociférations, les conversations vont bon train.

— Vous savez ce qu'il y avait d'écrit ici, sur le mur de l'école ? « Les petites filles blondes, vous pouvez préparer votre tombe » !

— Ce n'est pas vrai ?

— C'est ma voisine qui l'a vu. Mais le directeur a effacé ça. Vous pensez : il ne veut pas de remous !

— C'est comme la police. Elle ne dit rien pour ne pas affoler les gens, mais elle en sait, des choses, la police !

— Il paraît que près de la petite fille éventrée, on a retrouvé des seringues.

— Pas étonnant, puisque c'est le drogué qui a fait le coup !

Le directeur de l'école A. vient d'apparaître à la porte. Il s'adresse à la petite foule d'une voix ferme :

— Il ne s'est rien passé ici. N'écoutez pas ces histoires. Rentrez chez vous !

Il y a des cris de protestation, mais une voix finit par dominer celle des autres.

— De toute façon, ce n'est pas là qu'il faut aller. C'est chez lui. On va lui faire la peau !

— Oui. À mort Dracula ! À mort le violeur !...

La ZUP de B. est semblable à toutes les banlieues défavorisées : dix-huit mille habitants, le quart de B., avec des HLM très laides, très dégradées. On traîne dans les détritus, surtout des canettes de bière, car tout le monde boit, ou presque. On voit de tout jeunes enfants en rapporter des litres de chez l'épicier ou du supermarché.

On boit pour oublier le chômage et la misère. Ici, la plupart des gens travaillaient dans l'industrie dentellière, mais il n'y a plus d'industrie dentellière... La moitié des habitants ne paient pas leur loyer. On leur coupe l'eau ou l'électricité, et ils se branchent sur le voisin ou sur l'escalier. C'est cela, la vie dans cette ZUP.

Comment s'étonner, dans ces conditions, que soient réunis tous les facteurs favorables à l'apparition de ce qu'on appelle une rumeur ?...

Tout s'est passé avec une logique à la fois absurde et rigoureuse. Au printemps précédent, on découvre un trafic de photos pornographiques d'enfants dans l'un des immeubles. Le vendredi 25 septembre, un géomètre installe son instrument de visée optique devant l'école. Un petit garçon s'imagine qu'il l'a pris en photo et dit en rentrant à ses parents :

— Il y a un monsieur qui fait des photos à la sortie des classes.

Du coup, la vieille histoire des clichés pornographiques, dont on ne parlait plus mais qu'on n'avait pas oubliée, resurgit dans les mémoires. Il y a un commencement d'inquiétude. Des parents vont patrouiller près de l'école, et ne voient rien. Ils rentrent bredouilles, mais la rumeur est déjà en marche et, à partir de là, tout va servir à l'alimenter.

Le même soir, une bagarre éclate à l'autre école du quartier, l'établissement F., quelques rues plus loin. On retrouve des traces de sang par terre et la nouvelle éclate : un enfant a été poignardé !

Quelques heures plus tard, dans la nuit du vendredi 25 au samedi 26, un vieil homme menace de mettre fin à ses jours en se jetant par la fenêtre d'une des tours. La police et le SAMU sont appelés. C'est un événement banal dans cette ZUP, où les tentatives de suicide ne se comptent plus. Mais cette fois, tout prend une autre dimension. On voit les lumières bleues des gyrophares, les uniformes des policiers, et une nouvelle information court : on a sorti des caves d'un immeuble le cadavre d'un enfant. Le lendemain matin, ce seront treize fillettes violées et éventrées qu'on a retrouvées !

Les heures passant, le récit s'amplifie de nouveaux détails. Le mystérieux photographe offre des bonbons aux enfants, et va les attirer dans un champ où il se drogue et qui est jonché de seringues. Là, il les éventre, puis va les transporter dans les caves.

Il faut noter que jamais personne ne dit avoir été témoin de quelque chose. C'est toujours le voisin qui a vu. Ceux qui habitent près de l'école A. affirment que les cadavres ont été retrouvés à F., ceux qui habitent près de l'école F. disent que les cadavres ont été retrouvés dans l'établissement A.

C'est cette sorte d'aberration collective, aussi soudaine qu'imprévue, qui s'appelle une rumeur. Le sociologue Edgar Morin en a fait une description remarquable à propos de la plus célèbre d'entre elles, la rumeur d'Orléans, en 1969. La rumeur d'Orléans présente de nombreuses ressemblances avec celle de B. : tout y part également d'enfants en âge scolaire, et il y est également question de drogue. La drogue est, d'ailleurs, presque toujours associée à la rumeur...

On en est là le samedi 26 septembre 1992 au matin. Et c'est alors que la rumeur va entrer dans sa seconde phase qui, elle, n'est pas seulement absurde, mais dangereuse, voire criminelle : désigner un coupable.

Christiane, trente-huit ans, est l'une des habitantes relativement récentes de la ZUP. Sa vie précaire est à l'image de bon nombre de ceux qui sont ici : un premier enfant à seize ans et six autres, pas tous du même père.

Son aîné, Antoine, né en 1973, n'a connu que la misère la plus noire. Il est encore tout jeune lorsque Christiane vole dans un supermarché et se retrouve en prison. Il lui est retiré et placé dans un foyer dans la région parisienne. Dès douze ans, il se drogue. Il finit par être arrêté, et on lui donne le choix entre la prison et la désintoxication.

Il opte pour la seconde solution, réussit sa cure et, à la mi-1992, pour éviter de replonger, ce qui serait inévitable s'il revoyait ses amis drogués, il demande à sa mère de le reprendre. C'est ainsi qu'il débarque dans la ZUP de B.

C'est un garçon de grande taille et bien bâti. Il est métis, puisque son père était noir, mais il fait un peu peur à voir. Il a le visage terriblement creusé par la drogue, et une acné persistante n'arrange rien. Dès le début, il est montré du doigt par les autres habitants de la cité. À cause de sa maigreur et de son teint sombre, qui fait paraître ses dents plus longues et plus blanches, on le surnomme Dracula. Et tout naturellement, lorsqu'on aura besoin d'un coupable, c'est lui qu'on va désigner. Le violeur de petites filles blondes, c'est ce grand type basané, l'éventreur, c'est l'ancien drogué, le coupable, c'est Dracula !

Tel a été, en un peu plus de deux jours, la naissance et le cheminement de la rumeur. Il faut remarquer que, tout comme celle d'Orléans, elle a pris un tour raciste. À Orléans, c'étaient les juifs, ici, c'est le métis.

Et c'est ainsi qu'après avoir quitté l'école A., la manifestation spontanée prend la direction du F3 qu'habite Christiane en compagnie de ses enfants... De ses fenêtres, elle les voit venir. Elle entend des voix furieuses dans la cage d'escalier :

— Puisque le directeur de l'école le protège, on va faire justice nous-mêmes !

— J'ai une carabine dans ma voiture. Je vais le descendre !

Bientôt, on tambourine à sa porte.

— Fais sortir ton fils, sinon on entre et on casse tout !

Antoine se propose d'y aller pour protéger sa mère, mais Christiane s'y oppose. Elle appelle la police, et c'est encadré de quatre inspecteurs qu'Antoine quitte le F3. Au commissariat, on apprend avec stupeur toute l'histoire, et puis, après avoir entendu Antoine pendant deux heures, comme il n'y a absolument rien à lui reprocher, on le relâche. Mais le problème n'est pas résolu, bien au contraire...

Lorsque, le lendemain, mardi 29 septembre 1992, le bruit qu'il a été relâché par la police court dans la ZUP, c'est presque d'émeute qu'il faut parler.

— On libère les assassins d'enfants ! Il faut faire justice nous-mêmes !

— À mort Dracula !...

Vers 9 heures du matin, la même foule hurlante revient devant le F3 de Christiane.

— Ouvre ! On va lui faire la peau à ce salaud !

Christiane ne veut rien savoir, mais cette fois, Antoine décide de faire front. Il sort, et se retrouve au milieu de la foule. Il sait le risque qu'il prend. Les gens ont perdu l'esprit ; il y a même quelqu'un qui lui colle le canon d'un revolver sur la tempe. Mais il faut en finir. Il demande qu'on le conduise à l'école, pour être confronté aux enfants.

Son attitude ferme ramène un peu de calme et le trajet jusqu'à l'école se passe sans incident. Là, les habitants ont la surprise de découvrir des personnalités inattendues. Devant la gravité de la situation, le directeur a demandé l'appui des autorités. Il y a près de lui le commissaire, l'inspecteur d'académie, et un adjoint au maire de B.

Antoine est confronté aux enfants qui, évidemment, ne le reconnaissent pas. Le directeur conclut :

— Vous voyez que ce n'est pas vrai. Vous vous êtes trompés.

Un grand silence accueille ses propos. Puis une voix part de la foule.

— Menteur ! Tu es son complice !

Le commissaire intervient.

— Rentrez chez vous ! Il n'y a jamais eu de meurtre d'enfant dans cette cité. Quant au photographe d'enfants, j'invite ceux qui l'ont vu à se faire connaître.

Personne ne se manifeste, et les gens quittent l'école. Mais ils ne sont pas convaincus. Ils tiennent des propos du genre :

— Qu'est-ce qu'ils sont venus faire ici, le commissaire et l'adjoint au maire ? Ce sont des gens importants, qui ne se déplacent pas pour rien. Il faut quelque chose de grave. Ce n'est pas une preuve, ça ?

— Ils nous cachent la vérité...

De nouveau, la ZUP gronde contre Dracula. Dans l'état d'excitation des uns et des autres, le pire est à craindre. Antoine doit partir sous la direction de la police, un départ qui est évidemment interprété comme un aveu. Sur le conseil des policiers, il se rend dans un foyer de Lille, mais il n'y a pas assez de place, et il doit coucher dehors, dans un sac de couchage, en attendant que le calme revienne.

Car cette fois, c'est la mobilisation contre la rumeur. Les médias nationaux se sont emparés de l'affaire. TF1 et France 2 en font l'ouverture de leur journal, *Le Monde* publie un article en première page sur le sujet... Dans un premier temps, pourtant, la rumeur résiste. Les gens interrogés refusent d'en démordre.

— Il paraît qu'on est fous. Les policiers ne nous croient pas, le directeur de l'école ne nous croit pas. C'est vrai qu'on n'a pas de preuve. Mais est-ce qu'il faut attendre qu'il y ait un viol ou un meurtre pour qu'on y croie ?

Ils tirent même argument de la présence des journalistes, pour renforcer leur conviction.

— Pourquoi est-ce qu'ils seraient tous venus de Paris s'il n'y avait rien ? Il n'y a pas de fumée sans feu !...

Si, il y a des fumées sans feu : c'est précisément ce qu'on appelle une rumeur. Et celle de B., comme celle d'Orléans, s'éteint les jours suivants, aussi rapidement qu'elle est née, non sans avoir fait beaucoup de mal. Il aura fallu pour cela la mobilisation de l'opinion nationale et des autorités locales.

Laissons le dernier mot à l'autorité judiciaire et au procureur de la République qui, dans son communiqué du 30 septembre, résume sobrement toute l'affaire :

« Au cours de ces derniers jours s'est développée une rumeur laissant entendre que des enfants auraient été victimes de violences ou auraient fait l'objet de prises de photographies à la sortie de leur école. Une personne a même été prise à partie par certains parents, et la police a dû intervenir. Aucun fait pouvant servir de fondement à cette rumeur n'a été dénoncé aux services de police. En outre, les prétendues photos à l'origine de cette affaire sont en réalité une opération de relevé topographique effectuée par des géomètres. Cette rumeur est donc dénuée de tout fondement. »

L'homme au visage d'ange

Belgique - France

1970-1992

Dimanche 3 mai 1992, 11 heures du matin. Dans la prison d'A., en Belgique, c'est l'heure de la promenade. Fabricio B., vingt-deux ans, est en train de tourner avec les autres détenus dans la cour quand, brusquement, il se précipite sur un gardien et sort un couteau de sa poche. Sous la menace, il lui fait ouvrir la porte, puis le blesse avant de s'enfuir.

Mais une fois passé les murailles du pénitencier, il semble perdre ses moyens. Les policiers le retrouvent peu après dans un square à proximité et le ramènent en prison.

Fabricio a l'air calme, détendu. Il sourit même, et on peut constater à cette occasion qu'il est fort beau garçon. Il a un visage d'ange...

Une évasion ratée, qui n'a pas duré une heure, et un détenu qui, malgré la violence de cette tentative, ne semble pas le pire des hommes : cela peut sembler bien banal, presque anodin. Pourtant, c'est le dernier rebondissement d'une histoire terrible.

Fabricio naît en mars 1970 en Belgique, de parents de nationalité italienne, et, tout de suite, ces derniers se rendent compte qu'il n'est pas normal. Dès qu'il est en âge de marcher, il martyrise les animaux : les insectes d'abord, les mouches, les sauterelles, puis les grenouilles, puis les chats, puis les chiens.

À mesure qu'il grandit, ses victimes augmentent de taille, et il leur inflige des supplices de plus en plus raffinés. Les parents ferment les yeux sur cet inquiétant comportement, se disent que cela va passer. Mais un jour, Fabricio s'en prend à sa petite sœur et la brûle gravement. Cette fois, il faut faire quelque chose : l'enfant est conduit chez un psychiatre. Celui-ci juge son état grave, et conseille de le placer en institution spécialisée.

Fabricio est maintenant un adolescent, et son comportement ne fait que s'aggraver. Il ne s'en prend plus aux animaux, mais aux jeunes filles. Il est exhibitionniste, il se livre à des agressions sexuelles. Et comme il est impuissant, il devient furieux, et frappe ses victimes.

Son jeune âge le met encore à l'abri de la prison, mais il se retrouve onze fois devant le juge pour enfants. Les psychiatres l'examinent à plusieurs reprises. Leur pronostic est peu encourageant : Fabricio est un psychopathe pervers, soumis à des pulsions incontrôlables qui risquent de s'aggraver avec le temps.

En septembre 1990, Fabricio, âgé de vingt ans, s'installe en France, en Moselle, où il trouve un emploi de maçon. Miraculeusement, les choses semblent s'arranger. Il rencontre une jeune fille, Marie, dont il tombe amoureux, et son impuissance disparaît comme par enchantement.

Mais le répit est de courte durée. Ses difficultés sexuelles réapparaissent et, avec elles, ses comportements pervers. Il se remet à agresser les inconnues dans la rue, et il est condamné à trois ans de prison, dont dix-huit mois avec sursis, pour attentats à la pudeur. La peine est assortie d'une obligation de soins.

En prison, il entreprend donc une psychothérapie, qui donne des résultats favorables. En sortant, il épouse Marie, et ils s'installent ensemble dans un modeste pavillon.

Encore une fois, l'embellie ne dure pas. Fabricio est repris par son impuissance. Pour la surmonter, il doit se montrer de plus en plus violent avec sa femme.

Bientôt, il se comporte en sadique dangereux. Il a installé une véritable chambre de torture dans la cave, avec canapé de cuir, chaînes, fouets et instruments divers. Marie, terrorisée, se refuse à lui, ce qui déclenche sa fureur. Il est maintenant devenu réellement dangereux.

6 août 1991. Il est en train de faire des travaux dans une maison en réfection et il se trouve sur l'échafaudage. Il domine le parking du supermarché installé un peu à l'écart du village. Une jeune fille d'une vingtaine d'années passe à ce moment. Elle est ravissante, avec un visage rieur, de beaux cheveux châtains bouclés. De plus, comme le temps est beau, elle est en tenue légère, ce qui lui va à ravir.

Fabricio descend de son échafaudage et lui fait son plus charmant sourire :

— Excusez-moi, mademoiselle, je suis en train de travailler à la réfection de cette maison.

La jeune fille s'arrête, le regarde. Il poursuit :

— Est-ce que vous voulez bien me donner un coup de main ? Je dois sortir un meuble de la cave et je n'y arriverai jamais : il est trop lourd...

Catherine M. a un signe d'assentiment :

— D'accord. Montrez-moi le chemin...

Elle le suit sans méfiance et une fois qu'ils sont seuls dans la cave, il se jette sur elle. La jeune fille pousse des cris déchirants, ce qui a pour effet de le rendre fou. Pour la faire taire, il saisit une barre de fer et la frappe avec furie, jusqu'à ce qu'elle ne soit plus qu'un corps sanglant.

S'il a perdu la tête en présence de sa victime, Fabricio, une fois le meurtre accompli, retrouve tout son sang-froid. Il sait que la maison où il travaille n'est pas habitée pour l'instant. Il n'y a normalement pas à craindre que les propriétaires rentrent, à moins qu'ils ne viennent s'assurer de l'état des travaux.

C'est pourquoi, pendant la journée entière, il monte la garde devant la porte, afin que nul ne pénètre dans la cave. La chance est de son côté. Au soir, il traîne le cadavre dans le coffre de sa voiture et prend la direction de la Belgique, toute proche. Il va dans un bois qu'il connaît parfaitement, dissimule le corps dans un endroit d'accès particulièrement difficile, et rentre chez lui.

Les jours suivants, il se rend chez le psychiatre pour les besoins de la cure qui lui est imposée. Ce dernier ne remarque rien d'anormal dans son attitude. Il se rend aussi au commissariat, où il doit pointer pour les obligations du contrôle judiciaire. Les policiers, eux non plus, ne remarquent rien.

Pour l'instant, le meurtre de Catherine ne leur est pas connu. Le corps n'a toujours pas été retrouvé, et ils privilégient l'hypothèse d'une fugue. La jeune fille, employée dans une agence d'intérim de la ville voisine, avait des problèmes sentimentaux. Elle avait annoncé qu'elle avait l'intention de faire ses courses au supermarché et on a retrouvé sa voiture sur le parking. A-t-elle voulu brouiller les pistes, en faisant de l'auto-stop ou en partant à pied ? C'est ce que laisse supposer un témoignage qui la signale à Metz peu après...

Pendant quelques semaines, Fabricio retrouve une sorte de calme et puis, bien vite, ses pulsions le reprennent... Le 13 septembre 1991, il travaille à la réfection de la même maison, sur le même échafaudage, au-dessus de la cave où il a accompli son meurtre. Et tout recommence !

Une jeune fille apparaît dans la rue... Catherine D. a le même âge et le même prénom que la première victime. Fabricio ressent le même besoin de la posséder et il descend de son échafaudage. Puis, comme malgré lui, c'est exactement la même phrase qui lui vient.

— Excusez-moi, mademoiselle, je suis en train de travailler à la réfection de cette maison. Est-ce que vous voulez bien me donner un coup de main ? Je dois sortir un meuble de la cave et je n'y arriverai jamais : il est trop lourd...

Et tout comme l'autre Catherine, Catherine D. accepte sans se faire prier. Ici, on peut s'interroger sur la facilité avec laquelle les deux jeunes filles ont accepté de le suivre dans un endroit inconnu et, de surcroît, pour l'aider à porter quelque chose de lourd, ce qui n'est pas un travail de femme.

La réponse est sans doute dans le physique de Fabricio. Il est beau, avec un charme de séducteur italien. Et surtout, il inspire confiance. Il a quelque chose d'attirant et même d'irrésistible, avec ses yeux de biche et ses longs cils. Incontestablement, celui que ses amis surnomment Regard de velours plaît aux femmes.

Une fois dans la cave avec Catherine D., Fabricio quitte son apparence d'ange pour redevenir le monstre qu'il est. Il se jette sur la malheureuse et, comme elle crie autant que la précédente, la frappe sauvagement à coups de barre de fer, et la laisse morte, baignant dans son sang.

Comme un mois et demi avant, il fait le guet devant la porte de la maison sans que personne ne vienne se présenter et, le soir, il transporte le corps de la malheureuse dans le coffre de sa voiture, puis dans le même petit bois de Belgique. Il l'abandonne à quelques dizaines de mètres de sa précédente victime.

Il n'est pas plus inquiété que la première fois. Le corps n'est pas découvert, et les policiers ne font pas le rapprochement avec Catherine M. Ils penchent également pour une fugue.

Tout change le 22 octobre, quand un chasseur découvre le corps de la première victime, dans le bois de Belgique. Immédiatement, les policiers soupçonnent un maniaque sexuel. Ils font également le rapprochement avec Catherine D., disparue dans le même village, même si son corps, pourtant tout proche de celui de l'autre malheureuse, n'a pas été retrouvé.

Naturellement, Fabricio est immédiatement soupçonné. Il est arrêté et interrogé le temps de la garde à vue. Mais, face aux enquêteurs, il fait preuve d'un sang-froid exceptionnel. Il proteste de son innocence, crie à l'injustice. Faute de preuve, on est bien obligé de le relâcher...

Lundi 24 février 1992. L'enquête sur le meurtre de Catherine M. piétine, le corps de Catherine D. n'a toujours pas été retrouvé. Fabricio, quant à lui, a un comportement irréprochable : il pointe régulièrement pour le contrôle judiciaire et il est assidu aux séances avec son psychiatre. Tant et si bien qu'on a fini par l'oublier.

Mais ses démons intérieurs, qui s'étaient calmés après son deuxième crime, vont se réveiller brusquement, et c'est chez son psychiatre que le drame va se produire.

Ce jour-là, comme il pousse la porte, il entrevoit une femme qui converse avec la secrétaire, et il a un choc : quelle beauté, quelle classe ! Elle est plus âgée que les deux Catherine : environ quarante ans, mais il n'a jamais vu une aussi belle créature. Comment se fait-il, d'ailleurs, qu'elle vienne consulter ici ? Tout en elle est sain, épanoui.

Comme pour répondre à sa question, la femme précise à l'attention de la secrétaire :

— Je suis visiteuse médicale. J'ai rendez-vous...

Fabricio a pris sa décision : celle-là, il l'aura ! Il fait demi-tour discrètement et redescend dans la rue. Là, il attend, décidé à l'aborder quand elle paraîtra... C'est alors que son regard tombe sur une voiture garée en face de lui. Sur le pare-brise, il y a un autocollant : « Visiteur médical ».

Immédiatement, il sait ce qu'il va faire. Il se saisit du cutter qu'il garde dans sa poche, et perce l'un des pneus... La suite se déroule exactement comme il l'a prévue. La femme sort peu après de l'immeuble, pousse un cri de contrariété en constatant qu'un pneu est à plat, et se met en devoir de changer la roue. Il la laisse faire quelque temps, puis s'approche.

— Puis-je vous aider, madame ?

Bien entendu, l'intéressée accepte avec reconnaissance. Fabricio s'acquitte de sa tâche rapidement, puis constate que la visiteuse médicale s'est salie en commençant à changer la roue.

— Voulez-vous vous laver les mains chez moi ? C'est tout près.

La proposition est tout ce qu'il y a de normal. Elle le suit sans méfiance. Il la conduit dans la cave où, lui dit-il, il y a un lavabo ; elle ouvre la porte et pousse un hurlement.

Car cette fois, il ne s'agit plus de la cave, semblable à toutes les autres, de la maison en réfection où il a tué ses deux premières victimes. C'est la sienne, celle qu'il a aménagée en salle de torture, avec chaînes et instruments divers... Devant les cris de la malheureuse, Fabricio a la même réaction que les deux premières fois : il se saisit d'un objet lourd et frappe jusqu'à ce que mort s'ensuive. Ensuite, il charge le corps dans sa voiture et va le dissimuler dans un bois, en France.

Mais cette fois-ci, son acte ne demeurera pas impuni. C'est le compagnon de Marie-Louise C., lui-même médecin, qui, ne la voyant pas revenir, découvre la vérité. Il refait le parcours qu'elle a suivi, retrouve sa voiture abandonnée devant chez le psychiatre, monte voir son collègue, et ce dernier comprend aussitôt :

— Fabricio ! C'est lui ! C'est chez moi qu'il l'a rencontrée...

La police est aussitôt prévenue, mais le jeune homme l'a devancée. Pressentant qu'il allait être découvert, il a pris la fuite et s'est réfugié en Belgique, auprès de sa famille. Mais il est arrêté presque aussitôt et, cette fois, contrairement à la précédente, il passe immédiatement aux aveux.

— J'ai des pulsions sexuelles incontrôlées, déclare-t-il aux policiers belges et français qui ont opéré l'arrestation. Je n'en peux plus ! Il faut que je soulage ma conscience.

Suit le récit des meurtres...

Sur ses indications, les enquêteurs retrouvent les corps de Catherine D. et de Marie-Louise C. Tout semble dit : une demande d'extradition est formulée par la justice française et Fabricio va bientôt répondre devant elle.

Pourtant, inexplicablement, l'extradition tarde. Ce n'est que trois mois plus tard qu'elle aboutit devant la chambre d'accusation de Liège. Et c'est à ce moment-là, le 3 mai 1992, que Fabricio passe à l'action. C'est sa tentative d'évasion, telle que nous l'avons décrite.

Elle a donc échoué piteusement, mais est-elle vraiment ratée ? En apparence, il semble absurde de blesser le gardien, alors que la porte lui était ouverte, et de se laisser reprendre si vite. À moins que tout cela n'ait été soigneusement calculé. Et c'est sans doute le cas !

Fabricio est désormais justiciable en Belgique d'évasion, de prise d'otages et de coups et blessures, et il demande à cor et à cri qu'on le juge sur place pour ces délits. Car c'est peu de chose en comparaison de trois meurtres, et c'est pour lui autant de temps de gagné.

Parallèlement, il modifie totalement sa version des faits. Désormais, il nie les trois meurtres. Il reconnaît avoir transporté les corps — il ne peut guère faire autrement, car c'est sur ses indications qu'on a retrouvé deux d'entre eux — mais dément avoir fait autre chose. Quant au véritable coupable, ce ne serait personne d'autre que son propre père !

La situation en est là à l'heure où nous écrivons, au grand désespoir des familles des victimes et des policiers, chargés de l'enquête sur les meurtres. Car, comme le disent ces derniers :

— Que la justice belge suive d'abord son cours, ce qui pourrait prendre de longs mois, et il échappera d'autant à la justice française. Or, plus le temps passe, et plus l'instruction sera ardue.

Les assassins de Satan

Brésil

1992

La petite ville de H., à une centaine de kilomètres de B., Brésil ; dix-huit mille habitants, trois cent cinquante mille touristes l'été ; le soleil, la plage, les flots bleus de l'Atlantique.

En août 1992, c'est l'émeute. Une émeute qui n'a rien à voir avec les vacances, et fait fuir les touristes. Cinq cents habitants, fous de rage, armés de pierres, hurlant des insultes, prennent d'assaut la mairie de H. et dévastent les bâtiments. On entend crier :

— Où est le sorcier ?

— Donnez-nous son sang !

— Livrez-le !

Un fonctionnaire tente une sortie pour parlementer, il est assailli et ramené aussitôt par les policiers à l'intérieur du bâtiment.

Le maire, Fabio B., soixante et un ans, pantalon blanc, cheveux blancs, polo et mocassins, s'est réfugié dans son bureau. Le fonctionnaire battu, en sang, encadré par la police militaire, bafouille :

— Vous feriez mieux de partir, ils vont vous lyncher.

— J'ai dit que je reprendrai mes fonctions de maire, je vais porter plainte !

Le fonctionnaire a un regard écœuré :

— Vous êtes fou ! Ce n'est pas une petite manifestation, c'est une émeute ! Ils ont déjà démoli votre maison.

— Mais je suis innocent !

— Allez leur dire vous-même !

Il n'ira pas. La police va même l'aider à disparaître provisoirement sans que la foule s'en aperçoive. Toute la province lapiderait cet homme si un habitant lui mettait la main dessus. Les crimes, *le* crime dont on l'accuse, est immonde.

Dans la ville voisine de B., le même jour, des enfants défilent en silence dans les rues en agitant des pancartes. On y voit le visage d'un petit garçon de sept ans, aux yeux bleus, aux cheveux blonds, au sourire d'ange. Les pancartes disent : « Protégez votre enfant. » Ou : « Le prochain est peut-être le vôtre. »

L'enfant symbole au sourire d'archange s'appelle Evandro. Il est né à H., sa mère travaille pour l'école de la ville, son père pour la mairie. Le 6 avril 1992, il a disparu sur le chemin de l'école à la maison familiale, dans un quartier pauvre de H.

Avant lui, déjà, le 15 février, un petit garçon de huit ans, Leandro, a disparu. Si la police n'a pas retrouvé Leandro, elle a découvert le corps, affreusement mutilé, d'Evandro, cinq jours après sa disparition.

L'enfant n'a plus d'yeux, plus de cuir chevelu, plus de mains, plus d'orteils, plus d'organes génitaux, plus de viscères. Une profonde entaille longe le cou, une autre va du torse au ventre.

Les premières déclarations des enquêteurs évoquent une bête enragée ou un sadique sexuel... Mais les parents, les voisins, et presque toute la ville parlent d'autre chose. Car, dans la province, les disparitions de jeunes enfants, dont il est rare que l'on retrouve les corps, s'accumulent depuis quatre ans.

Evandro est le premier cadavre que l'on retrouve, alors que les autres enfants ont presque tous disparu sans laisser de traces. Et ils sont nombreux : Everton, trois ans ; Michaël, quatre ans, retrouvé mutilé, tête, mains, organes en moins ; Guillermo, cinq ans ; Alex, onze ans ; José, onze ans ; Adnilton, onze ans ; Edson, cinq ans ; Licineia, cinq ans...

Depuis 1988, une rumeur court : il s'agirait d'un immonde trafic d'organes. Une bande kidnapperait les enfants pour les envoyer à l'étranger en morceaux commercialisables.

L'enfant symbole de cette histoire, Evandro, sept ans, était blond aux yeux bleus, comme les autres. Des enfants blonds aux yeux bleus, torturés et immolés au nom de quel sacrifice ? Et la police locale n'agit pas beaucoup depuis quatre ans que la province voit ainsi disparaître ses enfants blonds aux yeux bleus...

La mère d'Evandro déclare à la police qu'elle se doute de l'identité des assassins. « Des », car ils sont plusieurs. Il s'agit ni plus ni moins de la famille du maire de H., sa femme, Amalia, et sa fille Sonia. Leurs relations avec un sorcier, installé dans la région, sont de notoriété publique.

Ce sorcier a pour nom Osvaldo. Il se fait appeler « le père de saint ». Venu du Brésil, il s'est installé à H. depuis janvier 1992. Il est redouté, on fuit sur son passage, on parle de messes noires, de serpents en bocaux, de crapauds, d'herbes magiques. Mais on soupçonne sa sorcellerie d'être moins innocente...

Par ailleurs, la femme du maire connaissait très bien le petit Evandro — elle l'amenait parfois à la mairie rendre visite à son père, employé au bureau du personnel — et a donc pu l'enlever sans difficulté. Mais l'enlever dans quel but ? demande la police locale, qui, décidément, a les yeux bandés.

« Le sorcier fait des sacrifices d'enfants, pour apporter le pouvoir, l'argent et le bonheur à ceux qui le lui demandent ! »

La police doute encore ; une accusation contre la famille du maire ! D'ailleurs, les policiers chargés de l'enquête sont logés par le maire au confortable hôtel en face de la mairie, les repas sont soignés, les voitures municipales à leur disposition.

L'enquête piétine, bien sûr. Et la colère des familles augmente. Elles hurlent que les assassins sont protégés en haut lieu, menacent d'aller jusqu'à la capitale, jusqu'au gouvernement, s'il le faut.

Pendant ce temps, l'oncle du petit Evandro, policier en retraite, prend lui-même l'enquête en main, et remonte une étrange filière. Le sorcier n'est pas seul, quatre hommes, également baptisés « pères de saint », lui servent de rabatteurs. Ils appartiennent à une secte infernale, satanique, dont les racines sont en Argentine, où elle est dirigée par une femme...

Manuela de B., soixante et un ans, Brésilienne d'origine, vit en Argentine, où elle a fondé une secte, déclarée comme association sans bénéfices commerciaux, parfaitement enregistrée, disposant de sponsors, d'adeptes bénévoles et d'une littérature édifiante.

Manuela, la prêtresse satanique, prétend que la fin du monde est proche, que les extraterrestres viendront sauver les membres de la secte, et eux seuls, bien entendu, que pour cela ils doivent payer huit cents dollars d'entrée au club, faire don de l'essentiel de leur fortune et attendre.

Mais, tandis que les membres de la secte sont dépossédés de leurs biens, Manuela et son ex-mari, Gilbert P., ainsi que son amant, Luis V., vivent bien, dans de belles villas avec piscines et voitures de luxe.

S'il ne s'agissait que des portefeuilles et de la santé mentale de quelques pigeons, le crime ne serait pas aussi grave. Mais voici ce que révèle la satanique Manuela dans son ouvrage, édité à compte d'auteur : « *Les enfants nés depuis la dernière décennie sont voués au diable et doivent disparaître.* » La secte demande aux mères d'avorter, ou de se débarrasser de leurs bébés.

À partir de là, toutes les conjectures sont évoquées. D'anciens membres affirment qu'on les décapite au cours de sacrifices rituels, ou qu'on les revend à des familles, ou que l'on fait du trafic d'organes, ce qui semble plus évident... Bref, l'immonde.

La secte a étendu ses méfaits au Brésil, et le sorcier de H., Osvaldo, a, bien entendu, adapté les principes de la secte aux besoins locaux. Et, en ce début d'année 1992, les besoins locaux sont ceux de la famille du maire — pouvoir, réélection, fortune, santé, bonheur... Pour fournir tout cela, le sorcier a affirmé qu'il lui fallait un enfant blond aux yeux bleus, dont, pour faire plus magique, le prénom doit comporter sept lettres, comme Evandro, afin de l'immoler sur l'autel d'Exu — le diable, ainsi qu'on le surnomme au Brésil.

Voilà pourquoi, Evandro, parmi d'autres, a disparu le 6 avril 1992 sur le chemin de l'école.

La colère gronde à H., à tel point qu'il faut faire intervenir la police militaire. Et, curieusement, la police militaire, elle, va faire aboutir l'enquête et confirmer les soupçons des familles et les rumeurs de la ville. Elle procède à une première arrestation, celle du sorcier, à une seconde, une troisième, une quatrième, une cinquième, puis, après les aveux du sorcier, à celles de la femme du maire et de sa fille.

La vérité sur la mort du petit martyr éclate enfin au grand jour.

Madame Amalia B., femme du maire, et sa fille, Sonia, ont tranquillement emmené l'enfant dans leur voiture — celle-là même qui servait aux services municipaux, que l'on avait mis à la disposition de la police locale —, et l'ont conduit dans une scierie appartenant à la famille, à quelques kilomètres de la petite ville. Elles y ont retrouvé le sorcier et quatre officiants. Les cinq hommes et les deux femmes ont d'abord ligoté et bâillonné l'enfant dans une remise de la scierie. Puis ils ont préparé le décor pour le sacrifice rituel, des bougies noires, blanches et rouges, illuminées pour Exu, le diable. Ils ont déposé l'enfant sur un linceul blanc, un officiant l'a étranglé la tête en bas, pendant que les deux femmes et un autre officiant maintenaient le corps. Le sorcier a tranché la gorge, et ils ont attendu, pendant une heure, que le sang s'écoule dans un récipient de terre, au rythme des incantations et des demandes de bienfaits censés pleuvoir sur la famille.

Cela fait, les officiants, armés d'une scie et d'un couteau, ont ouvert la poitrine et le ventre de l'enfant sacrifié, afin d'en retirer le cœur, les autres viscères et les organes sexuels, pour les offrir à Exu.

Le corps est resté exposé sur un autel dans une petite cabane attenante à la scierie, et construite dans ce but.

Les organes sacrificiels ont, prétendent-ils, été jetés dans un marais du bord de mer. On ne les a pas retrouvés. Le corps aurait dû être enterré dans la cour de la scierie, mais les « pères de saint » n'en ont pas eu le temps et se sont contentés de l'abandonner dans un bois.

Pour ce travail, Amalia et Sonia ont payé sept millions de cruzeiros (environ 10 000 francs).

Et le maire de protester de son innocence : il n'était pas au courant, il ne savait pas, et présente au juge d'instruction un certificat médical qui lui permet de demeurer en dehors de sa circonscription durant un mois.

Les inculpés sont emprisonnés à B. Les familles des enfants disparus se regroupent en association de défense et assaillent la préfecture, les autorités municipales, en réclamant justice. Au moins une demi-douzaine d'enfants ont très certainement été victimes de cette bande de fous sataniques, ou de marchands d'organes.

L'avertissement de la population de H., hurlé devant la mairie, est clair : si Fabio revient dans sa ville, il sera lynché. S'il ne revient pas d'ici un mois, il perdra son mandat.

Or, il revient et il nie ! Enfermé dans le bâtiment municipal, il subit l'assaut des familles en colère, doit se barricader, et est protégé par la police militaire. Il n'a pas très bonne mine, monsieur le maire de H., sur les photos des reporters. Il a, tout à coup, l'air d'un vieil homme aux cheveux blancs, aux joues ridées, et plus rien de l'hidalgo vieillissant qui dansait au bal de la préfecture avec son épouse Amalia. Laquelle a avoué, ainsi que sa fille et les cinq autres participants au massacre d'Evandro.

Quant à la sinistre Manuela, prêtresse de Satan, et son jeune amant, ils sont en fuite, traqués par Interpol. La police a trouvé chez Luis, l'amant, des cassettes vidéo dont la lecture ne fait aucun doute sur les activités de la secte. Magie noire, sexe et extraterrestres, assortis d'incantations appelant au sacrifice d'un enfant. Sur l'une de ces cassettes, enregistrée quatre jours avant l'enlèvement du petit Evandro, Luis, trente-huit ans, se livre à une scène d'un érotisme douteux avec sa maîtresse Manuela, à la soixantaine adipeuse. Il se dit possédé par un être surnaturel, et demande que l'on tue « l'enfant demandé, pour lui prendre sa force énergétique ».

Le 6 août 1992, alors que le maire revient à la charge dans sa ville, officiellement pour réinvestir la mairie, officieusement pour y retirer des fonds (publics ou personnels ?) destinés à payer l'avocat de sa femme et de sa fille, nouvelle émeute. Il est lapidé et ne réussit à prendre la fuite que peu avant minuit, protégé par une escorte militaire.

La foule demande sa démission et l'obtiendra, ce qui est la moindre des choses, mais, tandis que le camion militaire l'emporte, le maire jure qu'il reviendra, que sa famille est innocente, qu'il s'agit d'une manœuvre politique. Il tente même de sourire alors qu'un militaire lui enfonce la tête derrière les vitres blindées, pour lui éviter les volées de pierres.

Le juge d'instruction, une femme, devra instruire un dossier qui comporte plusieurs noms d'enfants disparus dans la région, kidnappés, torturés, sacrifiés au démon, peut-être, à l'argent et au pouvoir, qui sont les véritables démons, sûrement.

Le procureur a déclaré que, s'il pouvait condamner chacun des sept inculpés à plus de cinquante ans de prison, il le ferait avec soulagement. Mais la loi brésilienne ne permet pas de dépasser trente ans, ce qu'il semble regretter amèrement.

La prison de B., selon les rumeurs qui courent, et elles courent, sur les « assassins de Satan », ne donne pas de bonnes nouvelles des prisonniers masculins. Leurs codétenus se sont déjà chargés de leur faire subir des sévices qui ne sont pas racontables.

Les deux femmes, Amalia et Sonia, malgré les protestations de leur époux et père, ont bien avoué le meurtre rituel du petit Evandro.

Monsieur le maire, en poste depuis trente ans, était réélu avec de plus en plus de difficultés. Pour Amalia, il ne s'agissait que d'échanger le corps d'un enfant de sept ans contre une réélection... Échanger son cœur, ses yeux, ses sept ans, pour s'assurer le pouvoir, la santé, le bonheur, le tout passant par les bulletins de vote... La mère et la fille ont donc enlevé l'enfant, l'ont égorgé dans la scierie familiale, et ont assisté au sacrifice après avoir payé le sorcier... Sur ces points, l'instruction est claire.

Alors, bien sûr, entre sorcier, officiants et bailleurs de fonds, on se rejette les détails du crime. C'est lui qui a fait ceci, c'est elle qui tenait la tête, lui qui a fait cela... Osvaldo le sorcier, auteur du sacrifice, a une vilaine tête de diable. Nez crochu, cheveux longs frisés, noirs et graisseux, moustaches tombantes, petit bouc et petits yeux chafouins. Il n'a guère tardé à dénoncer ses clientes.

L'enquête est toujours en cours à B. et dans toute la province. La prêtresse argentine et son amant, instigateurs de la secte, courent encore à l'heure qu'il est, quelque part en Amérique du Sud, dont on connaît trop, malheureusement, les démocraties chancelantes et les violations des droits de l'homme et de l'enfant.

Mais le plus inquiétant, dans tout cela, demeure l'étonnante protection dont ont bénéficié ces criminels. Si la famille d'Evandro n'avait pas soulevé des montagnes, ameuté la ville, pris la mairie d'assaut, si les autres familles, les élèves des écoles, les instituteurs, n'avaient pas défilé dans les rues de B., la capitale de la province, si les journalistes n'avaient pas imprimé à la une la liste affreuse de tous ces prénoms d'enfants disparus, personne, peut-être, ne serait encore en prison...

Table

Aux Éditions Albin Michel :

INSTINCT MORTEL
70 histoires vraies

LES GÉNIES DE L'ARNAQUE
80 chefs-d'œuvre de l'escroquerie

INSTANT CRUCIAL
Les stupéfiants rendez-vous du hasard

TRAGÉDIES À LA UNE
La Belle Époque des assassins, par Alain Monestier

POSSESSION
L'étrange destin des choses

ISSUE FATALE
75 histoires inexorables

LE CARREFOUR DES ANGOISSES
Les Aventuriers du XXe siècle, t. 1
60 récits où la vie ne tient qu'à un fil

ILS ONT VU L'AU-DELÀ
Les Aventuriers du XXe siècle, t. 2
60 histoires vraies et pourtant incroyables

JOURNÉES D'ENFER
Les Aventuriers du XXe siècle, t. 3
60 récits des tréfonds de l'horreur au sommet du sacrifice

L'ENFANT CRIMINEL

LES AMANTS DIABOLIQUES

L'EMPREINTE DE LA BÊTE
50 histoires où l'animal a le premier rôle

JE ME VENGERAI
40 rancunes mortelles

SURVIVRONT-ILS ?
45 suspenses où la vie se joue à pile ou face

Sans laisser d'adresse
Enquêtes sur des disparitions
et des réapparitions extraordinaires

Destins sur ordonnance
40 histoires où la médecine va du meilleur au pire

Crimes dans la soie
30 histoires de milliardaires assassins

Ils ont osé
40 exploits incroyables

Complots
Quand ils s'entendent pour tuer

Achevé d'imprimer en mars 2008 en Espagne par
LIBERDÚPLEX
Sant Llorenç d'Hortons (08791)
Dépôt légal 1re publication : février 1995
Édition 04 - mars 2008
LIBRAIRIE GÉNÉRALE FRANÇAISE - 31, rue de Fleurus - 75278 Paris Cedex 0
31/3684/